Alexandra Schu

Saphira

Die Autorin

Alexandra Schu wurde im Januar 1982 geboren, kommt ursprünglich aus dem Saarland und lebt seit November 2016 mit ihrem Partner in Ostfriesland. Seit ihrem 11. Lebensjahr schreibt sie, wobei es sich dabei meistens um (Horror-) Kurzgeschichten handelte. Schon früh hat sie gemeinsam mit ihrem Vater Horrorfilme geschaut, wodurch ihre Phantasie stark angeregt wurde. Besonders Monster und Dämonen taten es ihr an. Daher bekam sie Lust, selbst Horrorgeschichten zu schreiben. Doch auch Fantasybüchern und -filmen war sie keineswegs abgeneigt, so dass sie zwischendurch auch Ideen für solche Geschichten aufgeschrieben hatte.

Ihre Bücher werden hauptsächlich in den Genres Horror und Fantasy zu finden sein.

Der Fokus wird allerdings auf Horrorbüchern liegen, denn hier hat sie bereits viele Ideen gesammelt.

Auf Instagram postet sie ihre aktuellen Schreibupdates.

Alle Bücher im Überblick gibt es auf ihrer Webseite http://www.alexandra-schu.de.

Alexandra Schu

SAPHIRA

Das Geheimnis der verschwundenen Seelen

FANTASY

Bibliografische Information der Deutschen Nationalbibliothek: Die Deutsche Nationalbibliothek verzeichnet diese Publikation in der Deutschen Nationalbibliografie; detaillierte bibliografische Daten sind im Internet über dnb.dnb.de abrufbar.

© 2022 Alexandra Schu

Lektorat: Luise Deckert (https://luise-deckert.de)

Korrektorat: Dr. Alexandra Sept
(https://stift-und-papier.webnode.com)

Cover: Alexandra Schu, Christina Graß

Illustrationen: pixabay.com (Hintergrundbild, Magiekugel, Berge+Welle in Karte), DeviantArt (Frau), Designed by upklyak / Freepik (Magiekugel)

Herstellung und Verlag: BoD – Books on Demand, Norderstedt
ISBN: 9783756204724

Für all die guten Seelen dieser Welt.

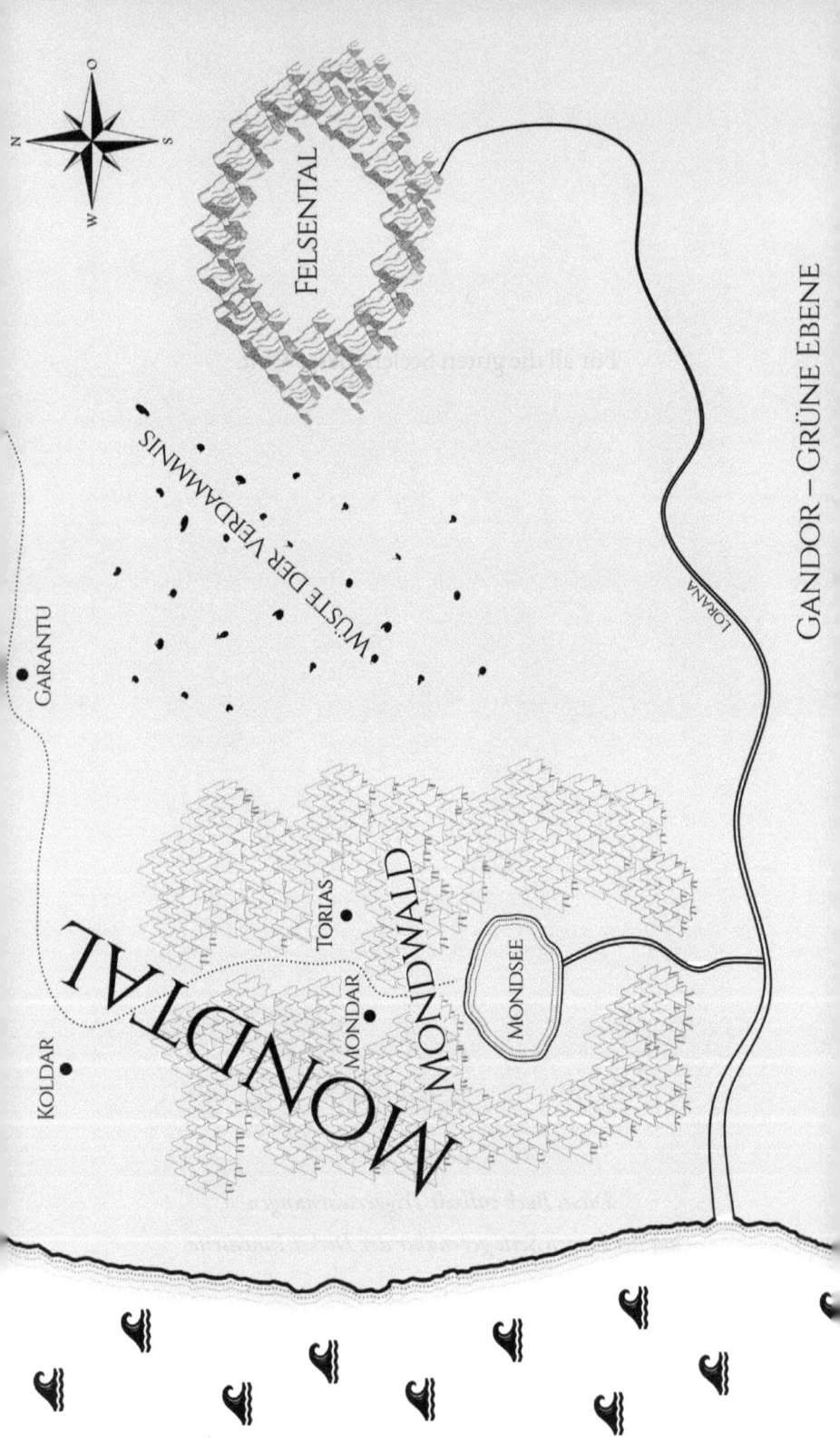

KAPITEL 1

Ein kleines Loch zwischen den Ästen und Blättern gab die Sicht auf den Übungsplatz frei. Wie Edelsteine schimmerte das Metall in der Mittagssonne. Das Klirren hallte weit über den Platz hinaus, genau wie die Kampfschreie.

Mit den Händen schützte Saphira ihre Augen vor der Reflexion des Lichts. Sie verfolgte weniger das Training, sondern vielmehr das Verhalten der vier Hexen, die am Rand des Trainingsplatzes standen.

Diese beobachteten die etwa zwanzig Kämpfer auf dem oval angelegten Platz, die verschiedene Techniken trainierten.

Lüstern leckte Kara sich über die Lippen. »Ein leckerer Anblick, stimmt's, meine Süßen?«

»Oh ja. Von denen würde ich gerne naschen«, entgegnete Lori. Mit der Hand streifte sie sich durch das Haar.

»Die Hexen sind da«, rief Kamir, woraufhin sämtliche Kampfhandlungen eingestellt wurden.

Alle Krieger schauten auf die Besucherinnen.

»Schenkt ihnen keine Beachtung.« Er wandte sich den Frauen zu und richtete sein Schwert auf sie. »Ihr habt hier nichts verloren. Wie oft müssen wir euch das noch sagen?«

Lori zeigte mit dem Finger kreisend in seine Richtung und flüsterte ein paar magische Worte.

Saphira verstand diese nicht, doch sie erkannte die für Menschen unsichtbare Magie, die sich aus Loris Zeigefinger den Weg zu Kamir suchte.

Der Zauber umhüllte den starken Krieger, der sein Schwert sinken ließ und wie in Trance auf die Hexe mit den schwarzen Haaren zuging.

»Wirklich? Schon wieder Kamir?«, fragte Kara genervt.

»Ja, schon wieder Kamir. Ich mag ihn.«

»Du nimmst ihn, seit ich dich das erste Mal hierher mitgenommen habe. Wäre es nicht mal Zeit für etwas Abwechslung?«

Lori blickte Kara mit gerunzelter Stirn an. »Ich kann sehr gut selbst entscheiden, wen ich mir aussuche.«

»Du wunderbarste aller Hexe«, sagte Kamir, als er vor Lori zum Stehen kam, die immer noch den Zeigefinger auf ihn richtete. »Dein glänzendes Haar unterstreicht deine Schönheit, deine Augen funkeln wie Sterne und dein Lächeln lässt mein Herz schneller schlagen.«

Sie streichelte ihm sanft mit den Fingerspitzen über das markante Kinn.

»Es wird Zeit für eine kleine Pause«, sagte Lori.

»Was immer du willst, meine Schöne.« Kamir wandte seinen Blick nicht von ihr ab. Seine Haltung war steif. Jegliche Emotion war aus seinem Gesicht verschwunden. Seine Augen waren leer. Er war nur eine gefühllose Hülle, die alles sagte und tat, was die Hexe wollte.

Saphiras Herz klopfte wild.

Lori nahm seine Hand. »Komm, lass uns ein wenig Spaß haben.« Sie drehte sich zwinkernd zu den anderen um und führte ihn schließlich in die Kaserne.

Das leicht rundliche Gebäude befand sich direkt neben dem Übungsplatz. An den Seiten des eisernen Eingangstors standen zwei mit Speeren bewaffnete Wachposten, stämmige Männer in grauen Uniformen. Als Lori mit Kamir auf das Tor zuging, kreuzten sie ihre Lanzen vor der Tür.

Die Hexe führte mit ihrer Hand eine schwungvolle Bewegung aus, woraufhin die Wachen den Weg frei machten.

Der Krieger öffnete das Tor und geleitete Lori hindurch.

»Mal sehen, wen nehme ich mir denn heute?« Ruby streckte den Arm aus. Sie zeigte nacheinander auf jeden Kämpfer, wobei sie stets kurz innehielt. Sie neigte den Kopf zur Seite. »Ich liebe Fargos muskulösen Körper und seine rehbraunen Augen lassen mich dahinschmelzen.« Sie hielt den Zeigefinger auf ihn gerichtet, drehte die Hand um und bewegte ihn, um Fargo zu sich zu locken.

»Nunc veni ad me. Nunc veni ad me.«

Ihr Finger zog ihn mehr und mehr zu sich.

Sein Schwert fiel mit einem metallischen Scheppern zu Boden. Er schritt auf Ruby zu, wobei er sie ununterbrochen anstarrte.

Mit der anderen Hand spielte sie langsam mit einer Haarsträhne. Ohne ein Wort zu sagen, hakte sie sich in seinen starken Arm ein und ließ sich von ihm in die Kaserne führen.

»Lasst uns in Ruhe, ihr Sirenen!«, rief ein weiterer Kadett den beiden Hexen zu, die am Rande des Platzes standen.

Saphira schob mit beiden Händen einige Blätter und Äste beiseite, um besser zu sehen, wer der mutige Mann war.

»Wir sind Hexen, keine Sirenen«, entgegnete Melissa lasziv.

»Kennst du den?«, fragte sie Kara.

»Nein, er scheint neu zu sein. Aber er hat anscheinend schon von uns gehört.«

»Ein Neuling.« Melissa hüpfte auf der Stelle. Dabei klatschte sie in die Hände.

Saphira atmete tief durch. Sie hielt sich zurück, nicht auf die Hexe zuzulaufen, um sie zu schütteln.

Melissa war ein so nettes Mädchen gewesen. Sie waren zwar keine

Freundinnen, doch sie hatte zu den wenigen Hexen gehört, mit der sich Saphira hatte unterhalten können. Nachdem sie letztes Jahr von Kara in ihre kleine Gruppe aufgenommen worden war, hatte sie sich sehr verändert. Sie achtete inzwischen nur auf ihr Äußeres. Wie sie mit anderen umging, war ihr offenbar egal.

Mit vor der Brust gegeneinandergepressten Händen hüpfte sie zweimal auf der Stelle. »Oh, ich hab eine Idee.«

Kara blickte auf ihre Gefährtin im blauen Samtkleid, die Strähnen ihrer roten Mähne aus dem Gesicht strich.

»Wie wäre es mit einem kleinen Lied, da du uns für Sirenen hältst?« Sie räusperte sich und lächelte den Neuling an.

»Dilecti, dilecti, venite ad me.

Accipe me tecum.

Dilecti, dilecti, venite ad me.

Te requiro. Confestim.«

Die weiteren Krieger hielten sich die Ohren zu. Doch um den Neuling war es geschehen. Gefangen in einem unsichtbaren Seil, das die Hexe Stück für Stück anzog. Er konnte nichts anderes tun, als auf sie zuzugehen, sein Blick von ihrem gebannt.

Melissa sang so lang, bis er vor ihr stand. Dann berührte sie seine starken Arme, die er sofort um sie schlang. Sie flüsterte ihm etwas ins Ohr, woraufhin er sie hochhob und zum Gebäude trug. Seinen Blick wandte er keine Sekunde von ihrem Gesicht ab. Melissa winkte Kara zu und verschwand dann hinter dem großen eisernen Eingangstor.

Da die Hexen nur in der Gruppe stark waren, sah Saphira ihre Chance. Sie trat aus ihrem Versteck hervor, ihre Hände zu Fäusten geballt. »Könnt ihr die Krieger nicht in Ruhe lassen?«

Kara drehte sich zusammenzuckend um. »Was willst du denn hier? Spionierst du uns etwa nach?«

Saphira versuchte, ihrem energischen Blick standzuhalten, doch sie schaute ständig Richtung Boden. »Du weißt, dass es verboten ist, den Willen anderer zu kontrollieren.«

Kara ging mit gerunzelter Stirn auf Saphira zu. »Wir können tun und lassen, was wir wollen. Das geht dich überhaupt nichts an. Ich würde dir raten, ganz schnell zu verschwinden.«

»Ihr verstoßt gegen die Regeln!«

»Du bist nur neidisch, weil dich keiner der Krieger anschauen würde.«

Mit den Fingern spielte Saphira an ihrem grünen Kleid. »Ich bin nicht neidisch. Ich nehme die Hexenchroniken ernst. Gwynda hat verboten, den Willen zu kontrollieren.«

»Naive Saphira. Das sind alte Geschichten. Niemand weiß, ob das wirklich der Wahrheit entspricht. Zudem hast du mir überhaupt nichts zu sagen. Du bist zwei Jahre jünger als ich. Und fetter.« Sie rümpfte die Nase, während sie Saphira von oben bis unten ansah.

»Was hat das denn mit meinem Aussehen zu tun?« Sie bebte innerlich vor Wut und Traurigkeit.

»Nichts. Ich wollte es dir nur noch mal vor Augen halten. Verschwinde, du kleine Hexenkugel.« Kara wandte sich wieder dem Trainingsplatz zu.

Ein riesiger Kloß hatte sich in Saphiras Hals gebildet und ihre schweißnassen Hände zitterten. Wie gern hätte sie der anderen Hexe Konter gegeben, doch die Worte wollten ihre Kehle nicht verlassen.

Kara stemmte die Hände in die Hüfte und schüttelte den Kopf. »Na toll. Ich hatte mir schon jemanden ausgesucht und deinetwegen ist er nun weg. Vielen Dank auch.«

Saphira schaute auf den Trainingsplatz, auf dem nur noch sechs Krieger weiter trainierten. Alle anderen hatten den Platz verlassen.

Mit gerunzelter Stirn blickte Kara sie an. »Du bist wirklich zu nichts zu gebrauchen. Verjagst mir sogar die Männer. Geh lieber zu den Magiern, bei diesen chaotischen Figuren bist du gut aufgehoben.«

Saphira kämpfte mit den Tränen. »Euer Verhalten hat sie vertrieben, nicht ich.«

Kara tippte ihr mit dem Zeigefinger an die Schulter. »Sie haben dich gesehen und sind deshalb gegangen. Kein Wunder, bei dem Anblick.«

»Hör auf, so mit ihr zu reden!«, ertönte eine tiefe Stimme vom Trainingsplatz. Dariel ging mit angespannten Muskeln und dem Schwert in der Hand auf sie zu.

Ein wohliges Gefühl durchströmte Saphira. Lang hatte sie ihn nicht mehr gesehen. Sein Eingreifen zauberte ihr ein kleines Lächeln ins Gesicht.

»Und wer bist du, dass du denkst, mir den Mund verbieten zu können?«, fragte Kara mit gerunzelter Stirn und gerümpfter Nase.

»Jemand, der bessere Manieren hat als du. Sie hat ganz recht, du und deine Freundinnen seid der Grund, weshalb die anderen den Platz verlassen haben.«

»Bist du etwa auf Saphiras Seite?« Kara riss die Augen auf und legte theatralisch die Hand auf ihre Brust. In einem gespielt schockierten Tonfall fragte sie: »Bist du blind?« Sie wedelte vor seinem Gesicht herum.

»Hör auf damit.« Dariel packte sanft ihr Handgelenk. »Ich würde vorschlagen, du gehst jetzt.«

Kara grinste. »Vielleicht nachdem wir beide ein wenig Spaß hatten.« Lüstern betrachtete sie seine muskulösen Arme und blickte ihm anschließend in die rehbraunen Augen.

Angewidert sah er sie an und ließ ihren Arm los. »Niemals!«

»Da irrst du dich.« Bevor sie die ersten Zauberworte aussprechen konnte, traf sie ein blauer Magieball mit solcher Wucht, dass sie mit einem lauten Schrei auf den Boden prallte. Hastig stand sie wieder auf, strich sich das Kleid zurecht und ging auf Saphira zu.

Saphira sprang das Herz vor Aufregung fast aus der Brust. Diese Art von Magie nutzte sie nur sehr selten und sie war selbst überrascht, dass es funktioniert hatte.

Dariel stellte sich vor sie.

Kara blickte beide mit aufgerissenen Augen nacheinander an. »Das wird noch ein Nachspiel haben.« Karas Hände zitterten. Die blonde Hexe drehte sich um und ging mit gesenktem Kopf davon.

Erleichtert atmete Saphira tief durch. Sie streichelte ihren Nacken, als sie sich zu Dariel umdrehte.

»Ich danke dir«, sagte sie.

»Das ist doch selbstverständlich. Du wärst sicher auch ohne mich klargekommen. Deine Aktion mit diesem Zauberball war beeindruckend.«

Saphira grinste. »Danke, aber wenn du nicht da gewesen wärst, hätte sie mich sicher mit Magie angegriffen. Sie ist es nicht gewohnt, dass sich jemand gegen sie stellt.«

»Dann wird sie es jetzt halt lernen müssen.« Er lächelte sie an. »Geht's dir gut?«

Saphira zögerte kurz. »Ja, ich denke schon.«

»Komm Dariel, lass uns weiter trainieren«, erklang eine Stimme vom Trainingsplatz, der sich langsam abermals füllte.

Doch Dariel blickte weiterhin Saphira an. »Dann bin ich beruhigt. War schön, dich mal wiederzusehen. Hoffentlich treffen wir uns beim nächsten Mal unter angenehmeren Umständen.« Er hob sein Schwert, dessen Klinge die Sonne reflektierte.

»Das hoffe ich auch. Und nochmals danke.« Saphira schaute Dariel eine kurze Weile nach und folgte dann dem lehmigen Pfad. Lächelnd verließ sie die Kriegerstadt Koldar.

Dass sie Kara mit Magie angegriffen hatte, erfüllte sie mit Stolz, bis ihr deren Worte wieder in den Kopf kamen. Die Beleidigungen trafen sie tief, denn sie wusste, dass auch Lori, Ruby und Melissa so über sie redeten.

Ein mulmiges Gefühl breitete sich in ihrer Magengegend aus. Ihr war klar, dass Kara sich an ihr rächen würde – und das würde nicht gut für sie ausgehen.

Leichte Übelkeit stieg in ihr auf, ihre Hände schwitzten und sie zitterte. Sie beschleunigte ihren Schritt, bis sie schließlich rannte.

Nach einiger Zeit verließ sie den Weg und eilte Richtung Osten durch den Mondwald. Ihre Sicht war verschwommen, doch sie kannte jeden Baum wie auch jeden Strauch an diesem Ort, sodass sie sich sogar tränenblind zurechtfand. Sie sprang über Äste und Steine, wich kleinen Büschen aus.

Einige Eichhörnchen folgten ihr springend von Baum zu Baum. Doch sie mussten flink sein, denn Saphira war schnell.

Als ihre Beine müde wurden, ging sie auf einen umgestürzten Stamm zu. Mit in den Händen vergrabenem Gesicht setzte sie sich weinend auf das Gehölz.

Das bisher leichte Schwingen der Baumkronen nahm zu. Ein leises Rauschen näherte sich.

Als Saphiras Haare und ihr Umhang im Wind wehten, ließ sie die Hände von ihren Augen herabsinken.

Eine frauenähnliche geisterhafte Gestalt schwebte vor ihr über dem Boden. Ihre langen rot-blonden lockigen Haare wirbelten im Wind, der um sie tanzte.

»Warum bist du so traurig?«, fragte Melodia.

Die helle beruhigende Stimme sorgte dafür, dass sich Saphiras Herzschlag etwas beruhigte.

»Ach, Kara zieht mich ständig runter. Sie hat mich Hexenkugel genannt.« Saphira schluchzte und erneut rannen Tränen über ihr Gesicht.

Mit einem zarten Windhauch streichelte der Waldgeist ihre Wange. »Nimm dir nicht so zu Herzen, was Kara sagt. Sie möchte sich besser fühlen, indem sie dafür sorgt, dass du dich schlecht fühlst. Zeig ihr nicht, dass sie dich mit ihren Worten getroffen hat.«

»Ich bin aber nicht so stark. Sieh mich an, ich sitze hier und weine.« Saphira hasste sich in diesem Augenblick selbst dafür, dass Kara solch einen Einfluss auf sie hatte.

»Es ist keine Schande zu weinen. Du bist eine sensible und empathische Hexe mit einer starken Seele. In dir steckt viel mehr, als du ahnst.« Melodia lächelte Saphira an, die ihr Gesicht von den Tränen befreite.

»Danke, das ist lieb von dir.« Sie grinste ihre Freundin an. Ein wenig halfen ihre Worte, sich nicht mehr gänzlich so schlecht zu fühlen. Von Kara zu sprechen – zu jammern –, sorgte für ein mulmiges Gefühl, mit dem sie niemanden belasten wollte.

Mit der Hand glitt sie ein wenig durch das durchscheinende Wesen, um Melodia zum Dank zu umarmen.

Die drei Saphire an ihrem braunen Armband leuchteten auf.

Ebenso strahlte einer der Steine an Melodias schneeweißem Armschmuck. Ein heller Energiestrahl durchströmte sie beide jeweils vom Armband bis zur Körpermitte.

Saphira spürte eine wohltuende Wärme der innigen Umarmung. Sie schloss die Augen, ließ sich auf das Gefühl ein. Ihr Herzschlag verlangsamte sich weiter, bis er wieder seinen normalen Rhythmus gefunden hatte. Sie öffnete die Augen. Behutsam zog sie die Hand zurück.

Der Energiestrahl und die Saphire erloschen sofort, ebenso wie Melodias Steine.

»Fühlst du dich besser?«, fragte die schwebende Gestalt mit beruhigender Stimme, woraufhin Saphira nickte. Das mulmige Gefühl in ihrem Bauch war fast komplett verschwunden.

Eines der Eichhörnchen, das neben ihr auf dem Baumstamm saß, sprang auf ihren Schoß. Freudig hüpfte es darauf herum.

Sie streichelte über sein weiches rot-braunes Fell.

Ein weiteres Hörnchen und ein Hase kletterten ebenfalls auf ihre Oberschenkel, sodass es dort etwas eng wurde.

»Wollt ihr etwa alle ein paar Streicheleinheiten?« Saphira lächelte und versuchte, sämtlichen Tieren gerecht zu werden, doch sie hatte nur zwei Hände.

Als der Hase sich hinlegte, nahm er so viel Platz ein, dass die Eichhörnchen freiwillig die Flucht ergriffen und sich schimpfend wieder auf den Baumstamm setzten.

Saphira und ihre Freundin lachten.

Das Flackern ihres Körperlichts sorgte dafür, dass die Freude aus den Gesichtern der beiden wich. Es wurde immer dunkler, bis Melodia zusammenbrach.

Behutsam hob Saphira den Hasen vom Schoß auf den Boden. Rasch beugte sie sich zu ihr. »Was ist los?«

Es dauerte einen Augenblick, bis Melodias Licht wieder heller schien. Sie schaute zu Saphira auf. »Etwas Schreckliches ist passiert, ich kann es spüren.« Sie erhob sich und blickte in den Wald. »Ich muss nachsehen, was es war.«

»Ich komme mit. Vielleicht kann ich helfen.« Saphira folgte dem Waldgeist, der rasch durch den Wald schwebte. Sie wich Bäumen sowie Sträuchern aus und sprang über Erdlöcher, während Melodia geradeaus durch alles hindurch flog. Je weiter sie rannte, desto stiller wurde es.

Kein Vogelgezwitscher war zu hören. Selbst das Rascheln der Blätter war verstummt. Die Bäume ließen die Äste hängen, umso tiefer sie in den Forst vordrangen.

Schließlich erblickte Saphira ein Reh, das mit hängendem Kopf vor ihnen stand.

Melodia erreichte das Tier zuerst und sank zu Boden.

Saphira verlangsamte ihren Schritt, je näher sie kam. Dann riss sie die Augen auf und schlug die Hände vor den Mund.

Vor ihr lag ein Rehkitz auf dem Waldboden, in dessen großen glasigen Kulleraugen sich ihr Gesicht spiegelte.

Sie kniete sich neben Melodia.

Wären nicht seine offenen Augen gewesen, hätte es so ausgesehen, als würde es schlafen.

»Ist es …«, stammelte sie mit zitternder Stimme.

Melodia hielt ihre Hände über den Körper des Kitzes, blickte zu ihrer Freundin und nickte. Daraufhin fragte sie das Reh, was passiert war.

Die Ricke berichtete, dass sie ihr Kind nur kurz allein gelassen hätte, um zu trinken. Als sie zurückkam, fand sie das Kitz leblos vor.

Saphira rollten die Tränen übers Gesicht. Sie nahm aus der Innenseite ihres Umhangs ein Fläschchen und zog den Korken heraus, mit dem es verschlossen war. Vorsichtig träufelte sie einige Tropfen der dunkelgrünen Flüssigkeit auf das hellbraune Fell des Kitzes. Anschließend legte sie ihre Hand auf dessen Körper und sprach einen Zauberspruch.

Weiße Energie durchströmte das Junge, doch es regte sich nicht.

»Komm schon. Du musst wieder aufwachen. Bitte«, flehte sie das Rehkitz an. Erneut sprach sie die magischen Worte.

Doch es war kein Leben mehr in dem vor ihr liegenden Körper.

Die Energie erlosch und Saphira schaute Melodia und die Ricke mit feuchten Augen an. »Meine Kraft reicht nicht aus, um ein totes Tier wieder lebendig zu machen.«

»Dazu ist keine Macht fähig«, flüsterte der Waldgeist.

Einige Minuten schwiegen sie und blickten auf das regungslose Rehkitz.

Seine großen schwarzen Augen waren weit geöffnet, als hätte es etwas Schreckliches gesehen.

Saphira hatte ein seltsames Gefühl, konnte es jedoch nicht einordnen. Sie streichelte sanft über sein weiches Fell.

»Da, wo du hingehst, wird dir nichts geschehen. Dein Vater wartet dort auf dich. Gute Reise, kleines Rehlein.« Kurz darauf spürte sie die geistige Berührung.

»Du musst nicht bleiben, Saphira. Ich kümmere mich um alles.«

Sie schaute zu Melodia. »Es geht schon. Ich möchte dabei sein.« Zum Trost streichelte sie die Ricke, die weiterhin starr auf ihr Kind blickte.

Saphira dachte an den prachtvollen Rehbock, den Vater des Kitzes, der vor einigen Wochen getötet worden war. An der Lorana hatte ihn ein Wasserwesen, während er trank, in die Tiefe gezogen. Der Vater sollte nun bald wieder mit seinem Kind vereint sein.

Melodia riss die Hände gen Himmel. Sie wurde von einem Windstrudel erfasst, der ihr hellblaues Kleid sowie die wilde Mähne herumwirbelte.

Blätter verfingen sich in der magisch beeinflussten Luft, umkreisten den Waldgeist in einem gleichmäßigen Ring. Eine Kraft umgab sie, die das Tor zwischen den Welten öffnete.

Sie sank nieder, legte ihre Hände auf das Rehkitz.

Unmittelbar darauf wuchsen die wildesten, buntesten Blumen aus der Erde um das kleine Wesen herum. Sie tanzten im Wirbel des Windes, leuchteten heller als alle anderen im Wald.

Ein goldener Schein rahmte das Tier ein. Viele kleine glitzernde Sterne erschienen in diesem Licht, die spiralförmig gen Himmel strömten, als wollten sie das Rehkitz mit sich hinauftragen.

So traurig der Grund für dieses Rituals doch war, so wunderschön war es.

Ein Gefühl der Zufriedenheit durchströmte Saphira. Trotz des

Abstands zu ihrer Freundin spürte sie die Macht des Windstrudels, der sanft ihre Haare durcheinanderwirbelte.

Melodias Mähne hingegen züngelte wie die Flammen eines Feuers inmitten des Windes.

»Kleine Seele, verlasse diesen leblosen Körper und gehe hinüber auf die andere Seite«, sprach Melodia. Ein warmes weißes Licht strömte aus ihren Händen. »Mögest du Ruhe im Reich Olgarian finden, wo alle Seelen zusammenkommen.«

Nichts geschah.

Melodia blickte stirnrunzelnd auf das Kitz.

Saphira spürte, dass etwas nicht stimmte.

Ihre Freundin wiederholte das Gesagte. Plötzlich zitterten ihre Hände und Angst stand in ihren Augen.

Der Strudel löste sich schlagartig auf, sodass die Blätter zu Boden stürzten.

Melodias Blick fiel auf die Blumen, die vom einen auf den anderen Moment verblühten. »Nein, das kann nicht sein.« Sie legte die Arme um sich selbst und schaute fragend in den Himmel. Unentwegt schüttelte sie den Kopf und betrachtete dann erneut das Rehkitz.

»Melodia, was ist los?«, fragte Saphira. Sie war schon einige Male dabei gewesen, wenn der Waldgeist die Seele eines Tieres in das andere Reich überführt hatte. Doch dies war immer mit einem Gefühl der Zufriedenheit verbunden gewesen.

»Wo ist deine Seele?«, flüsterte Melodia.

Saphira schlug ihre Hände vor den Mund und sah ihre Freundin an.

Melodia schaute nach oben und stieß einen Schrei des Schmerzes aus. »WO IST DEINE SEELE?«

* * *

Saphira half ihrer Freundin, den Körper des Kitzes unter einem Gebüsch zu verstecken, um es vor anderen Tieren zu schützen.

Melodia legte zusätzlich eine Art Hülle über den toten Körper, die in einem schwachen weißen Licht schimmerte.

»Was passiert nun mit ihm?«, fragte Saphira.

»Ich kann das Ritual ohne sie nicht vollenden. Seine Seele muss noch irgendwo da draußen sein.«

Saphira blickte das Rehkitz weiterhin eine Weile an. Sie hatte keine Vorstellung, wo seine Seele sein könnte und schon gar nicht, wie diese wieder zurückkommen sollte.

»Wir können nichts mehr tun«, sagte Melodia.

Mit hängenden Köpfen verließen sie den Ort.

»Ich habe noch eine Aufgabe zu erledigen. Kommst du zurecht?« Sorge stand in Melodias Augen.

Saphira lächelte sie an. »Es geht schon.«

»Du weißt, wie du mich rufen kannst.«

Saphira nickte und verließ den Platz. Begleitet von einigen tierischen Bewohnern ging sie weiter durch den Wald. Mit den Gedanken war sie noch bei dem kleinen Rehkitz, das so plötzlich diese Welt verlassen hatte. Sie hoffte, dass es keine Schmerzen hatte ertragen müssen. Ihr Herz schlug schwer in ihrer Brust.

Wild hüpften drei Eichhörnchen auf den Bäumen herum, an denen sie vorbeilief. Die Hasen machten hohe Sprünge und schlugen Haken. Selbst der Wind in den Baumkronen stimmte ein Lied für sie an.

Doch nichts beeindruckte Saphira. Sie ging mit gesenktem Kopf weiter, bis sie zu einer Lichtung kam.

Eine grüne Wiese erstreckte sich einige Schritte weit, halbkreisförmig umringt vom Wald. Am Ende des gräsernen Teppichs lagen verschieden große graue Gesteinsbrocken. Dahinter begann der Mondsee.

Ohne Anstrengung kletterte Saphira erst auf die kleineren, dann auf den höchsten Felsen und setzte sich auf die ebene Oberfläche des Steins.

Langsam versank die Sonne hinter den Baumkronen. Die wenigen Strahlen erzeugten ein Glitzern auf der Wasseroberfläche. Je tiefer sie sank, desto mehr färbte sich der Himmel in ein Orangerot.

Weit erstreckte sich das von Bäumen umringte Gewässer vor ihr. Auf der gegenüberliegenden Seite ging der See in der Lorana über, der sich durch das Land schlängelte und bis zum großen Wasser führte.

Saphira genoss die Ruhe, die sich langsam einstellte. Sie dachte über den Tag nach.

Ein Plätschern riss sie aus ihren Gedanken.

Eine gewaltige Schwanzflosse versank in dem schwarzen Wasser. Kurz darauf sprangen Meerjungfrauen abwechselnd aus dem See. Sie drehten sich um die eigene Achse, schlugen Saltos und schwammen rasend schnell durch das dunkle Nass.

Die Sonne war vollständig versunken und die helle Scheibe des Vollmondes erschien über den Baumkronen.

Jede der Meerjungfrauen hatte eine andere Haar- und Schuppenfarbe, die im Licht des Mondes aber fast alle gleich aussahen.

Saphira schaute den Mond mit aufgerissenen Augen an. Sie hatte vollkommen vergessen, dass in dieser Nacht Vollmond war. Jede Hexe kannte den Mondzyklus, denn die Macht von Luna hatte großen Einfluss auf die Magie. »Ach verdammt.« Sie schlug sich mit der Hand vor die Stirn und seufzte.

»Wusste ich doch, dass ich dich hier finde«, ertönte eine Stimme.

Saphira zuckte zusammen und drehte sich ruckartig um. »Menschenskind, Maxim.«

In ein dunkelblaues Gewand gekleidet, nahm ihr Freund neben ihr Platz und rückte seine Brille zurecht.

Sie schlug ihm auf den Arm. »Erschreck mich doch nicht so.«

Maxim lachte. »Entschuldige, aber es musste sein.« Kurz darauf verschwand das Grinsen aus seinem Gesicht. Er legte seine Hand auf ihre Schulter. »Was ist los?«

»Der Tag war einfach Mist. Ich sag nur ›Kara‹.« Tränen rollten über ihre Wangen.

»Sie soll dich endlich in Ruhe lassen. Wenn ich sie in die Finger kriege, dann werde ich ihr mal die Meinung sagen. Warum warst du denn bei ihr?«

»Ich bin ihnen nach Koldar gefolgt, weil ich mitbekommen habe, dass sie die Krieger gegen ihren Willen verzaubern. Da hat sie mich wieder beleidigt.«

»Du weißt doch, dass sie von sich glaubt, die beste Hexe von ganz Pantuma zu sein. Lass dich nicht von ihr ärgern. «

»Ich versuche es«, sagte Saphira. »Allerdings war das noch nicht alles, was heute passiert ist. Melodia und ich haben ein totes Rehkitz entdeckt. Es ist grundlos gestorben, zumindest sah es danach aus.«

»Das tut mir leid.« Maxim nahm sie fest in den Arm.

Saphira war dankbar für seine Nähe. Die Umarmung tröstete sie mehr, als Worte es je könnten.

Sie schaute den Nixen zu, die abwechselnd mit kunstvollen Drehungen aus dem Wasser sprangen.

»Willst du darüber reden?«, fragte Maxim flüsternd.

Saphira blickte ihm in die Augen und schüttelte den Kopf.

»Falls doch, ich bin für dich da.«

»Danke, Maxim.«

Er lächelte Saphira an, die daraufhin ebenfalls die Mundwinkel nach oben zog.

Sie legte die Hände unter den Po, denn langsam drang die Kälte des Steins durch den samtigen Stoff ihres grünen Umhangs und des Kleids.

»Hast du heute nicht eigentlich deinen Zeichenkurs?«, fragte Maxim, den Blick auf den Mond gerichtet. »Du hast doch gesagt, dass ihr den nächsten Vollmond malen wollt.«

»Ja, der Kurs ist jetzt, aber ich habe es total vergessen. Abgesehen davon ist mir nicht danach.«

»Dabei bist du so eine talentierte Künstlerin. Weißt du noch, als du damals versucht hast, ein Bild von mir zu malen?«

Saphira lachte. »Ja, ich erinnere mich. Das war mein erster Versuch, eine Person zu zeichnen.«

Er grinste. »Es ist nicht böse gemeint, aber bleib lieber bei Tieren und der Natur, wenn es um die Malerei geht.«

Sie nickte und beide verfielen in lautes Gelächter.

»Ach, Maxim, du findest immer einen Weg, dass ich mich besser fühle.« Sie lehnte ihren Kopf an seine Schulter, genoss das Gefühl der Wärme und Geborgenheit, das sich in ihr ausbreitete.

Sein Arm schlang sich um ihren Oberkörper, während sie den Wassernixen eine Weile bei ihren Kunststücken zuschaute.

»Dir scheint kalt zu sein. Hast du Lust, ins Cadabra zu gehen?«, fragte Maxim.

»Ja, gern. Der Felsen ist etwas kühl.«

Sie spazierten durch den Wald, bis sie den lehmigen Pfad erreichten. Im Schein des vollen Mondes folgten sie dem Weg zur östlich gelegenen Magierstadt Torias.

Der prunkvolle silberne Torbogen war mit goldenen Verzierungen und Edelsteinen geschmückt. Daran grenzte eine gewaltige Mauer aus grauem Stein.

Wachposten oder ein verschließbares Tor waren hier nicht vonnöten, denn ein unsichtbarer Schild sorgte dafür, dass nach Mitternacht keine Fremden Torias betreten konnten.

Selbst für die Hexen war es dann nicht möglich, einzudringen. Einige hatten es mit verschiedenen Sprüchen und Tränken versucht. Auch die Mauer konnten sie nicht überfliegen, denn eine Art magische Kuppel lag darüber.

Saphira dagegen durchschritt problemlos den Torbogen, denn sie war durch ihre langjährige Freundschaft zu Maxim gern gesehen in Torias.

Ein alter zotteliger Hund mit grauem Fell, weiß an den Pfoten, trottete auf der gepflasterten Straße auf sie zu. Er wedelte fröhlich mit dem buschigen Schwanz, als er sie sah.

»Hallo, Kuno.« Saphira kniete sich hin. Sie streichelte den Hund, der ihr liebevoll das Gesicht ableckte.

»Er darf heute bei der Direktorin der Magierschule übernachten«, sagte Maxim.

»Oh, da hast du viel Platz.« Saphira kraulte Kuno hinter den Ohren, der den Kopf nach oben reckte und die Streicheleinheiten mit geschlossenen Augen genoss. »Es ist einfach schön, dass sich alle hier um die Streuner kümmern. Sie sind überall zu Hause.« Saphira lächelte.

Im Dorf der Magier umsorgte man rührend herrenlose Hunde und Katzen. Jeden Abend schenkte ihnen jemand anderes einen sicheren Schlafplatz.

Die beiden schlenderten weiter durch die von schwebenden Lichtkugeln beleuchteten Straßen.

Auch die für Saphira immer noch ungewöhnlichen Wohnhäuser, an denen sie vorbeigingen, wurden von diesen Lichtquellen in verschiedenen Farben angestrahlt. Manche Bauten sahen aus wie kleine Schlösser mit Türmen und Verzierungen an schwungvoll gebogenen Fenstern, andere funkelten wie Feenstaub. Saphira war stets fasziniert von dem grasbewachsenen Hügel, in den eine gewaltige Eingangstür aus Holz mit einem Sichtfenster eingelassen war. Diese Tür und die verglasten Luken machten die Anhöhe als Wohnhaus kenntlich.

Im Zentrum des Dorfes stand ein Brunnen, in dessen Mitte das Wasser aus dem Maul eines steinernen Drachen sprudelte.

Über der Tür des Gebäudes dahinter hing ein grünes Holzschild. Die riesigen gelben Buchstaben formten das Wort *Cadabra*.

Die Magier hier liebten den Wein, seit ein Händler aus einem entferntem Land, fern des weiten Wassers, einige Kisten des köstlichen Getränks mitgebracht hatte. Daher waren manche Gebäude rund gestaltet wie ein großes Weinfass. Im Cadabra wurde der Rotwein seither ausgeschenkt.

Maxim öffnete ihr die massive Eichentür und betrat nach ihr das Lokal.

Hinter der Theke stand ein stattlicher Mann mit langer grauer Robe. Sein braunes Haar war zu einem Zopf zusammengebunden. Während er Gläser spülte, unterhielt er sich mit den beiden Gästen am Tresen. Als er Saphira anblickte, nickte sie ihm zu, was er lächelnd erwiderte.

Maxim zeigte auf einen freien runden Tisch im hinteren Teil des Gasthauses. »Wollen wir uns dort drüben hinsetzen?«

»Gern.«

Kaum saßen sie auf den Stühlen, stand der Wirt neben ihnen. »Ich grüße euch. Ihr wart lange nicht hier«, sagte er. »Was darf ich euch bringen?«

»Das Übliche?«, fragte Maxim Saphira, die grinsend nickte.

»Kommt sofort.« Der Wirt ging zum Tresen. Kurz darauf stand er mit zwei Gläsern sowie einer Karaffe erneut neben dem Tisch. »Lasst ihn euch schmecken.« Er schenkte den beiden den roten Saft ein, wonach er sich wieder entfernte.

Mit einem hohen Klanglaut stieß Saphira mit Maxim an. Sie nahm einen kräftigen Schluck. »Wir müssen öfter herkommen.

Der Holunderbeerensaft ist einfach zu köstlich, um so lang auf ihn zu verzichten.«

»Stimmt. Das hätte mich sicher auch etwas abgelenkt. Manche meiner Mitschüler treiben mich in letzter Zeit in den Wahnsinn.« Er schaute sie ernst an.

»Was ist denn passiert?«, fragte sie.

Maxim nahm erneut einen Schluck Saft. »Einige denken, sie müssten zeigen, was sie bereits alles können und überschätzen sich. Sie wollen ihre Magie dem Professor stolz vorführen. So gab es schon diverse Unfälle.«

Saphira riss die Augen auf.

Er legte seine Hand auf ihre. »Nichts Schlimmes. Nur kleine Schäden am Schuleigentum. Es sind ein paar Stühle durch den Klassenraum geflogen, einige Fenster zu Bruch gegangen. Wir anderen wollen wirklich noch etwas lernen und uns auf die Abschlussprüfungen vorbereiten. Aber solche Chaoten sorgen dafür, dass der Professor eine Standpredigt halten und das Chaos beseitigen muss.«

Saphira hielt sich die Hand vor den Mund, um ihr Lachen zu verstecken. »Tut mir leid, doch wenn du das so erzählst, klingt das schon lustig.«

Maxim schaute sie noch einen kurzen Augenblick ernst an, musste aber letztlich ebenfalls lachen.

Saphira genoss die Zeit mit ihrem besten Freund. Sie dachte weniger an den vergangenen Tag, denn das Zusammensein, das unbeschwerte Lachen, stärkte sie. In solchen Momenten war sie dankbar, Maxim in ihrem Leben zu haben.

* * *

Der Vollmond war noch zu sehen, als Saphira mit Maxim das Lokal verließ. Sie spazierten zum Brunnen, auf dessen Steinrand sie sich setzten.

Mit dem Zeigefinger berührte sie einen der Saphire auf ihrem Armband. »Bixby ego te voco. Domum me tolle.«

Der Stein leuchtete zweimal hintereinander hell auf.

Saphira nahm ihren Freund in den Arm. »Danke für den schönen Abend.«

Noch während sie sich drückten, vernahm sie ein Sausen, als würde eine fette Fliege an ihr vorbeihuschen.

Kurz darauf landete ein krummer Besen mit zerfledderten Borsten neben ihnen.

Saphira löste sich von ihrem Freund, ging auf Bixby zu und umklammerte den Stiel mit ihren Händen. »Gute Nacht, Maxim.«

»Gute Nacht.« Er berührte den Besenstiel. »Bring sie gut nach Hause, alter Freund.«

Der Besen schüttelte seine Borsten, aus denen Glitzerstaub herausrieselte. Im Licht des Vollmondes schimmerte er in verschiedenen Blau- und Violetttönen.

Kaum hatte Saphira sich richtig hingesetzt, raste Bixby davon.

KAPITEL 2

Den halben nächsten Tag lag Saphira im Bett. Es war eine Weile her, dass sie einen so langen Abend mit Maxim verbracht hatte. Zudem setzten ihr die unschönen Ereignisse davor immer noch sehr zu. Schlafen – das war ihr Wunsch.

Meisen und Spatzen tummelten sich an dem kleinen runden Fenster, das sich direkt neben ihrem Bett befand. Sie pickten dagegen und zwitscherten lautstark.

Saphira zog sich die Bettdecke über den Kopf. »Heute nicht. Ich will schlafen.«

Kurz darauf verstummte das Zwitschern.

Durch die Ruhe sank sie in einen Halbschlaf, aus dem sie jedoch ein flatterndes Geräusch riss. Ruckartig zog sie die Decke vom Kopf. Sie blickte geradewegs nach oben, von wo ein heller Umschlag mit zwei kleinen weißen Flügeln langsam zu ihr herunterflog.

Er ließ sich neben ihr auf dem Kopfkissen nieder.

Mit den Händen stützte sie sich auf der Matratze ab, um sich aufrecht hinzusetzen. Sie nahm den Umschlag, dessen Inhalt sie umgehend herausnahm.

Meine liebe Saphira, denk bitte an die Hexenübung heute. Ich warte auf dich. Oma.

Schnaufend ließ sie sich wieder rückwärts ins Bett fallen. *Oh Mist, das habe ich ja ganz vergessen.* Sie hatte überhaupt keine Lust aufzustehen und noch weniger, zu hexen. Trotzdem riss sie sich für ihre Großmutter zusammen, stieg langsam aus dem Bett und verließ das Schlafzimmer.

Sie betrat die offene Hexenküche, in deren Zentrum ein großer, leicht staubiger Kessel seinen Platz hatte. Daneben befand sich ein alter Leseständer, auf dem ein schwarzes Buch lag. In roten Lettern stand *Buch der Hexenmagie* darauf geschrieben. Sie glitt mit den Fingerspitzen über die leicht erhobenen Buchstaben und das Symbol darunter: ein Pentagramm, aus dem geschwungene Linien, wie sich windende Schlangen, entsprangen. Am Einband befanden sich trotz vorsichtiger Verwendung erhebliche Gebrauchsspuren, Kratzer und Farbabnutzung.

Saphira schlug es nur selten auf, denn es erinnerte sie zu sehr an ihre Mutter, die das Buch täglich mehrmals benutzt hatte. Bereits als Kind hatte sie ihr bei der Ausübung der Hexerei und dem Mischen von Zaubertränken zugeschaut.

Mit beiden Händen packte Saphira das große schwere Buch, das sie gegen ihren Oberkörper presste. Sie schnappte sich Bixby, mit dem sie das Haus verließ. »Flieg zu Oma.«

Sofort erhob sich der Besen vom Boden. Er flog durch den Mondwald, über den Mondsee hinweg erneut in den Wald.

Das Haus von Saphiras Großmutter war kleiner als ihr Eigenes. Sie hatte sich ein größeres Heim gewünscht, doch ihre Oma war der Meinung gewesen, dass es für eine so junge Hexe ausreichen würde.

Bixby landete direkt vor dem Haus.

Saphira klopfte an die schwere Holztür des Bungalows, dessen Eingang mit vielen Blumen verziert war.

Ihre Oma öffnete die Tür, woraufhin eine Umarmung folgte. »Ohne meinen Brief hättest du es vergessen, stimmt's?«

Saphira senkte den Kopf. »Es tut mir leid. Maxim und ich waren gestern noch ausgegangen. Es wurde sehr spät.«

Ihre Großmutter schaute sie streng an. »Ich verstehe. Komm, ich mache dir einen Tee.«

Sie betraten das Haus und Saphira stellte Bixby zu dem Besen ihrer Großmutter.

Sie folgte Oma Malinka in die Küche, in der ein mit kochendem Wasser gefüllter Kessel über einer kleinen Feuerstelle stand.

Oma Malinka griff nach einer Kelle und schöpfte heißes Wasser in eine große Tasse. Zusätzlich ließ sie ein paar Kräuter hineinrieseln. Sie überreichte Saphira den grünen Becher.

Dankend nahm sie den Tee entgegen. Sie pustete den Dampf davon und trank einen kleinen Schluck.

»Wie ich sehe, hast du das Buch dabei. Sehr gut.« Sie grinste Saphira an. Mit einer Handbewegung lud Oma Malinka sie dazu ein, sich neben den Kessel zu stellen, wo ein Tisch für das Zauberbuch bereitstand.

Mehr schlurfend als gehend trat Saphira darauf zu und legte es dort ab. Sie war noch sehr müde, was ihre Unlust bestärkte. Das Buch war so dick, sie würde nicht mal ein Drittel der Zaubersprüche und Rezepte benutzen, da war sie sich sicher. Wozu auch? Sie war achtzehn Jahre lang ohne zurechtgekommen.

»Jetzt schau nicht so grimmig. Du bist eine Hexe, also solltest du auch hexen können wie eine.«

»Vielleicht will ich ja lieber eine Hexe sein, die nur Heilzauber beherrscht«, sagte sie trotzig. »Reicht das nicht?«

»Liebes, das klingt wunderbar und ich weiß, wie sehr es dir am Herzen liegt, anderen Lebewesen zu helfen. Aber es gibt Mächte da draußen, die dir vielleicht schaden wollen. Ohne Magie bist du ihnen hilflos ausgeliefert.«

Sie ballte die Hände zu Fäusten, um die Tränen zurückzuhalten. »Mama und Papa hat es auch nicht geholfen!«

»Ach mein Schatz, es gibt leider keine Garantie. Aber bevor

deine Eltern starben, haben sie viele Leben mit ihrer Magie gerettet. Vergiss das nicht.«

Saphira dachte eine kurze Zeit darüber nach. Wären ihre Eltern nicht so abenteuerlustig gewesen, würden sie heute vielleicht noch leben. Sie wusste sehr genau, was sie geleistet hatten. Ihr wurde klar, dass sie vermutlich ihre erste Reise nicht überlebt hätten, wären sie nicht Hexe und Hexer gewesen. Damit wäre sie selbst nie geboren worden.

»Du hast recht. Magie kann nützlich sein.«

»So ist es. Deine Mutter war schon immer neugierig, sobald es um fremde Kreaturen und Orte ging. Selbst, wenn sie keine Hexe gewesen wäre, hätte sie sich auf den Weg zum Berg Jochu und den riesigen Steinwürmern dort gemacht. Ihre Überlebenschancen wären ohne Magie sehr gering gewesen. Also ran an das Buch, jetzt wird gehext.«

Saphira schnaufte. »Na gut. Was lerne ich heute?«

»Etwas Einfaches, das jede Hexe können sollte. Einen Schnellwachstumszauber für Hexenkräuter. Und anschließend wirst du mit Magie ein Feuer in meiner Feuerschale entfachen.«

»Das ist wirklich sehr einfach.«

»Sei trotzdem immer vorsichtig mit der Magie. Je mehr Erfahrung du sammelst, umso größer ist die Gefahr, dass du zu leichtsinnig damit umgehst. Bei manch einer Hexe oder einem Hexer führten schon kleine Fehler zu großen Problemen. Nun wollen wir aber anfangen. Ich hoffe, du kennst dich mit dem Buch mittlerweile so gut aus, dass du weißt, wo du die Pflanzen- und Kräuterzauber findest.«

Saphira schaute auf die farbigen Bänder, die den Inhalt in verschiedene Kategorien einteilten. Zum Glück wusste sie, dass ihre Mutter es selbst gerne einfach gehalten hatten. Daher griff sie nach dem grünen Streifen und schlug das Buch an der Stelle auf, an der es eingelegt war. In großen verzierten Buchstaben las sie die Worte *Rezepte für Pflanzen und Kräuter.* Grinsend blickte sie zu Malinka, die zufrieden nickte.

»Sehr gut. Weiter.«

Saphira blätterte die Seiten um, bis sich das Rezept mit dem Schnellwachstumszauber für Kräuter vor ihr befand. Sie las sich die Zutatenliste durch und rollte die Augen, als ihr Finger neben einer Zutat zum Halten kam. »Muss es ausgerechnet ein Zauber mit Drachenkot sein?«

»Ja, Liebes. Irgendwoher müssen die Kräuter ihre Nährstoffe zum schnellen Wachsen erhalten. Mach weiter.«

Saphiras Ellenbogen ruhte auf der gegenüberliegenden Seite des Buches und die Hand stützte ihren Kopf. Genervt las sie sich das Rezept durch. »Können wir das nicht morgen machen? Mir ist heute nicht danach.«

Ihre Oma verschränkte die Arme. »Wenn es um die Hexerei geht, raubst du mir wirklich die Nerven, Saphira. Du kannst froh sein, dass wir keine Schule wie die Magier haben. Da weht ein anderer Wind, wenn du nicht lernst. Ein Zauberverbot würde dir sicher nicht gefallen.«

»Das würde bei mir nicht viel ändern, außer dass ich nicht mehr mit Bixby fliegen kann«, entgegnete Saphira und nahm einen weiteren Schluck von dem Tee. Sie konnte an einer Hand abzählen, welche Hexensprüche sie regelmäßig wirkte. Diese würden ihr bei einem Verbot nicht wirklich fehlen.

»Du vergisst die Heilzauber, die könntest du auch nicht mehr anwenden. Und das würdest du nicht wollen, das weiß ich.«

Saphira biss sich auf die Unterlippe. Ihre Großmutter hatte natürlich recht, einem Tier nicht mehr helfen zu können, wäre schrecklich.

Oma Malinka berührte ihren Arm. »Zum Glück haben wir

keine Hexenschule, nicht wahr?« Sie zwinkerte, woraufhin Saphira nickte.

»Die Magie gehört zu dir wie deine Beine und deine Stimme. Sowohl Laufen als auch Sprechen musstest du erst lernen.«

Ohne darauf zu antworten, drehte Saphira sich um. Sie nahm die benötigten Zutaten aus den Regalen: Kräutergrundmischung, Drachenkot, Bernstein und Brennnesselsamen.

Dabei dachte sie über die Worte ihrer Großmutter nach. Ihr war klar, dass diese recht hatte. Das Lernen war wichtig, doch Saphira dauerte dies meistens zu lang. Am liebsten wollte sie alles direkt können, ohne viel zu lesen und sich Sprüche zu merken. Besonders, wenn es um Hexerei ging, die sie wenig interessierte. Dieser Schnellwachstumszauber war zwar nützlich, aber genauso konnte sie alle Kräuter auf dem Markt kaufen.

Sie stellte die Zutaten neben sich, mischte die Kräutergrundmischung und Brennnesselsamen in einer leeren Phiole. Als sie das Glas mit dem Drachenkot öffnete, würgte sie kurz. Der unbeschreiblich beißende Gestank drang ihr tief in die Nase. Sie hielt das Gefäß mit der einen Hand weit von sich weg, während sie die andere auf ihren Mund legte. Nach einem kurzen Moment fasste sie sich wieder. Sie häufte einen Teelöffel von der funkelnden dunkelgrünen Masse in die Phiole, in der sich bereits die Grundmischung mit den Brennnesselsamen befanden. Schnell drehte sie das Glas wieder zu, woraufhin sie tief durchatmete.

Ein kleiner Bernsteinsplitter aus der Heilsteinsammlung von Oma Malinka war die letzte Zutat, die sie hinzufügte.

Mit einem Korken verschloss sie die Phiole, die sie anschließend etwas schwenkte. Mit beiden Händen hielt sie das bauchige Ende fest, während sie den Zauberspruch las: »Adolescit herbis cito.«

Durch das Glas schossen hellblaue kleine Blitze, die die Suppe kochen ließen. Weißer Rauch wirbelte in dem Fläschchen umher.

Bevor die Flüssigkeit überzulaufen drohte, versiegten die zuckenden Lichter.

»Das war's.« Saphira hielt Oma Malinka die Phiole hin, die sie lächelnd annahm.

»Sehr gut. Das werden wir gleich mal testen.«

Sie gingen durch die Hintertür in den großen Garten.

Sechs Kräuterschnecken befanden sich auf dieser kleinen Lichtung, umringt von wunderschönen Blumen.

Saphira hielt sich gerne in dieser Oase der Ruhe auf, die ihre Großmutter mit Magie gezaubert hatte.

Oma Malinka träufelte in jede Kräuterschnecke ein paar Tropfen des Elixiers.

Kurz darauf sprossen die ersten Keimlinge, Saphira konnte ihnen regelrecht beim Wachsen zuschauen.

Ihre Großmutter sah sich im Garten um und begutachtete ihre Kräuter. »Sehr schön. Jetzt habe ich wieder genug für die nächsten Wochen.« Zufrieden lächelnd ging sie auf Saphira zu. »Bleibst du noch etwas? Ich habe gerade einen Kuchen gebacken.«

Sie schaute ihre Großmutter fragend an. »Kuchen? Es riecht gar nicht danach.«

»Oh.« Oma Malinka murmelte etwas. »Er steht dort auf dem Tisch auf der Terrasse.«

Saphira drehte sich um und blickte auf das Möbelstück, an dem sie eben noch vorbeigegangen war.

Der Duft des frischen Apfelkuchens dort stieg ihr rasch in die Nase.

Mit einem verschmitzten Grinsen drehte sie sich wieder zu Oma Malinka um. »Jetzt kann ich ihn riechen.«

»Na siehst du. Deine Nase muss verstopft gewesen sein.«

»Ganz bestimmt.«

Sie lachten, während sie auf den Tisch zugingen.

»Machst du mir noch einen Tee? Der ist wirklich lecker.«

»Kommt sofort.«

KAPITEL 3

Als die Abenddämmerung einsetzte, schnappte sich Saphira ihr Buch samt Bixby, um sich anschließend von ihrer Großmutter zu verabschieden. Danach machte sie sich auf ihrem Besen wieder auf den kurzen Flug nach Hause.

Malinka hatte darauf geachtet, dass sie nicht zu weit weg wohnte. Wenn es nach ihr gegangen wäre, würde Saphira immer noch bei ihr leben. Doch vor wenigen Monden hatte sie beschlossen, bei ihrer Großmutter auszuziehen, mit dem Versprechen, im Mondwald nahe des Sees zu bleiben. Dafür hatte Malinka ihr ein kleines Häuschen gehext.

Sie flog zwischen den Bäumen hindurch, auf denen sich einige nachtaktive Tiere tummelten.

Saphira dachte daran, dass in diesem Wald nie ein Lebewesen ohne ersichtlichen Grund gestorben war. Das Bild des toten Rehkitzes erschien vor ihren Augen.

Zuhause angekommen, legte sie das Buch auf seinen Platz, den Besen stellte sie in seine Ecke. Sie wollte schlafen gehen, doch ihr Kopf gab keine Ruhe. Die Gedanken an das Kitz wurden immer präsenter, sie musste sichergehen, dass nicht noch weitere Tiere gestorben waren und ihre Seele verloren hatten. Sie nahm ihren Umhang, verließ erneut das Haus.

Es gab nur ein Wesen, das ihr die Angst nehmen konnte, daher berührte sie einen der Saphire ihres Armbandes, der daraufhin hell aufleuchtete. Ein wohliges Gefühl durchströmte ihren Körper, das sie in eine bestimmte Richtung gehen ließ. Nur noch wenig Licht drang durch die Baumkronen.

In der Entfernung bemerkte sie einen Schein, den sie nur allzu gut kannte.

Melodia besuchte jeden Abend die ältesten Bäume. Langsam schwebte sie um die dicken Stämme herum. Eine Hand ließ sie stets durch die Rinde gleiten.

Ein Leuchten durchströmte daraufhin alle Bäume und strahlte in jeden noch so kleinen Ast bis zu den Blattspitzen. Der Schein wurde so hell, dass er selbst die dunkelste Nacht überstrahlte.

Saphira lächelte. »Es freut mich, dass es den Bäumen gut geht.«

Melodia blickte ihre Freundin an. »Den meisten ja. Nur diese Linde dort bereitet mir ein wenig Sorgen.« Sie schwebte auf den gewaltigen Baum zu, ließ sein Licht leuchten.

Jedoch war es schwach und strömte nicht mehr durch alle Äste.

Melodia sank halb in die Erde. »Sie braucht viele Nährstoffe, um wieder zu Kräften zu kommen. Daher lasse ich diese von dort, wo ein Überschuss herrscht, zu ihr fließen.«

Ein weiteres Blatt leuchtete auf.

»Wir schaffen das«, flüsterte Melodia lächelnd dem Baum zu.

Mit offenem Mund schaute Saphira ihrer Freundin gebannt zu.

»Alles in Ordnung?«, fragte der Waldgeist sie, als er aus dem Boden emporschwebte.

»Ja. Ich bin nur immer wieder begeistert von deiner Macht, dem Wald zu helfen. Kranke Tiere kann ich mit meiner Magie heilen, aber einen angeschlagenen Baum nicht. Zumindest weiß ich nicht, wie.«

»Sicher gibt es auch Hexen, die Pflanzen und Bäume heilen können. Als die große Reivara meine Seele in einen Waldgeist verwandelt hatte, hatte ich sofort die Gabe, die Mächte der Natur zu nutzen. Das ist jetzt schon einige hundert Jahre her. Ich bin froh, dass du mir beim Schutz der Tiere hilfst. So wie deine Mutter es früher getan hat. Auch wenn ich meine Aufgabe liebe, so dankbar bin ich für eure Unterstützung.«

»Mir wird gerade klar, dass ich dich nie gefragt habe. Warst du nicht einsam die vielen Jahre?«

Melodia lächelte. »Nein, ganz im Gegenteil. Es war immer Leben um mich. Eure Dörfer gab es früher nicht, aber vereinzelt lebten Menschen, auch Magier, hier in der Nähe. In einigen von ihnen fand ich enge Freunde, so wie in dir als auch in deiner Mutter. Nein, einsam war ich nie.«

»Du musst viel erlebt haben. Ich kann mir gar nicht vorstellen, so eine lange Zeit hier zu sein.«

»Bedenke, dass ich nicht wirklich lebe. Es ist nicht vergleichbar mit dem Leben, das ich früher hatte. Außer vielleicht damit, dass ich mich früher schon um den Wald gekümmert hatte.«

»Es war sozusagen deine Bestimmung, ein Waldgeist zu werden«, behauptete Saphira lächelnd.

»Das würde ich auch sagen. Ich …« Ihr Lebenslicht flackerte. Sie verzog schmerzverzerrt das Gesicht und fasste sich mit der Hand an die Brust. Das Licht leuchtete wie ein Blitz auf und erlosch unmittelbar darauf. Sie sackte in sich zusammen.

Saphira beugte sich zu ihr. »Melodia, was ist passiert?«

Ihre Augen waren weit aufgerissen. »Etwas Schreckliches ist passiert.« Sie schwebte ein Stück nach oben und hastete dann an der Linde vorbei.

Saphira nahm die Beine in die Hand und folgte ihr. Hinter einem Baum hielt sie inne.

Melodias Blick war starr auf eine Stelle gerichtet.

Saphira schritt vorsichtig näher.

Zwischen zwei Baumstämmen lag ein Fuchs. Sein Brustkorb

bewegte sich nicht mehr. Die Augen waren weit aufgerissen. Er hatte keine Verletzungen. Es wirkte so, als wäre er einfach während des Laufens gestorben.

Der Waldgeist zitterte.

Saphira fiel neben ihr auf die Knie. Ein Kloß steckte in ihrem Hals, sodass sie kein Wort herausbrachte.

Der Tod gehörte zum Leben. Doch hier handelte es sich erneut um ein Jungtier, das vermutlich grundlos gestorben war.

»Ich muss das Ritual durchführen.« Zitternd streckte Melodia die Arme himmelwärts.

Saphira fühlte sich hilflos, denn so hatte sie Melodia noch nie gesehen. Sie hatte das Bedürfnis, ihr mit liebevollen Berührungen Trost zu spenden, doch sie wollte das Ritual nicht unterbrechen. In ihrem Inneren hoffte sie, dass dieses Tier noch eine Seele besaß.

Der Wind wirbelte um den Waldgeist herum und bildete einen Strudel aus Laub. Um den Fuchs, selbst auf den Baumstämmen, neben denen er lag, wuchsen bunte Blumen, die ihn einrahmten.

Saphira wartete hoffnungsvoll darauf, dass Melodia die Worte zum Ritual sprach. Doch sie vernahm nur ein Schluchzen.

Ihre Freundin ließ ihre Arme wieder sinken.

Die Blätter fielen und die Blumen verwelkten.

»Wie kann das sein?« Melodia blickte zum Himmel. »Reivara, ich brauche deine Hilfe. Wo sind die Seelen dieser Tiere?«

Ihr Rufen wurde nicht beantwortet.

Kopfschüttelnd schaute sie erneut den Fuchs an.

In Strömen rannen Saphira die Tränen über die Wangen.

Einige Augenblicke verweilten sie dort, ohne zu sprechen.

Dann half Saphira Melodia, den Fuchs an einen sicheren Platz zu legen, wo der Waldgeist ihn mit einer schützenden Hülle umgab.

»Bitte nimm es mir nicht übel, aber ich möchte gerne ein wenig allein sein. Ich habe so etwas noch nie erlebt«, sagte Melodia.

Saphira streckte die Hand aus und glitt durch den Waldgeist. Die geistige Umarmung tat ihr gut. Sie hoffte, dass sie auch ihrer Freundin half.

»Ich kann sehr gut verstehen, dass du jetzt allein sein möchtest. Du weißt, wo du mich findest.«

Melodia nickte und schwebte mit gesenktem Kopf davon.

Es zerriss Saphira fast das Herz, ihre Freundin so zu sehen. Ihr Blick erfasste erneut den seelenlosen Fuchs. »Wenn du uns doch nur erzählen könntest, wer oder was dir das angetan hat.«

KAPITEL 4

S aphira ging gedankenverloren durch den Wald zum Mondsee. Kurz bevor sie ihren Lieblingsplatz erreichte, bemerkte sie, dass sie nicht allein war und versteckte sich blitzschnell hinter einem Baum. Vorsichtig schaute sie an dem Baumstamm vorbei auf die Felsen.

Dort saß jemand. Ein junger Mann, wie es schien. Er hatte breite Schultern und schwarze kurze Haare. Ein braunes Leinenhemd bedeckte seinen Oberkörper. Eine solche Bekleidung trugen nur die Krieger.

Saphira wurde das Gefühl nicht los, dass sie ihn kannte. Stirnrunzelnd ging sie auf ihn zu. Mit ihren kurzen Beinen waren viele Schritte nötig, doch sie versuchte, so leise wie möglich aufzutreten. Als sie schräg hinter ihm stehen blieb, konnte sie sein Gesicht ein wenig erkennen. Sie traute ihren Augen nicht. »Dariel?«, fragte sie.

Er zuckte kurz zusammen, dann blickte er sie an. »Saphira.« Seine Mundwinkel hoben sich zu einem Lächeln. »Es freut mich, dich zu sehen.«

Auch sie konnte sich ein Schmunzeln nicht verkneifen. Seine Anwesenheit schob die negativen Gedanken ein Stück beiseite, machte Platz für ein wohliges Gefühl. »Mich auch.« Sie zog die Augenbrauen nach oben. »Was machst du hier?« Mit geübten Tritten kletterte sie zu Dariel hinauf.

»Ich bin einfach lang durch den Wald spaziert, bis ich diesen See entdeckt habe.« Sein Blick fiel auf das Wasser.

»Es ist traumhaft hier, nicht wahr? Ich sitze oft auf diesen Felsen und lasse meine Gedanken schweifen. Hier finde ich Ruhe.« Sie grinste ihn an. »Es wundert mich nicht, dass du dir diesen Platz ausgesucht hast. Wobei mir gerade auffällt, dass du der erste Krieger bist, den ich im Mondwald sehe. Abgesehen vom Mondtalfest.«

»Wir kommen nicht oft raus.« Er lachte. »Die meisten aus Koldar bleiben lieber unter sich. Aber ich hatte das Bedürfnis nach etwas Abstand. Es war für mich schon verwunderlich, dass so viele zum Fest gekommen waren.«

»Mir hat es wirklich gut gefallen, dort auch mal Krieger kennenzulernen. Mit Hexen und Magiern habe ich ja genug zu tun. Aber euch sieht man sonst nur selten. Seit dem Fest haben wir uns gerade mal dreimal eher zufällig getroffen.«

»Das stimmt. Das Mondtalfest war wirklich schön. Wäre mein Bruder nicht gestolpert und gegen dich geknallt, hätten wir uns wohl nicht kennengelernt.«

»Ich bekomme heute noch Kopfschmerzen, wenn ich daran denke, wie sich meine Haare in seinem Kettenarmband verfangen hatten.« Saphira lachte.

Dariel ließ sich mit den Händen vor dem Gesicht zur Seite fallen. Kurz darauf setzte er sich wieder aufrecht hin und konnte sich ein Grinsen ebenfalls nicht verkneifen. »Ehrlich gesagt, hatte ich schon Sorge, du würdest meinen Bruder verzaubern.«

»Wenn ihm das bei Kara passiert wäre, dann hätte sie ihn mit Sicherheit verhext. Ich war einfach froh, dass meine Haare alle noch dran waren.« Sie strich mit beiden Händen durch ihre lange rote Mähne.

»Kara? Das ist die Hexe, die so schlecht über dich gesprochen hat, oder?«

Saphira nickte. »Ihre Haare sind ihr unheimlich wichtig.«

Dariel verdrehte die Augen. »Hast du noch Ärger von ihr bekommen?«

»Nein, bisher nicht. Sie hat eine große Klappe, aber wahrscheinlich wird sie es nur tun, wenn die anderen drei auch dabei sind.«

»Vom ersten Moment an waren sie mir unsympathisch. Das passiert mir sonst selten. Warst du mit ihnen zusammen in Koldar?«

»Nein, ich bin ihnen nachgegangen.«

»Warum?«

Saphira zögerte und spielte mit ihren Fingern am Stoff des Kleides. Ihr Blick war auf den See gerichtet, in dem sich die Sterne spiegelten. Ihr Herzschlag beschleunigte sich. Es war ihr peinlich, zuzugeben, dass sie so hübsch und groß wie Kara und die anderen sein wollte. Tief in ihrem Inneren erhoffte sie sich mehr Beachtung von ihnen. Doch das Verhalten der Hexen machte sie stets wütend. Sie musste sichergehen, dass sie niemandem Leid zufügen würden.

»Es tut mir leid, das geht mich nichts an.« Dariel lächelte. »Ich hoffe jedenfalls, dass sie dich in Ruhe lässt. Wenn nicht, sag mir Bescheid.«

Sie blickte in sein Gesicht und konnte nicht anders, als sein Lächeln zu erwidern.

»Allerdings ...«, sagte er nachdenklich. »Nachdem, was ich von dir gesehen habe, glaube ich nicht, dass du wirklich Schutz brauchst.«

»Leider weiß ich nicht, wie ich ihre Stimmbänder verhexen kann, damit sie einfach mal ruhig ist. Wobei, dann wäre ich bei den Hexen noch unbeliebter.« Obwohl das Thema Saphira unangenehm war, wollte ihr das Grinsen gar nicht mehr aus dem Gesicht weichen.

»Dann könnte sie meine Kollegen wenigstens nicht verzaubern.«

»Hat sie es denn bei dir einmal geschafft, dich zu verhexen?«

»Beim großen Huyág, nein. Ich habe mich immer zurückgezogen, wenn ich gesehen habe, dass sie wieder da waren.«

Innerlich machte Saphira einen Freudensprung, doch bis auf ein Lächeln zeigte sie nichts von ihren Gefühlen.

»Verzauberst du niemanden mithilfe von Hexerei?« Er grinste.

Saphiras Blick hingegen wurde ernst. »Nein. Ich verwende die Magie nicht dazu, andere zu manipulieren. Es ist nicht erlaubt, denn es unterbindet den eigenen Willen.«

»Werden sie denn bestraft?«

»Irgendwann werden sie zur Rechenschaft gezogen, da bin ich sicher. «

Sie betrachtete sein markantes Gesicht, an seiner Wange und an seinem Hals sah sie vereinzelt kleine Narben. *Woher sie wohl stammen?* Sie traute sich nicht, ihn direkt darauf anzusprechen und fragte daher: »Warst du schon auf einigen Missionen?«

»Bisher waren es drei. Zwei davon waren Rettungsaktionen, in der Dritten mussten wir gegen eine kleine Gruppe Orks kämpfen, die ein Dorf angegriffen hatten, welches von ihnen anschließend fast vollständig zerstört wurde. Zum Glück gaben sie schnell nach, sodass wir nur Leichtverletzte zu verzeichnen hatten. Die Orks haben sogar die gestohlenen Gegenstände zurückgebracht. Das war schon aufregend, da habe ich auch diese Narben her.«

Saphira schaute ihm schnell in die Augen, denn es war ihr unangenehm, dass er offenbar bemerkt hatte, wie sie die Wundmale angestarrt hatte. »Das glaube ich. So bist du auch mal aus deinem Dorf rausgekommen und hast Orte und Lebewesen gesehen, die du sonst nicht zu Gesicht bekommen hättest.«

»Das stimmt.«

Saphira wollte es genauer wissen. »Welche Kreaturen hast du denn schon gesehen?« Sie starrte ihn mit großen Augen an.

»Von einem älteren Krieger habe ich erfahren, dass es in Hazuun

Greife gibt. Es war schon immer mein Traum, einen aus der Nähe zu sehen. Also habe ich mich mit meinem Bruder auf den Weg in das ferne Tal gemacht. Allein der Weg dorthin war schon ein Abenteuer. Nachts kamen mir fremde Kreaturen zu uns. Ich hatte immer mein Schwert griffbereit, falls sie uns angreifen sollten.«

Saphira stellte sich vor, wie es sein musste, in einer fremden Umgebung ein unbekanntes Wesen zu treffen. Sie hatte nie den Drang verspürt, den Mondwald für eine längere Reise zu verlassen, doch ganz tief in ihr drin schien etwas von der Abenteuerlust ihrer Eltern verborgen zu sein.

»Sie waren neugierig, nicht größer als eine Katze. Ihre weinroten Körper waren behaart, sie hatten lange spitze Ohren, liefen auf zwei Beinen. Aus ihren zotteligen graublauen Haaren ragten große grüne Blätter. Ihre Gesichter waren menschenähnlich, wobei das Kinn sehr spitz war. Zur Verständigung gaben sie nur quiekende Laute von sich. Ich habe keine Ahnung, was für Kreaturen sie waren. Sie folgten uns eine Weile und schienen uns zu studieren, bis wir in die Nähe eines kleinen Dorfes namens Moń kamen. Der Abstand zu uns wurde größer, bis sie sich umdrehten und wegrannten.«

»Warum sind sie weggelaufen?«

»Dort trafen wir auf Goblins. Ich glaube, die kleinen Kreaturen halten nicht sehr viel von ihnen. Es sind sehr merkwürdige und extrem nervige Wesen, das kann ich dir sagen.« Er lachte, womit er Saphira ansteckte.

»Von Goblins habe ich schon gehört. Die können ziemlich gemein sein, richtig?«

»Das stimmt. Wir wollten in Moń übernachten und uns ausruhen, doch die Plagegeister ließen uns nicht in Ruhe.«

Sie hing an seinen Lippen. Mit Grimassen und Bewegungen ahmte er die Kreaturen nach. Sie wünschte sich schon fast, sie wäre dabei gewesen.

»Sie provozierten uns, versuchten, einen Kampf heraufzubeschwören, aber wir beachteten sie nicht. Das machte sie wahnsinnig. Mit ihren Waffen fuchtelten sie vor unseren Augen herum, stupsten uns an. Manche beschimpften uns auch, aber wir ignorierten sie. Es war nicht einfach, doch dann ließen sie uns in Ruhe. Da muss man hartnäckig bleiben, sonst tanzen sie einem auf der Nase herum. Am nächsten Tag konnten wir endlich weiterreisen, sodass wir am späten Nachmittag unser Ziel erreichten.«

»Hast du einen Greif gesehen?«, fragte sie mit aufgerissenen Augen.

»Nicht nur einen. Es waren fünf Erwachsene und zwei Jungtiere. Wunderschön sage ich dir. Wir haben uns gut versteckt, damit sie uns nicht entdecken. Der Anblick hat sich gelohnt.«

»Ich beneide dich etwas darum.« Sein markantes Gesicht, die dunklen Augen und dieses Lächeln sorgten bei ihr für feuchte Hände.

»Wo warst du denn schon überall?«, fragte er.

»Ehrlich gesagt nur hier im Mondtal. Ich hatte nie das Bedürfnis, auf Reisen zu gehen. Wobei mich solche Geschichten schon neugierig machen. Diese Kreaturen kenne ich nur von Erzählungen, aus Büchern. Einen Greif habe ich aber schonmal gemalt.«

Dariel blickte sie überrascht an. »Eine künstlerische Hexe. Damit hätte ich überhaupt nicht gerechnet. Was malst du denn sonst noch so?«

Saphira erzählte ihm von ihrem Kunstkurs und von verschiedenen Motiven, die sie schon gemalt hatte: Bäume, Blumen, ihrem Besen Bixby, einen Vogel und die eigene Hand mit einem Apfel darin.

»Vielleicht zeigst du mir irgendwann eines deiner Kunstwerke«, sagte Dariel.

»Sehr gerne.« Saphira lächelte.

»Ich werde wieder nach Koldar gehen. Um Mitternacht werden alle Tore geschlossen, dann kommt niemand mehr rein oder raus.«

»Somit seid ihr in eurem eigenen Dorf eingesperrt?« Saphira riss die Augen auf.

»Nein, nein, keine Sorge.« Dariel lachte. »Ich meinte die Tore der Kaserne. Sie werden verriegelt, damit wir Krieger mehr Disziplin erlernen und uns nicht die ganze Nacht draußen herumtreiben.« Er verdrehte die Augen, was Saphira zum Schmunzeln brachte.

»Dann geh mal lieber schnell nach Hause, bevor sie dich suchen.«

»Sehen wir uns wieder?«, fragte Dariel mit hoffnungsvollem Blick.

»Ja, das würde mich freuen. Der Wald ist mein Zuhause. Hier triffst du mich eigentlich immer. Aber verlauf dich nicht.«

»Ich bin ein Krieger, ich finde dich schon. Wir können Spuren lesen.« Er erhob sich von dem Felsen. »Gute Nacht, Saphira.« Er sprang auf den weichen Boden und drehte sich noch einmal um.

»Gute Nacht, Dariel.« Sie schaute ihm nach, bis die Dunkelheit des Waldes ihn verschluckte. Dann wandte sie sich mit einem Lächeln im Gesicht wieder dem See zu und blickte verträumt auf das Gewässer, in dem sich der Mond spiegelte.

Ihre Gedanken kreisten um den jungen Krieger, der sie vor Karas Worten schützen würde, wenn es nötig wäre. Doch war das überhaupt ihr Wunsch? Es ärgerte sie, in manchen Situationen hilflos und schnell eingeschüchtert zu sein. Sie wollte keinen Beschützer, sondern sich selbst verteidigen. Doch sie hatte die Magiebälle noch nicht unter Kontrolle. Sie musste mehr üben, damit ihre Magie besser wirken konnte. Eventuell wäre sie dann sogar in der Lage, das Wesen zu vertreiben, das die Seelen gestohlen hatte.

Als sie darüber nachdachte, kamen ihr die toten Tiere wieder in den Sinn. Ein kalter Schauer lief ihr über den Rücken. Was, wenn bald Hexen, Magier oder Menschen sterben und ihre Seelen verlieren würden? Sie würden nie zur Ruhe kommen, nie ins Reich Olgarian übergehen.

Diese Gedanken machten ihr Angst und motivierten sie noch mehr dazu, sich endlich weiter mit ihrer Magie zu befassen. Denn dadurch würde sie nicht nur sich selbst, sondern auch andere, insbesondere ihre Liebsten, schützen.

KAPITEL 5

Bis spät in die Nacht versuchte sie, Magiebälle zu wirken, doch es klappte nur sporadisch. Sie vertraute darauf, dass sie diese Art von Magie am schnellsten erlernen würde. Schließlich hatte sie sie schon öfter gewirkt, jedoch nicht kontrolliert.

Die vielen brennenden Kerzen warfen flackernde Gestalten an die Innenwände ihres Hauses, welche sie vergeblich versuchte, mit den Magiebällen zu treffen.

Mehrmals blätterte sie im *Buch der Hexenmagie*, um einen besseren Spruch zu finden. Sie entdeckte einen für Feuerbälle, der jedoch nicht dafür geeignet war, jemanden abzuschrecken. Außerdem setzten sie, je nach Größe, alles unmittelbar beim Aufprall in Brand. *In einem Holzhaus mitten im Wald keine gute Idee*, dachte sich Saphira und blätterte weiter. Die im Buch liegenden Bänder halfen ihr grob dabei, die Art der Magie zu finden, die sie suchte.

Auf den ersten Seiten standen Heilzauber geschrieben, welche durch ein rotes Band von den Wunschritualen getrennt waren. Beim Violetten begannen die Schutzzauber, gefolgt von dem Schwarzen, hinter dem sich auf wenigen Seiten Dämonenzauber befanden. Zeichnungen von grässlichen Fratzen zierten einige Blätter. Nur erfahrene Hexen und Hexer konnten diese wirken, da es jahrelanger Übung sowie dem Umgang mit Tinkturen bedurfte.

Sie blätterte auf den Seiten hinter dem orangenen Band: Verteidigungszauber. Neben den Magiebällen interessierte sie noch die Deviation, mit der Angriffe zu ihrem Ursprung zurückgelenkt werden konnten, sowie Erstarrungszauber.

In ihren Augen waren dies die hilfreichsten Magiesprüche, die sie womöglich schnell erlernen konnte. Zumindest, sofern Maxim ihr dabei behilflich sein würde. Am liebsten hätte sie sich sofort auf den Weg zu ihm gemacht, doch die schwarze Dunkelheit hinter dem Fenster verriet ihr, dass es noch Nacht war.

Sie schrieb die drei Hexensprüche auf zwei Blätter Papier, faltete sie sorgsam zusammen und legte sie in das *Buch der Hexenmagie*. Nach einem herzhaften Gähnen nickte sie und sagte zu sich selbst: »Ja, es wird Zeit fürs Bett.« Sie löschte die Kerzen und warf sich auf die weiche Matratze, auf der sie kurze Augenblicke später einschlief.

Ein lautes Klirren weckte Saphira. Mit aufgerissenen Augen saß sie aufrecht im Bett. Mit gerunzelter Stirn schaute sie sich um, bis sie das zerbrochene kleine Fenster neben sich sah.

Die Splitter lagen draußen. Es war bereits taghell, doch sie konnte die Ursache nicht entdecken.

»War ich das?«, fragte sie sich. Sie erinnerte sich schwach an ihren Traum, in dem sie mit Magiebällen gegen ein undefinierbares Wesen gekämpft hatte. Sie blickte auf ihre Hände. *Kann es sein, dass ich die Magie im Traum auf die Realität übertragen habe?* So intensiv wie in der vergangenen Nacht hatte sie sich lange nicht mehr mit Magie beschäftigt. Dass sie davon geträumt hatte, war vorhersehbar, doch mit so etwas hätte sie nie gerechnet. Erneut wurde ihr bewusst, wie viel sie noch zu lernen hatte.

Sie ging nach draußen und sammelte die Scherben ein, nahm sie mit und reparierte das Fenster mit einem einfachen kleinen Zauberspruch.

Ihr waren schon oft Phiolen zu Bruch gegangen, daher hatte sie sich, mit Hilfe ihrer Oma, schnell eine Methode angeeignet, diese wieder zusammenzusetzen. Sie war jedes Mal ein wenig stolz auf sich selbst, wenn die kaputten Gegenstände wie neu aussahen. So auch bei ihrem Fenster. Sie nickte dem Glas zu und grinste.

Viel Schlaf hatte sie nicht bekommen, doch sie war wach genug, um nun mit Maxim zu üben. Sie hoffte, dass er zuhause war. Aus dem *Buch der Hexenmagie* nahm sie ihre gefalteten Blätter heraus, die sie in ihre kleine braune Umhängetasche steckte, welche sie sich über die Schulter hängte.

Einen kurzen Augenblick stand sie vor Bixby und überlegte, auf ihm zur Magierstadt zu fliegen, doch dann entschied sie sich kurzerhand dafür, zu Fuß zu gehen. So konnte sie ein wenig mit den Tieren zusammen sein. Denn die Angst, dass bald erneut eines seine Seele verlieren könnte, trug sie stets mit sich.

* * *

In Torias angekommen, schritt sie langsam die Straße entlang, bis sie in die Wolkenallee einbog. Statt von Bäumen wurde diese Allee von bauschigen Kumuluswolken gesäumt.

Am Ende der Straße ging sie auf ein fassähnliches Haus zu, auf dessen gewölbtem Dach hunderte bunter Blumen wuchsen, die sich der Sonne entgegenstreckten.

Sie klopfte dreimal hintereinander gegen die Eingangstür, die sich kurz darauf knarrend öffnete. »Hast du Zeit, mit mir zu üben?«, fragte sie Maxim, noch bevor er etwas sagen konnte.

Er lächelte sie an. »Komm rein.«

Saphira betrat das Haus. »Bist du allein?« Ihr fiel auf, dass es still war.

»Meine Eltern sind bei Freunden zum Essen eingeladen. Ich lerne für meine Abschlussprüfung.«

»Dann störe ich dich ja. Das tut mir leid.«

»Nein, tust du nicht. Eine Pause tut mir sicher auch mal gut. Was willst du denn üben? Vielleicht hilft es mir ja auch beim Lernen.«

Saphira folgte Maxim in die geräumige Küche. Sie nahm an dem kleinen runden Tisch Platz, der in der Mitte des Raums stand. »Ich beherrsche Angriffszauber nicht gut. Gestern Abend habe ich vieles ausprobiert, aber es hat einfach nicht so funktioniert, wie ich es wollte.«

Maxim trug zwei Becher zu einer der großen bunten Glasflaschen, die fast so hoch wie er selbst waren. Er füllte die beiden Gefäße mit der dampfenden rosafarbenen Flüssigkeit aus der roten Flasche. Nachdem er den Hahn zugedreht hatte, stellte er die Becher auf den Tisch und setzte sich neben Saphira.

Sie pustete den Dampf weg und legte ihre Hände um das warme Gefäß. »Heute Morgen habe ich im Schlaf einen Magieball abgefeuert, der das kleine Fenster neben meinem Bett gesprengt hat.«

»Was?« Maxim lachte lauthals. »In meinem Kopf ist das gerade sehr witzig. Das hätte ich gerne gesehen.«

»Das glaube ich.« Ein Grinsen konnte sich Saphira aber nicht verkneifen, das jedoch nicht lange anhielt. »Ich hätte mich dabei verletzen können. Wenn er an die Decke geflogen und mir diese auf den Kopf gefallen wäre, dann würdest du nicht lachen.«

»Nein, würde ich nicht. Aber es ist dir doch nichts passiert, oder?«

Sie schüttelte den Kopf.

»Na siehst du. Warum möchtest du denn plötzlich solche Zauber lernen?«

»Es passieren seltsame Dinge im Wald. Ich will vorbereitet sein.«

Maxim runzelte die Stirn. »Wofür? Was ist denn los?«

Sie ließ den Kopf hängen. »Melodia und ich haben tote Waldtiere gefunden, denen die Seele fehlt.«

Maxim riss die Augen auf. »Wie kann das sein?«

Sie nahm einen Schluck des Holunderbeer-tees und schaute ihn anschließend wieder an. »Wir wissen es nicht. Melodia konnte das Übergangsritual nicht durchführen, weil die Seelen fehlten. Die Tiere waren aber weder verletzt noch krank.«

»Also ein Magier war das sicher nicht. Seelen aus dem Körper ziehen, können wir nicht.«

»Wir auch nicht. Ich wüsste nicht, dass irgendein Lebewesen zu so etwas fähig ist. Melodia ist die Einzige, die diese Macht hat. Vielleicht besitzt etwas, das wir noch nicht kennen, diese Kraft auch. Ach, ich weiß nicht. Ich hab Angst, dass es irgendwann nicht nur den Tieren, sondern vielleicht auch uns passiert. Wenn irgendjemand dafür verantwortlich ist, dann will ich mich wehren können. Deshalb musst du mit mir üben.«

»Na gut, ich versuche es. Wenn du so motiviert bist, dann gebe ich mein Bestes.« Er trank seinen Tee halb leer.

»Ja, ich möchte es unbedingt besser können.«

Maxim legte seine Hand auf ihre Schulter. »Du schaffst das schon. Magiebälle hast du schon gewirkt, wenn auch nicht immer beabsichtigt. Damit können wir arbeiten.«

»Abfeuern klappt auch manchmal. Ich kann Fenster zerschmettern, die mir im Weg sind.«

Beide lachten. Sie tranken ihren Tee aus, wonach sie das Haus durch den Hinterausgang verließen. In dem großen Garten blieben sie stehen.

»Dann zeig mal, was du gestern versucht hast.«

Saphira atmete tief durch und streckte beide Hände mit den Handflächen nach oben aus. »Magia pila apparent.«

Kleine Blitze leuchteten auf.

»Magia pila apparent.«

Langsam erschien eine Kugel, nicht größer als eine Murmel, die oberhalb ihrer Hände schwebte und von den Blitzen berührt wurde. Sie wuchs stetig an, bis sie schließlich die Größe einer Apfelsine erreicht hatte.

Saphira konnte die Kugel einige Augenblicke stabil halten und schaute grinsend zu Maxim hinüber. Das Schmunzeln verging ihr allerdings schlagartig wieder, als sie seine vor der Brust verschränkten Arme und den skeptischen Blick sah.

»Da kann man ja 'nen Kuchen nebenbei backen. Dein Angreifer hätte dich längst getötet.«

Saphira runzelte die Stirn. Der Magieball schrumpfte, bis er und die Blitze verschwanden. »So hilfst du mir nicht.«

»Es tut mir leid. Ich zeige es dir.« Maxim hielt eine Hand geöffnet vor sich. »Magia pila apparent.« Er hatte kaum den Spruch zu Ende gesprochen, da schwebte eine leuchtende kopfgroße Lichtkugel vor ihm. Sie bewegte sich mit seinem Arm mit.

»Warum klappt es bei dir und bei mir nicht? Das war doch der gleiche Spruch.« Saphiras Stimme trug einen genervten Unterton mit sich.

»Die Worte allein bringen nichts. Erinnerst du dich, was ich das letzte Mal gesagt habe?«

»Ja, dass ich es fühlen soll wie bei den verletzten Tieren, die ich gesund hexe.«

»Richtig. Im Heilen bist du eine Meisterin. Stell dir vor, ich bin ein verwundetes Tier und brauche deine Hilfe.«

»So einfach geht das nicht. Ich kann mir das zwar vorstellen und wäre auch traurig, aber ich möchte kein Lebewesen mit einem Magieball angreifen. Müsste ich nicht eher wütend sein? Woran denkst du denn, wenn du zauberst?«

»Ich denke eigentlich gar nicht viel darüber nach.« Er ließ die Kugel zerplatzen und stemmte dann die Hände in die Hüfte. »Los, versuch es noch mal und versetze dich dabei gedanklich einfach in eine Situation, in der die Magie dir problemlos gehorcht. Mal schauen, was passiert.«

»Na gut.« Erneut streckte sie beide Arme aus. Sie schloss die Augen und dachte an das tote Rehkitz, das sie versucht hatte, zu heilen. Sein Antlitz erschien vor ihr, sie fühlte die Traurigkeit in sich aufsteigen. Langsam hoben sich ihre Lider wieder und sie streckte ihre Hände aus. »Magia pila apparent.«

Die Blitze erschienen rasch und formten einen tomatengroßen Magieball, der jedoch bereits nach wenigen Augenblicken in sich zusammenfiel.

Saphira ließ seufzend die Arme hängen.

»Das war schon gut. Es ging sehr viel schneller als beim ersten Mal.«

»Aber er ist weg. So hilft mir das nicht.«

»Deswegen musst du üben. Wenn du dranbleibst, dann schaffst du es auch. Du darfst nicht so schnell aufgeben.«

Saphira verdrehte die Augen. »Ich übe ja.«

»Nicht oft genug. Jeden Tag ein bisschen würde schon einiges bewirken. Glaub mir.« Er ging auf sie zu und nahm sie in den Arm.

»Ich weiß. Es ärgert mich so, dass ich es nicht hinbekomme.« Sie schluchzte.

»Du bist zu ungeduldig. Atme einmal tief durch. Du kannst das.« Er schaute ihr in die Augen. »Vertrau mir.« Mit dem Zeigefinger tippte er auf ihre Nase, woraufhin sie lächelte.

»Und jetzt üben wir weiter.«

Saphira versuchte es noch acht Mal. Sie gab sich Mühe, sich in die Heilungssituation zu versetzen, und sprach den Hexenspruch. Doch die Magiebälle waren instabil, zu klein oder bauten sich zu langsam auf. Nur ein einziges Mal schaffte sie es, einen abzufeuern. Dieser kam allerdings nicht weit und verschwand während des Fluges wie eine Sternschnuppe, die verglühte.

Sie sank auf das Gras. »Es klappt nicht. Ich fühle immer das Gleiche und trotzdem passiert ständig etwas anderes.« Sie ließ den Kopf hängen.

»Gib nicht auf. Versuch es morgen einfach noch mal.«

»Das reicht nicht. Es muss jetzt funktionieren.«

»Warum?« Maxim setzte sich neben sie.

»Die Seelen dieser Tiere finden keine Ruhe. Sie können nicht auf die andere Seite gehen. Vielleicht quält sie jemand. Möglicherweise sind wir die Nächsten. Ich hab einfach Angst, dass ich ohne Magie niemandem helfen kann. Wenn dieses Etwas, das die Seelen stiehlt, dich morgen mit einer Kraft gefangen nimmt, muss ich etwas tun können. Ich fühle mich im Augenblick einfach hilflos.«

»Du willst den Schuldigen finden.«

Ohne ein Wort zu sagen, schaute sie ihn an. Ihr wurde klar, dass die Suche nach diesem Wesen die einzige Möglichkeit war, die Tiere und vielleicht alle anderen im Mondtal zu retten. Doch ohne die Fähigkeit, ihre Magie kontrolliert anzuwenden, sah sie darin wenig Hoffnung.

KAPITEL 6

I hre Beine trugen sie aus der Magierstadt hinaus und in den Wald, wo sie wie immer von Vögeln, Eichhörnchen und Hasen begleitet wurde.

Doch ihre Gedanken kreisten um ihre Magie. Nach dem zehnten Versuch hatte sie das Handtuch geschmissen und Maxim versprochen, am nächsten Tag weiter zu üben. Sie war ihm unheimlich dankbar für seine Unterstützung, aber ihr fehlte die Geduld. Sie ärgerte sich darüber, dass sie sich nicht früher mit der Hexerei beschäftigt hatte, wie es ihr ihre Großmutter immer empfohlen hatte.

Tranceähnlich trugen ihre Beine sie sicher an den Baumstämmen vorbei, bis sie eine Lichtung erreichte.

Kaum war sie angekommen, tummelten sich dort noch mehr Tiere, auch Rehe und Füchse.

Sie setzte sich ins Gras und dachte nach.

Eine beruhigende Stimme sprach zu ihr. »Ich spüre Zweifel.« Saphira drehte sich um und erblickte Melodia.

»Ein Hexenspruch will nicht so, wie ich möchte. Das ärgert mich.«

Der Waldgeist schwebte vor sie. »Was möchtest du mit dem Spruch bewirken?«

»Mich verteidigen zu können, wenn es sein muss.« Saphira blickte starr vor sich.

»Daran hast du bisher keine Gedanken verschwendet. Gibt es dafür einen Grund?«

»Außerhalb des Mondtals existieren gefährliche Kreaturen. Einige kennen wir, andere nicht. Ich möchte einfach vorbereitet sein.«

»Willst du denn fortgehen?«

»Vielleicht. Ich möchte wissen, was mit den Seelen der Tiere geschehen ist. Wenn wir hier nichts finden, dann muss ich mich auf die Suche machen.«

»Ich kann deine Sorge verstehen. Mir ist es auch wichtig, zu wissen, was mit ihnen passiert ist. Aber wonach willst du suchen?«

Saphira zuckte mit den Achseln. Die Frage war berechtigt. Sie hatte keine Ahnung, wo sie anfangen sollte. Ihre Magie beherrschte sie auch nicht. Verzweiflung machte sich in ihr breit.

Sie dachte an ihre Eltern, die von einigen gefährlichen Wesen unweit des Mondwaldes erzählt hatten. Nur mit Hexerei hatten sie ihnen entkommen können.

Ohne Zauberei war eine Reise durch Pantuma riskant. Allein hätte Saphira keine Chance.

Ihr fiel plötzlich auf, dass Melodia sehr still war. »Du wirkst etwas bedrückt«, bemerkte sie, woraufhin die schwebende Gestalt nickte.

»Da du im Moment sehr besorgt bist, sollte ich es dir wahrscheinlich gar nicht erzählen. Ich habe drei weitere tote Tiere gefunden. Zwei Hasen und einen Fuchs.«

»Ihre Seelen?« Saphiras Stimme hatte gezittert, denn sie wusste die Antwort. »Welches Wesen kann die Seelen aus einem Körper ziehen? Das ist doch selbst mit Hexerei nicht möglich.«

Melodia blickte sie traurig an. »Mir ist kein Lebewesen bekannt, das diese Fähigkeit hätte. Dazu wäre wahrscheinlich nur Reivara selbst in der Lage.«

»Wir müssen herausfinden, was hier los ist.« Saphira sprang auf, schritt auf der Lichtung herum, wobei sie mit dem Zeigefinger angestrengt nachdenkend an ihre Schläfe tippte.

Saphira überlegte lange, doch es fiel ihr nichts ein, was sie tun könnten. Mit beiden Händen am Kopf ließ sie sich wieder auf den Boden fallen. »Ich weiß es nicht.«

Melodia schwebte direkt zu ihr und streifte leicht durch Saphiras Arm, was ein Leuchten zur Folge hatte. »Wir finden einen Weg, da bin ich sicher.«

Saphira nickte. Sie würde alles versuchen, doch ihr war klar, dass mit jedem Tag die Wahrscheinlichkeit für weitere Todesfälle anstieg. Um etwas zu erreichen, war es wichtig, dass sie erfolgreich kontrolliert zaubern konnte. »Ich werde nach Hause gehen und meinen Hexenspruch üben, damit ich die Magie in den Griff bekomme.«

»Pass auf dich auf und mach dir nicht zu viele Sorgen. Alles hat eine Ursache, die sich uns früher oder später offenbart.«

»Ja, da hast du recht.«

Saphira erhob sich und verließ die Lichtung. Langsam trottete sie vorwärts, den Blick stets auf den Boden gerichtet. Ihre Gedanken kreisten um die Übungen, die mehr schlecht als erfolgreich waren.

Vor ihrem Haus blieb sie stehen. Sie hatte keine Kraft mehr, noch weiter zu üben. Daher ging sie an ihrer Bleibe vorbei in Richtung Mondsee.

Die Sicht auf die Felsen zauberte ein Grinsen in ihr Gesicht und vertrieb die dunklen Gedanken. »Wartest du auf mich?«, rief Saphira.

Dariel drehte sich um. »Auf wen denn sonst?« Nicht nur sein Mund, sondern auch seine Augen lächelten, als ihre Blicke sich trafen.

Ihr Herzschlag beschleunigte sich, je näher sie ihm kam. Eine Unterhaltung mit ihm könnte sie ein wenig ablenken. Sie stieg zu ihm auf die Felsen und setzte sich neben ihn.

»Schau mal.« Dariel entfaltete ein Stück Papier, das er aus seiner Hosentasche gezogen hatte. »Ich habe versucht, zu malen.«

Saphira nahm das Blatt und betrachtete die Kohlezeichnung eines Hauses. Es war sehr detailreich, die Maserung des Holzes der Fassade war gut zu erkennen. Die Eingangstür besaß Verzierungen, die Fenster waren abgerundet. Es war schlicht, klein, umgeben von Bäumen und Sträuchern.

Saphira konnte ihre Augen nicht mehr davon abwenden. »Das sieht wunderschön aus.«

»Findest du? Das ist das erste Bild, das ich seit Kindertagen gezeichnet habe. Ich habe mir wirklich Mühe gegeben.«

Sie sah ihn an. »Hast du das aus dem Kopf gemalt?«

»Nein, das würde ich nicht hinbekommen. Das ist mein Elternhaus. Da habe ich mit meiner Familie gelebt, bis ich mich dazu entschlossen habe, ein echter Krieger zu werden. Mein Bruder wohnt noch mit meiner Mutter dort.«

Und dein Vater? Sie traute sich nicht, die Frage laut auszusprechen.

Doch kaum hatte sie diesen Gedanken zu Ende gedacht, sagte er: »Mein Vater ist bei einem Kampf gefallen. Er war ebenfalls ein Krieger und hat in einigen Schlachten gekämpft.«

»Das tut mir sehr leid. Trotzdem wolltest du auch ein Krieger werden?«

»Ja. Ich möchte meine Familie und ganz Pantuma beschützen können.«

»Das verstehe ich, aber ich hoffe, es wird nicht dazu kommen, dass du jemals in einen solchen Kampf ziehen musst.«

»Geht mir genauso. Viele glauben, dass Krieger darauf aus sind, in Schlachten andere zu töten, doch das ist nicht wahr. Wir werden dafür ausgebildet, in Notfällen zu helfen. Um für so einen Fall vorbereitet zu sein, müssen wir trainieren. Dennoch sind wir auch nicht traurig, wenn Frieden herrscht. Das wünschen wir uns wahrscheinlich alle.«

Dies löste ein wohliges Gefühl in Saphira aus. Sie war auch immer der Meinung gewesen, dass sie wild darauf waren, zu kämpfen. »Es freut mich zu hören, dass du niemanden einfach so tötest, nur weil du ein Krieger bist.« Sie lachte.

»Es ist wirklich traurig, wenn man nur als solcher angesehen wird. Und wie du siehst, bin ich sogar ein bisschen kreativ.« Grinsend zeigte er auf seine Zeichnung.

»Es war sicher sehr gemütlich in dem winzigen Häuschen.«

»Als Kind ja, irgendwann wurde es allerdings doch etwas eng. Aber ich will mich nicht beschweren, schließlich lebe ich jetzt in einem kleinen Zimmer mit zwei weiteren Kriegern zusammen. Da wäre mir mein Elternhaus lieber.«

Mit einem Grinsen blickte Saphira Dariel an. Sie versuchte, sich auf seine Worte zu konzentrieren, doch sie dachte unentwegt an die Unterhaltung mit ihrer Freundin.

»Ist alles in Ordnung? Du wirkst nachdenklich.«

»Ja, ich bin gedanklich bei einigen Waldtieren, die auf unerklärliche Weise gestorben sind. Melodia, der Waldgeist, hat genauso keine Erklärung dafür. Sie kümmert sich um die Tiere, die scheinbar grundlos ihr Leben verloren haben.« Die Tatsache, dass die Seelen der Tiere geraubt wurden, behielt sie erst einmal für sich. Sie traute Dariel, jedoch war sie trotzdem vorsichtig.

Er zog die Augenbrauen hoch. »Das klingt fürchterlich. Ich würde euch gerne helfen.«

Sein Mitgefühl berührte Saphira. Nie hätte sie erwartet, dass ein Krieger sich um die Tiere des Waldes sorgte. »Ich danke dir, Dariel. Leider wissen wir nicht, wonach wir suchen müssen. Melodia konnte keine Spuren erkennen. Die Tiere hatten keine Wunden von einem Kampf. Es war weder ein Raubtier noch eine Krankheit.«

Aufgrund seiner Hilfsbereitschaft beschloss sie, ihm alles zu erzählen. »Da ist noch etwas. Sie sind nicht einfach tot, ihre Seelen sind verschwunden.«

Seine Augen wurden größer, während sie ihm erklärte, woher sie dies wusste, was Melodias Aufgabe war.

»Ein Seelenräuber.« Dariel blickte eine ganze Weile nachdenklich auf das Wasser. »Ein Köder könnte hilfreich sein.«

Saphira riss die Augen auf. »Du meinst, wir sollten ein Tier opfern?«

Der Krieger berührte sie sanft an den Armen und schüttelte energisch den Kopf. »Nein, nein, so meinte ich das nicht. Eine Attrappe. Vielleicht aus Holz oder Stein. Etwas, das aussieht wie ein Tier. Möglicherweise lockt es das Wesen an, was für den Tod der Waldbewohner verantwortlich ist. Wäre einen Versuch wert, oder was glaubst du?«

Sie dachte kurz darüber nach. »Könnten wir ausprobieren.«

»Worauf warten wir noch?«

Sie sah die Entschlossenheit in Dariels Augen und nickte zustimmend. »Lass uns Melodia suchen. Ich möchte sie in unser Vorhaben einweihen.«

Sie brachen auf in Richtung der Lichtung, wo Saphira sich erst vor Kurzem von dem Waldgeist verabschiedet hatte.

»Du scheinst bei den Tieren hier sehr beliebt zu sein«, sagte Dariel.

Saphira schaute zu den drei Hasen und dem Uhu, die ihnen folgten. »Meine Mutter hat mich bereits als Kind gelehrt, dass alle Lebewesen es wert sind, beschützt zu werden. Zudem habe ich schon früh mit den Tieren gesprochen. Durch die enge Verbindung zur Natur bin ich nie allein unterwegs.« Sie lächelte.

»Du redest wirklich mit ihnen? Das würde ich auch gern können.«

»Menschen ohne die Gabe der Magie sind dazu nicht in der Lage. Zumindest nicht auf die Weise wie wir Hexen. Du kannst allerdings lernen, die Tiere besser zu verstehen, indem du ihr Verhalten beobachtest. Bei ihnen läuft eine Unterhaltung meist über die Körpersprache. Du wärst überrascht, wie viel du lernen kannst, wenn du ihnen einfach einen Tag lang zuschaust.«

Dariels Blick war auf die Hasen gerichtet, die neben Saphira durch den Wald hüpften.

Bei Geräuschen, die nicht von ihnen stammten, blieben sie kurz stehen und stellten ihre Löffel in eine Richtung.

Sie gingen quer durch den Wald, bis sie nach einer Weile die Lichtung erreichten. Sie war leer.

»Melodia wird unterwegs sein. Ich rufe sie.« Mit dem Finger rieb sie den zweiten Saphir an ihrem Armband.

Der Stein erstrahlte.

Nur wenige Augenblicke später wehte ein leichter Wind durch ihre Haare und Melodia tauchte aus dem Wald auf. Sie schaute Saphira fragend an. »Ist etwas geschehen?«

»Nein, nein, keine Sorge.« Saphira zeigte auf ihren Begleiter. »Das hier ist Dariel. Er ist ein Krieger aus Koldar und hatte eine Idee, wie wir den Mörder der Tiere finden könnten.« Sie erzählte Melodia von der Attrappe.

»Bevor wir weiter im Dunkeln stochern, sollten wir es versuchen«, erwiderte diese, nachdem Saphira fertig war.

Sie gingen durch den Wald und schauten sich um.

»Ich bin nicht sicher, wie wir einen geeigneten Platz finden sollen«, sagte Dariel.

Saphira schüttelte den Kopf. »Ich weiß es auch nicht. Es könnte überall passieren, glaube ich.«

An einem Baum, neben dem ein etwas größerer Felsen stand, blieben sie stehen.

»Ich glaube, es hat keinen Sinn, weiterzugehen«, sagte Saphira. »Dieser Platz ist so gut wie jeder andere.«

Melodia nickte. »Das Wesen könnte überall auftauchen.«

Dariel ging um den Felsen herum. Schließlich blickte er Saphira an. »Kannst du diesen Stein vielleicht in ein Tier verwandeln?«

Sie hatte schon lang keinen Verwandlungszauber mehr gewirkt. Wahrscheinlich würde es nicht klappen. Dann dachte sie an das zerbrochene Fenster, das sie wieder intakt gesetzt hatte. Wenn sie diesen Zauber so anwenden würde, als hätte der Stein ursprünglich eine ganz andere Form gehabt, sollte das genauso funktionieren. Sie würde den Stein somit reparieren.

Sie konzentrierte sich auf den Felsen: »Mutare lapis in cervo.« Violette Blitze zuckten aus ihren Händen und trafen den Stein, der sich bei jedem Treffer etwas veränderte. Nach dem achten Aufleuchten stand ein graues Rehkitz vor ihnen.

»Das sieht schon gut aus«, meinte Dariel. »Jetzt fehlt nur noch etwas Farbe.«

»Das erledige ich.« Saphira murmelte ein paar Worte, woraufhin ein Pinsel und eine Farbpalette erschienen. Sofort malte sie feine hellbraune Linien in unterschiedlichen Schattierungen auf den grauen Stein, sodass der Eindruck von Fell entstand.

Mit dem Pinsel bemalte sie den Felsen Stück für Stück.

Das Fell des Rehkitzes sah sehr realistisch aus und in seinen Augen stand die Unschuld eines Jungtieres geschrieben.

In filigraner Feinarbeit erweckte Saphira das Steinkitz zum Leben. Stolz betrachtete sie ihr Meisterwerk, als sie fertig war.

»Es sieht wirklich unheimlich echt aus«, bemerkte Dariel.

»Dem kann ich nur zustimmen, denn du bist eine Künstlerin«, fügte Melodia an.

»Danke euch.« Sie ließ Pinsel und Farbpalette wieder verschwinden. »Jetzt wollen wir nur noch hoffen, dass dieses Ding, was auch immer es ist, darauf reinfällt.«

* * *

Langsam versank die Sonne und tauchte die Welt in ein orangenes Licht.

Dann übernahm die Dunkelheit das Zepter. Die Sterne am Himmel strahlten hell, doch weder sie noch der abnehmende Mond brachten genug Helligkeit in den Wald, um viel sehen zu können.

Von ihrem Versteck aus, einem großen Gebüsch, sah Saphira trotz der Düsternis die Umrisse von Bäumen und Tieren sehr gut, genau wie die des Steinkitzes. Sie hatte sich diese Fähigkeit über Jahre angeeignet, denn im Wald zu leben, bedeutete auch, sich an die Gegebenheiten dort anzupassen.

»Seht ihr etwas?«, flüsterte Dariel. »Ich kann leider nur wenig erkennen, obwohl meine Augen sehr gut im Dunkeln sind.«

»Melodia sieht alles, ich kann auch genug wahrnehmen«, antwortete Saphira ebenfalls flüsternd.

Zwei Füchse streiften gut erkennbar um das Steinkitz herum, einige Igel raschelten am Gebüsch. Der Ruf eines Uhus durchbrach die Stille der Nacht.

Die Stunden vergingen, aber nichts geschah. Ein kühler Wind wehte durch die Baumkronen. Das Rascheln und einige knackende Äste sorgten dafür, dass Saphira den Stein immer wieder aufs Neue anstarrte. Doch sie wurde stets enttäuscht.

* * *

Der Morgen erwachte ohne besondere Geschehnisse in der Nacht.

Das Steinkitz stand noch da wie am Abend zuvor. Lediglich ein paar Blätter zierten es nun.

Die drei kamen aus ihrem Versteck hervor und betrachteten niedergeschlagen den Stein.

»Entweder ist das Wesen nicht gekommen oder es ist nicht darauf hereingefallen«, sagte Saphira.

Melodia schaute nach links, woraufhin sie sich schnell fortbewegte.

Saphira sah Dariel fragend an. Dann nahmen sie die Beine in die Hand. Sie erreichten den Ort, an dem der Waldgeist auf dem Boden kniete.

Dariel drehte sich ruckartig zu ihr. »Nicht. Bleib hier.«

Melodias Hände lagen auf einem Dachs.

Sein lebloser Körper wies auf den ersten Blick keine Wunden auf. Saphira ahnte Schreckliches.

»Seine Seele fehlt.« Melodia ließ den Kopf hängen.

Saphira drehte sich zu Dariel um, presste ihr Gesicht an seine Brust und weinte.

»Vielleicht sucht es nicht einfach Tiere, sondern kann gezielt Seelen ausfindig machen. Darum ist es vermutlich nicht auf unseren Köder hereingefallen. Vielleicht kann es schon aus sicherer Entfernung spüren, ob eine Seele vorhanden ist. Wir müssen uns etwas anderes überlegen.« Er schlang tröstend seine Arme um Saphira.

»Was ist denn hier los?«, drang eine Stimme zu ihnen herüber.

Saphira trennte sich von Dariel und wischte sich die Tränen von den Wangen.

Die Blicke waren auf Maxim gerichtet.

Er kam auf sie zu und schaute alle abwechselnd an. Schließlich betrachtete er das vor Melodia liegende tote Tier. »Ist seine Seele auch verschwunden?«, fragte er Saphira, die nickte. Er kniete nieder und sah sich den Dachs genau an. »Keine Verletzungen. Wie du sagtest, Saphira.« Seine Augen richteten sich auf Melodia. »Was ist deiner Meinung nach passiert?«

»Es sieht danach aus, als würde jemand die Seelen der Tiere an sich nehmen. Doch ich weiß nicht, wie das funktionieren könnte. Sie verlassen den Körper nicht selbstständig, nicht mal, wenn er leblos ist, denn sie sind daran gebunden. Nur Wesen mit göttlicher Macht, wie sie mir verliehen wurde, können die Seele vom Körper lösen.«

»Ich werde suchen, wer oder was auch immer das getan hat.«

Alle Augen richteten sich auf Saphira.

»Ich werde diese Kreatur finden und dafür sorgen, dass sie keinem Lebewesen mehr ein Leid antun kann.« Die Tränen waren versiegt, ihre zur Faust geballte Hand zitterte.

»Aber du weißt doch gar nicht, wonach du suchen sollst«, sagte Maxim.

»Hier herumstehen und nichts tun, bringt mich nicht weiter. Ich werde mich einfach auf den Weg machen. Vielleicht finde ich weitere tote seelenlose Körper. Dann weiß ich, in welche Richtung ich weitergehen muss.«

Melodia schwebte auf sie zu. »Du wirst nicht sehen, ob eine Seele vorhanden ist oder nicht.« Der Waldgeist berührte ihr Armband, auf dem plötzlich ein weiterer blauer Stein erschien. »Dieser Saphir wird aufleuchten, wenn du einen leblosen Körper berührst, der keine Seele mehr in sich trägt.«

»Ich danke dir.«

»Ich begleite dich«, sagte Dariel. »Da wir nicht wissen, was wir suchen, könnte es gefährlich werden.«

»Er hat recht, jemand sollte mit dir gehen«, stimmte Melodia zu. Sie drehte sich zu Maxim. »Ein Magier wäre sicher auch eine große Hilfe.«

»Ja, Maxim, komm mit uns«, sagte Saphira.

»Maxim?« Dariel deutete mit dem Finger auf ihn. »Ich wusste doch, dass ich dich kenne.«

Der Magier schaute ihn nachdenklich an, dann riss er die Augen auf. »Stimmt, vom letzten Mondtalfest. Tut mir leid, ich habe deinen Namen vergessen.«

»Kein Problem. Ich heiße Dariel.«

»Stimmt.«

»Also kommst du mit?«, stieß Saphira hervor.

»Es geht leider nicht, so gerne ich das tun würde.«

Sie wandte den Blick von ihm ab. Wie gerne hätte sie ihren besten Freund an ihrer Seite gehabt.

Er trat auf Saphira zu und berührte mit beiden Händen ihre Arme. »Es tut mir leid. Ich würde wirklich gern mitkommen. Glaub mir. Du kennst meinen Vater. Er wird mich nicht gehen lassen, bis die Prüfung vorbei ist. Seiner Meinung nach würde ich ununterbrochen lernen und keine Pausen machen.« Er rollte mit den Augen.

»Dein Vater würde dich mit Sicherheit mit Zauberverbot strafen, wenn du die Prüfung vermasselst.«

»Das kannst du laut sagen. Wahrscheinlich für die nächsten fünf Jahre.«

Saphira mochte seine kleinen Späße, doch ihr war auch klar, dass ein wenig Wahrheit darin lag. Den Grund, warum er nicht mitgehen konnte, verstand sie. Trotzdem war sie traurig darüber.

Sie atmete tief durch. »Gut, dann werden Dariel und ich uns allein auf die Suche begeben.«

KAPITEL 7

S aphira nahm zwei Heilelixiere sowie eine Heilsalbe aus dem Regal und steckte sie in ihren Umhang. Zusätzlich griff sie zu einer Handvoll Bernsteinen, einem Säckchen mit Drachenschuppen und einer Phiole mit Sternenstaub.

»Soll ich dir beim Tragen helfen?«, fragte Maxim.

»Das schaffe ich schon. Die Taschen sind sehr groß, da passt das alles rein.«

Sie verließen ihr Haus und folgten dem Weg Richtung Norden nach Mondar, der Hexenstadt, um auf dem Markt etwas für die Reise zu besorgen.

Saphira war froh darüber, dass Maxim sie dorthin begleitete. Wenn sie nicht gerade Hexenutensilien benötigte, vermied sie diesen Ort. Die Wahrscheinlichkeit, Kara und den anderen Hexen über den Weg zu laufen, war zu groß.

Sie durchquerten den gewaltigen Eingangsbogen, der aus Ranken verschiedenfarbiger Rosen bestand. Ein surrendes Geräusch ertönte und grüne Funken blitzten kurz auf. Schnellen schritten sie an den meist kleinen efeubewachsenen Holzhäusern vorbei.

»Na sieh mal einer an, wer sich hierher traut. Haben wir dir nicht gesagt, dass du nicht erwünscht bist?«

Die wohlbekannte Stimme löste Zorn in Saphira aus. Sie drehte sich zu der kleinen Seitengasse um, an der sie gerade vorbeigelaufen waren. Einen wütenden Blick warf sie Kara zu, brachte jedoch kein Wort heraus. Wenn diese Hexe wüsste, dass sie sich bald mit einem gutaussehenden Krieger auf eine Suche aufmachte, würde sie vor Eifersucht vergehen. Schnellen Schrittes versuchte sie, einer Konfrontation auszuweichen.

»Ich rede mit dir, Hexenkugel!« Ihr Tonfall war energischer geworden.

»Lass sie in Ruhe, Kara!«, rief Maxim.

»Du hast mir gar nichts zu sagen, Magier. Nur weil du ein Freund dieser hässlichen Hexe bist, darfst du hier noch lange nicht rumspazieren, wie du willst.«

Saphira bebte innerlich und kämpfte mit den Tränen.

Maxim trat auf Kara zu. »Hast du Angst, sie wird besser angesehen als du?«

Kara lachte lauthals. »Diese kleine dicke Hexe? Niemals.«

»Warum sonst greifst du sie ständig an? Sie könnte dir doch egal sein. Du fühlst dich bestimmt innerlich bedroht von ihr, weil sie einen besseren Charakter hat als du und zudem ein sehr viel hübscheres Gesicht.«

Erneut lachte Kara. »Die da und hübsch? Dass ich nicht lache.«

Saphira bemerkte etwas in Karas Gesichtsausdruck, das sie so noch nie gesehen hatte.

Die Hexe schaute stumm auf den Boden.

Hatte er vielleicht recht?

Kara blickte abwechselnd zu Maxim und Saphira.

»Ihr seid verrückt.« Sie ging strammen Schrittes an Saphira vorbei, rempelte sie mit der Schulter leicht an.

Sie gingen weiter, bis sie den Marktplatz erreichten, auf dem verschiedene Verkaufsstände mit unterschiedlichen magischen Produkten aufgebaut waren.

Die Stände waren einfache Holzhütten mit Tresen. Auf den Regalen an den Rückwänden befanden sich Phiolen, Flaschen,

Bücher, Papierrollen, Kräuter, Edelsteine und Amulette. Es gab weiterhin zwei Waffenstände, an denen Saphira meist vorbeiging, ohne einen Blick zu riskieren. Sie war nicht kampferfahren. Sie glaubte, dass sie sich eher selbst verletzen würde als einen Gegner.

Sie suchte einen Stand auf, an dessen Stirnseite ein Schild mit dem geschwungenen Schriftzug *Schutz- und Heilzauber* befestigt war. Dort tauschte sie Bernstein, Drachenschuppen und Sternenstaub gegen zwei Säckchen mit Schutzkräutern ein. Dazu gehörte ein gerolltes Stück Papier, auf dem der Spruch stand, mit dem die Kräuter aktiviert werden konnten.

Gemeinsam verließen sie Mondar wieder und suchten die Lichtung auf, auf der sie sich mit Melodia trafen.

Kurz nach ihnen erreichte auch Dariel den Platz, das Schwert an der Hüfte und den Dolch im Stiefel.

Saphira überreichte ihm das blaue Samtsäckchen mit den Schutzkräutern. »Trage das eng an deinem Körper. Es wird dich im Notfall vor schweren Verletzungen bewahren.«

Er betrachtete es. »Ich kenne mich mit Magie nicht aus, also vertraue ich dir da.« Er steckte das Säckchen unter sein Hemd, klemmte es zwischen die Haut und den Hosenbund.

»Wo wollt ihr mit der Suche beginnen?«, erkundigte Melodia.

»Ich habe ehrlich gesagt keine Ahnung«, antwortete Saphira.

»Was befindet sich denn hinter dem Mondwald im Osten und Süden?«, fragte Dariel Saphira.

»Im Süden befindet sich die Lorana hinter dem Wald.«

»Und im Osten liegt eine Graslandschaft mit einigen Bäumen. Diese geht in eine Einöde über, bei uns Magiern heißt sie *Tal der Monster.*«

»Wieso das?«, fragte Dariel.

»Dort leben Drachen und andere Wesen, die äußerst monströs aussehen sollen. Ob das auf diese zutrifft, weiß ich nicht.«

»Klingt nach einer weniger freundlichen Umgebung«, sagte Dariel.

»Meine Mutter hat es auch *Tal der Monster* genannt. Was, wenn es eines dieser Monster war?«, brach es aus Saphira heraus.

»Vergiss nicht, dass besondere Fähigkeiten nötig sind, um eine Seele aus dem Körper herauszuziehen«, sagte Melodia.

»Hast du mir nicht mal erzählt, dass die Wesen in der Lorana oft von weit her kommen? Vielleicht verfügen sie über eine Art Magie, die wir nicht kennen.« Sie hatte die Hoffnung, dass ihre Suche keine Reise erforderte, sondern dass sie am Fluss fündig werden könnten.

»Ich habe schon einige Flusswesen gesehen, die mittels Magie ihre Opfer vom Ufer ins Wasser gelockt haben. Aber ich kann mir nicht vorstellen, dass sie die Seelen von Tieren stehlen. Auch wenn mir nicht jede ihrer Fähigkeiten bekannt ist, so sind es Tiere, die ihre Magie zur Nahrungssuche oder Verteidigung einsetzen. Eine Seele aus einem Körper zu ziehen, erfordert sehr viel mehr Konzentration.«

Saphiras Hoffnung verschwand wieder. »Haben Drachen nicht auch gewisse Fähigkeiten?«, fragte sie. Sie kannte nur wenige Arten der geflügelten Wesen. Diese konnten Feuer oder Eis speien. Das war schon alles, was sie wusste.

»Manche Drachen besitzen magische Kräfte, aber auch sie sind nicht in der Lage, eine Seele mit sich zu nehmen«, antwortete Melodia.

Saphira schaute nachdenklich zu Boden.

»Mir fällt gerade noch was ein«, sagte Maxim. »Es wurde vor langer Zeit ein Magier, Elrias hieß er, aus Torias und dem Mondtal verbannt. Vielleicht hat er etwas mit den toten Tieren zu tun. Er kennt die Gegend hier. Seine Zauberei hat er oft für böse Streiche verwendet, indem er Gegenstände zerstört hat. An einem Tag ist einer seiner Streiche schiefgegangen. Er hat einen Baum zum Umfallen gebracht, der einen Jungen erschlagen hat. Er war erst sechs Jahre alt.«

Saphira hielt sich geschockt die Hand vor den Mund.

»Davon habe ich auch gehört. In der Kriegerschule hat man uns gelehrt, dass er jeden tötet, der ihm zu nahekommt. Er soll sehr mächtig sein. Er kennt sogar unsere Krähen und greift sie an, sobald er sie bemerkt.«

»Glaubt ihr, dass er es gewesen sein könnte?« Saphira blickte Dariel und Maxim erwartungsvoll an.

»Ich weiß es nicht, aber vorstellen könnte ich es mir. Er hegt bestimmt tiefste Verachtung für alle Magier. Vielleicht ist das eine Art von Rache für seine Verbannung.« Maxim hob die Achseln.

»Wenn nur die geringste Chance besteht, dass er vielleicht derjenige ist, der die Seelen geraubt hat, dann sollten wir ihn suchen«, sagte Saphira.

Dariel starrte auf einen Punkt am Rand der Lichtung. »Möglicherweise hat er die Zeit genutzt, um mehr Macht zu gewinnen. Jetzt testet er seine Kraft an den Tieren hier im Mondwald aus. Später wird er vielleicht die Magier, eventuell auch Hexen angreifen, um ihnen die Seelen zu stehlen.«

Dariels Worte klangen in Saphiras Ohren überzeugend.

»Man erzählt sich, dass er im Felsental weit östlich hinter dem Tal der Monster lebt. Ob er sich immer noch dort aufhält, weiß ich jedoch nicht«, sagte Maxim.

Dariel nickte. »Das habe ich auch gehört.«

Melodia hatte die Unterhaltung still beobachtet. Sie schwebte etwas näher zu Saphira. »Bist du wirklich dafür bereit?«

Sie dachte eine Weile darüber nach. Wenn sie den Zauberer aufsuchen würden, wäre sie eventuell gezwungen, mit Magie zu kämpfen. Das hatte in den Übungen am Tag zuvor mit Maxim nicht geklappt.

Und nun wollte sie sich auf die Suche nach diesem Elrias, machen? Sie war absolut nicht bereit dafür.

Und Dariel besaß keine magischen Fähigkeiten. Er würde sie vielleicht vor Drachen und Monstern schützen können. Aber nicht vor Elrias.

Sie dachte an ihre Eltern, die ohne jegliche Furcht auf Reisen gegangen waren und sich oft in Lebensgefahr gebracht hatten. In vielen Kämpfen hatten sie gesiegt und doch hatte ihnen diese Erfahrung am Ende nicht geholfen.

Trotz dieser kleinen Zweifel fasste Saphira den Entschluss, den Mörder der Tiere zur Rechenschaft zu ziehen.

»Ich will ihn finden und verhindern, dass er weiteren Lebewesen so etwas Grausames antut. Außerdem habe ich die Schutzkräuter, sollte es gefährlich werden.«

»Wir könnten andere Magier oder Hexen fragen, ob sie uns begleiten«, schlug Dariel vor.

»Nein, das ist keine gute Idee«, sagte Maxim. »Wenn die anderen Magier erfahren, dass ihr glaubt, Elrias hätte Tiere getötet und ihnen die Seele geraubt, werden sie ihn umbringen wollen. Wir wissen nicht, ob er es war, aber das wäre ihnen egal.«

»Hexen brauchen wir auch nicht zu fragen. Sie wären zwar sehr bestürzt darüber, was den Tieren geschehen ist, doch auf einen magischen Kampf mit einem Magier würden sie sich nicht einlassen. Wahrscheinlich würden sie eher versuchen, das Mondtal vor ihm abzuschirmen. Und wenn sie mitbekommen, dass ich mitgehe, hätten sie noch weniger Interesse, mitzugehen.«

»Dann machen wir uns allein auf die Suche. Ich bin mir sicher, dass er es war. Mit meinem Schwert halte ich uns wenigstens ein paar Monster vom Leib. Mit Drachen ist nicht zu spaßen. Einige meiner Kameraden sind nur knapp dem Tod entkommen, als sie auf sie trafen. Allerdings habe ich eine Cousine, die sogar mit einem

Drachen befreundet ist. Aber sie lebt weiter weg und vielleicht sind die Drachen dort friedlicher.«

»Wir werden herausfinden müssen, ob er der Schuldige ist«, sagte Saphira.

»Du bist dir ganz sicher, dass du dich auf die Suche machen willst?«, fragte Maxim.

»Ja, das bin ich. Ich kann nicht weiter zuschauen, wie ein Tier nach dem anderen ohne ersichtlichen Grund stirbt.«

Maxim nahm seine Freundin fest in die Arme. »Ich würde dich so gerne begleiten. Pass bitte auf dich auf.«

»Das werde ich.«

Tränen strömten in Saphiras Augen, während sie sich eng an ihn presste.

Dann endlich ließ sie ihn los. Mit einer schnellen Bewegung trocknete sie sich mit den Ärmeln die Wangen. »Tust du mir einen Gefallen, wenn ich weg bin?«

»Welchen?«

»Schaust du hin und wieder nach Oma? Sie kommt zwar gut allein zurecht, aber ich wäre beruhigter, wenn ich weiß, dass du zu ihr gehst.«

»Sicher mache ich das. Malinkas Kaffee ist schließlich der beste in ganz Mondtal.«

»Danke, Maxim.«

Ihr Freund ging zu Dariel und streckte ihm die Hand hin. »Bring mir Saphira wieder gesund zurück.«

»Ich werde alles dafür tun, was in meiner Macht steht.«

Saphira umarmte Melodia auf ihre spezielle Art und Weise. »Du wirst mir fehlen.«

»Du mir auch. Achte auf dich und versuche, gefährlichen Situationen aus dem Weg zu gehen. Ich bin in Gedanken immer bei dir.«

Saphira schloss die Augen und ließ die erneut aufkommenden Tränen über ihre Wangen rinnen. So kurz vor dem Beginn ihrer Reise überkam sie die Angst, ihre Freunde nicht mehr wieder zu sehen.

KAPITEL 8

Ihr Weg führte Saphira und Dariel zum östlichen Waldrand, hinter dem sich eine blumenreiche Streuobstwiese befand, die sie betraten. Bei jedem Schritt erklang das Rascheln der Grashalme. Das dichte Grün ließ sie nur langsam vorwärtskommen.

»Ich muss oft daran denken, wie du Kara mit dieser Energiekugel oder was auch immer das war, angegriffen hast. Selten habe ich Magie so aus der Nähe miterlebt. Zeigst du mir mal etwas davon?« Dariel grinste Saphira an.

»Na gut. Pass auf.« Sie zeigte mit dem Finger auf ihn. »Flos crescunt.«

Unmittelbar darauf wuchs die gelbe Blume, bis sie in Höhe von Dariels Gesicht zum Stehen kam.

Mit großen Augen betrachtete er die Pflanze. »Beeindruckend.«

»Willst du einen Apfel?«

»Gerne.«

Sie streckte ihre Hand zu einem der vielen Apfelbäume, die sie umgaben. »Lacus veni ad me.«

Einer der Äste bewegte sich und der rote Apfel daran zitterte so lange, bis er sich vom Ast trennte und auf Saphira, wie auch Dariel zuraste.

Er konnte nicht mehr rechtzeitig ausweichen, sodass die Frucht ihn mitten auf der Stirn traf und ihn zum Schwanken brachte.

Saphira schlug beide Hände vor den Mund und schaute ihn

mit aufgerissenen Augen an. Schnell griff sie nach seinem Arm. »Dariel, bist du verletzt?«

»Den habe ich nicht kommen sehen. Gut, dass es nur ein Apfel war.« Er lachte.

»Das tut mir so leid. Er sollte eigentlich in meiner Hand landen.«

»Das solltest du noch üben.« Sanft rieb er über den roten kreisförmigen Abdruck, der sich auf seiner Stirn bildete.

Saphira schämte sich. Maxim hatte ihr vor längerer Zeit beigebracht, wie sie Gegenstände zu sich rufen konnte. Bis auf wenige Ausnahmen zu Beginn klappte es immer. So etwas war ihr bisher nie passiert. Sie schüttelte den Kopf.

Dariel hob den Apfel auf und schnitt ihn mit seinem Dolch in zwei Hälften. Er reichte ihr ein Stück, doch Saphira reagierte nicht.

Sie war enttäuscht von sich selbst. Wieder hat ein Zauber nicht richtig funktioniert.

»Jetzt nimm schon. So schlimm war das nicht.« Er lächelte sie an und hielt ihr weiterhin die Apfelhälfte hin.

»Wie soll ich so gegen Elrias kämpfen?« Sie nahm das Fruchtstück und biss hinein.

»Nun mach dir mal nicht so viele Sorgen. Ich habe gesehen, dass du es kannst, wenn es sein muss.«

Saphira nickte. Trotzdem quälte es sie, dass sie so wenig Kontrolle hatte.

* * *

Die Sonne machte bereits einen halben Bogen, als sie das Ende der Streuobstwiese sahen. Die Anzahl der Bäume nahm stetig ab, bis keine mehr da waren, und das Gras wurde heller. An einigen kahlen Stellen blitzte der Erdboden durch.

Die Luft wurde trockener, sodass sich Saphira räusperte. »Ich glaube, wir kommen jetzt in das Tal der Monster. Meine Mutter hat mir davon erzählt.«

Dariel umklammerte mit der Hand den Griff seines Schwertes und schaute sich stets um. »Vielleicht hätte sie uns begleiten sollen, weil sie sich auskennt.«

Saphira ließ den Kopf hängen. »Sie ist gestorben, als ich noch klein war.«

»Das tut mir leid.« Er streichelte sanft ihre Schulter.

Sie lächelte ihn an. »Alles gut. Aber ja, sie hätte sich bestimmt hier zurechtgefunden. Bevor ich geboren wurde, erlebte sie zusammen mit meinem Vater viele Abenteuer. Sie waren ständig unterwegs. Als ich auf die Welt kam, blieb meine Mutter im Mondwald. Mein Vater machte sich jedoch auf den Weg zu einem weiteren Abenteuer. Er ging aber nicht mehr so lange fort wie früher. Meine Eltern haben mir jeden Winkel des Mondwaldes gezeigt, sobald ich laufen konnte. Nach einigen Jahren gingen sie noch mal zusammen auf eine Reise, während ich bei meiner Großmutter wohnte. Irgendwann kamen ihre Begleittiere zurück und berichteten meiner Großmutter von dem Tod meiner Eltern.«

»Sie hatten Begleittiere?«

»Ja. Krähen. Meine Eltern waren die einzigen Hexen, die ich kenne, die ein Begleittier hatten.«

»Interessant. Krähen sind auch unsere Begleiter, wenn wir unsere Aufgaben bekommen. Sei es die Suche nach etwas Seltenem oder die Unterstützung in einer Schlacht, die Vögel dienen uns als Späher und Informanten. Wir verstehen sie zwar nicht so wie du die Tiere, aber es gibt Zeichen, die wir ihnen beibringen. Auf diese Weise können sie uns mitteilen, ob jemand in Gefahr ist oder ob die Luft rein ist.«

Sie verstummte für kurze Zeit. »Laut meiner Oma wurden beide von einem mächtigen magischen Wesen getötet. Es hat sie wohl im Schlaf überrascht. Deshalb will meine Großmutter, dass ich keine waghalsigen Abenteuer wie meine Eltern erleben soll. Sie sagt aber auch, dass es wichtig für mich ist, hexen zu lernen. Für alle Fälle.«

Dariel schaute sie mit gerunzelter Stirn an. »Deine Großmutter weiß nicht, dass du gerade mit mir auf der Suche nach einem mächtigen Magier bist?«

Sie schüttelte den Kopf. »Ich wollte sie nicht beunruhigen. Sie hätte mit Sicherheit versucht, es mir auszureden.« Es tat ihr leid, dass sie ihre Oma nicht eingeweiht hatte. Schließlich hatte sie sich immer gut um Saphira gekümmert. Doch sie würde sich zu viele Sorgen machen, wenn sie von der Reise wüsste.

Je weiter sie gingen, umso trockener wurde der Boden. Eine felsige, sandige flache Landschaft erstreckte sich kilometerweit. Wenige kleine Sträucher schenkten dem tristen Anblick Farbe.

Saphira dachte an den Mondwald und die Sicherheit, die er bot. An die Tiere, die sie kannte und die sich gegenseitig halfen. Doch hier gab es keinen Schutz, keine Chance, sich zu verstecken. Sie wusste nicht, was an diesem Ort lebte. Alles war fremd und machte ihr Angst. Sie fühlte sich unwohl und wollte diese Landschaft so schnell wie möglich verlassen. Vor ihrem inneren Auge erschienen das leblose Rehkitz und ihre traurige Freundin Melodia. Saphira atmete tief durch, zwang sich dazu, weiterzugehen.

Dann sah sie riesige Höhleneingänge in einigen Felsen. »Meinst du, dort drin lebt etwas?«

»Schon möglich«, antwortete Dariel.

Saphira ließ die Öffnungen nicht aus den Augen.

Der leichte Wind wirbelte den Sand davor auf.

Die Blumen, die in kreisförmiger Anordnung auf den Felswänden wuchsen, erschienen ihr unwirklich. In dieser trostlosen und kahlen Gegend strahlten sie in den schillerndsten Farben. Sie ging auf eines der Gewächse zu und streckte die Hand aus. Mit den Fingerspitzen streichelte sie sanft über die blau-türkisfarbenen Blütenblätter. Ein lauter Schrei drang aus ihrer Kehle.

Mit gezogenem Schwert sprang Dariel zu ihr, senkte es jedoch sofort wieder und kniete sich hin.

Saphira starrte ihre glutrote und schmerzende Hand an, auf der sich kleine Pusteln bildeten. Tränen rannen ihr über die Wangen, sie atmete schnell und brach dann auf dem Boden zusammen. Mit der unverletzten Hand suchte sie in ihrem Umhang nach der Wundsalbe, doch der Schmerz war zu stark, sodass sie sie nicht fand. »Meine Salbe! Such bitte meine Salbe!«, schrie sie. Dariel wühlte in ihrem Umhang, bis er eine kleine Dose hervornahm. Schnell verteilte er etwas von der grünen cremigen Paste auf Saphiras Hand.

»Sanare! Sanare!«

Die Salbe leuchtete schimmernd auf.

Der Schmerz ließ langsam nach. Saphira atmete wieder ruhiger. Ein Laut der Erleichterung drang aus ihrer Kehle.

Die Pusteln verschwanden und ihre Hand nahm ihre normale Hautfarbe an. Die Creme zog komplett ein und hinterließ keine Rückstände.

»Geht's dir gut?«, fragte Dariel mit besorgtem Gesichtsausdruck.

»Ja. Danke, dass du die Salbe aufgetragen hast. Was ist denn das für eine schreckliche Blume, die solche Schmerzen verursacht?«

»Sie scheint giftig zu sein. Wir sollten uns davon fernhalten.« Er half Saphira wieder auf die Beine.

Während sie sich die Hand streichelte, schaute sie nochmal zur Blume. Wunderschön und doch so giftig.

Sie gingen so lang weiter, bis die Sonne langsam unterging.

»Wir sollten uns etwas für die Nacht suchen«, schlug Dariel vor.

Rechts von ihnen erstreckte sich ein Hügel aus Stein. Darin befand sich eine kleine Höhlenöffnung.

Vorsichtig näherte er sich dieser Höhle und schaute hinein.

Es war zu düster, um irgendwas zu erkennen. Der Eingang war nur wenig höher als Dariel selbst, sodass das schwache Licht von den dunklen Wänden verschluckt wurde.

Er sah sich suchend um. »Wir brauchen etwas, um Feuer zu machen.«

»Wie wäre es hiermit?«

Er sah zu Saphira und kniff seine Augen zusammen.

Eine weiß-blaue Lichtkugel schwebte über ihrer Hand.

»Ich vergesse manchmal, dass du eine Hexe bist.« Mit seinem Schwert bewaffnet ging Dariel voraus in die Höhle, die von Saphiras Licht hell erleuchtet wurde.

Nach ungefähr hundert Schritten erreichten sie den felsigen Abschluss.

»Ich kann weder eine Feuerstelle noch irgendwelche Futterreste erkennen.« Dariel suchte den Boden mit seinem Blick ab. »Sie scheint unbewohnt zu sein.« Lediglich ein paar kleine Spinnen und Kellerasseln krabbelten am Boden und an den Wänden herum. »Hier können wir übernachten«, sagte er und schaute Saphira an.

Sie hob die Hände und ließ die helle Lichtkugel in der Mitte der Höhle an die Decke schweben. Mit einem Schnipser verstärkte sie die Lichtquelle. Flüsternd sprach Saphira einen Zauberspruch und zeigte auf die hinterste Wand.

Am Höhlenende erschien eine riesige Matratze, die die komplette Breite des Bodens belegte.

»So haben wir genug Platz und liegen bequem.« Ihr fiel gerade erst ein, dass sie gemeinsam auf dem Polster schlafen würden. Sie spürte die Hitze in ihrem Gesicht aufsteigen. Die Schläge ihres Herzens nahmen rasant zu. Noch nie war sie mit einem Mann über

Nacht zusammen gewesen. Abgesehen von Maxim, aber der war ihr bester Freund.

»Manchmal hext du echt gut.«

»Gegenstände aus dem Nichts herzaubern, die ich kenne, klappt meistens auf Anhieb.«

Saphira setzte sich auf die Matratze, ihre Augenlider wurden schwer.

Dariel legte sich mit etwas Abstand neben sie, nachdem er seine Waffen unweit der Liegefläche abgelegt hatte.

Ihre Hände zitterten. Sie rieb sie aneinander, damit es nicht so auffiel. Das Herz schlug ihr bis zum Hals. Tiefe Atemzüge halfen allerdings nicht, sich zu entspannen. Sie ließ sich nach hinten fallen, sodass sie am rechten Rand der Matratze lag. Den Kopf drehte sie in seine Richtung und bemerkte, dass er sie anschaute. Kein Wort wollte über ihre Lippen kommen.

»Du siehst müde aus«, flüsterte Dariel. »Schlaf. Ich halte Wache.«

»Bin ich auch. Du etwa nicht?« Sie hatte mehr gekrächzt, als dass sie gesprochen hatte.

»Ich bin darauf trainiert, über längere Zeit wach zu bleiben. Außerdem wissen wir nicht, wer oder was hier lebt. Daher sollte einer von uns wachsam sein. Und wenn ich deine Augen sehe, muss das wohl ich sein.« Er grinste sie an.

»Tut mir leid, es war einfach so ein anstrengender ...«

»Das war nur Spaß, Saphira. Schlaf jetzt. Gute Nacht.«

»Soll ich das Licht brennen lassen?«

»Nein, besser nicht. Es könnte andere Wesen anlocken.«

»Du hast recht.« Sie deutete auf die Lichtquelle, sodass diese versiegte. »Gute Nacht.« Ihre Augen fielen zu. Sie ärgerte sich darüber, so müde zu sein. Doch bevor sie noch weiter nachdenken konnte, war sie schon eingeschlafen.

Trotz der Dunkelheit in der Höhle erwachte sie bei Tagesanbruch. Ihre innere Uhr war perfekt auf den Sonnenaufgang eingestellt.

»Guten Morgen«, sagte Dariel.

Saphira hob ihre Hand, sodass die Lichtkugel nur schwach leuchtete, um ihre Augen nicht zu überreizen. Sie streckte sich ausgiebig. »Morgen.«

Dariel hatte sie die ganze Zeit angeschaut und stand mit einem Lächeln auf. Er schnallte sich seine Waffen um.

Saphira erhob sich ebenfalls. »Hast du in der Nacht irgendetwas gehört oder gesehen?«, fragte sie ihn.

»Ich habe ein paar seltsame Geräusche wahrgenommen, konnte sie aber nicht zuordnen. Sie schienen von weiter weg zu kommen.«

Angst machte sich in Saphira breit. Erneut stieg der Gedanke in ihr auf, zurück in den Mondwald zu gehen.

»Keine Sorge. Ich bin ja da. Und mein Kumpel auch.« Er deutete auf sein Schwert und lächelte sie an.

Murmelnd hexte sie die beiden hergezauberten Gegenstände wieder weg. Zusammen mit Dariel trat sie aus der Höhle heraus und schaute sich um.

Kein Lebewesen weit und breit.

»Wir sollten weitergehen«, sagte sie.

Dariel nickte.

Die aufgehende Sonne am wolkenfreien Himmel blendete sie.

Je länger sie unterwegs waren, desto mehr dachte Saphira an die Tiere in ihrem Wald.

»Duck dich!«, schrie Dariel plötzlich und riss Saphira zu Boden.

Erst da bemerkte sie den Schatten, der sie bedeckte, und blickte nach oben.

Ein weit geöffnetes Maul mit langen spitzen Zähnen raste auf sie zu.

Mit seinem Schwert schlug Dariel nach dem Ungetüm, das knapp über dem Boden umkehrte und wieder hochflog.

Sand und Staub wirbelten auf, woraufhin Saphira die Arme vor die Augen hielt. Dann erkannte sie den Körper eines Drachen über sich, der mit kräftigen Flügelschlägen in die Höhe schoss.

Mit seinen gewaltigen Schwingen flog das Wesen eine Kurve, um anschließend erneut kontrolliert hinab zu stürzen. Ein ohrenbetäubendes Brüllen und ein Feuerstrahl schossen aus seinem enormen Maul.

Dariel warf sich auf Saphira und rollte mit ihr zur Seite, sodass der Feuerstrahl über sie hinweg sauste. Nach wenigen Augenblicken suchte sie den Himmel ab.

Plötzlich ertönte ein lautes Knurren hinter ihnen.

Sie drehten sich erschrocken um und blickten in die hasserfüllten Augen eines grünschuppigen Drachen.

»Habt ihr es getan?«, fragte er, während er langsam auf sie zuging. Mit seinen gewaltigen Schwingen wirbelte er Sand vom Boden auf, den er den beiden ins Gesicht schleuderte.

Sie wandten sich mit den Händen vor den Augen ab.

»Was meinst du?«, erkundigte sich Saphira. Ihre Stimme zitterte vor Angst, so wie ihr ganzer Körper.

»Habt ihr meinen Sohn getötet?«

Saphira drehte sich wieder zu dem Drachen um. »Nein. Wir würden nie einem Lebewesen etwas zuleide tun.« Sie sah eine blutende Wunde an dem Hals des geflügelten Wesens.

»Und das soll ich dir glauben?« Die glutroten Augen schauten auf Dariel, der sein blutbeschmiertes Schwert fest in der Hand hielt. »Du bist ein Mensch. Ich traue keinem Menschen.«

»Ich habe deinen Sohn nicht getötet.«

»Menschen sind Drachentöter. Ich glaube dir kein Wort. Mein Blut klebt an deinem Schwert.«

»Du hast uns angegriffen. Ich habe dich nur gestreift, nicht ernsthaft verletzt.«

Saphira stand langsam auf. »Ich bin eine Hexe aus dem Mondtal. Wir greifen keine anderen Lebewesen grundlos an. Und am allerwenigsten töten wir sie. Besonders ich nicht, denn ich habe es mir zur Aufgabe gemacht, das Leben jedes Tieres im Mondwald zu schützen.«

»Was interessiert es mich, wo du herkommst? Warum sollte ich dir trauen?«

»Ich habe meine Magie nicht gewirkt, als du uns angegriffen hast. Wenn ich gewollt hätte, hätte ich dich problemlos vernichten können.« Saphira hatte versucht, so glaubhaft wie möglich rüberzukommen. Dabei schlug ihr das Herz bis zum Hals.

»Vermutlich hast du recht«, sagte das Wesen weniger aufbrausend. »Aber du bist mit einem Drachentöter unterwegs. Jemandem wie ihm traue ich nicht.«

Dariel verdrehte die Augen. »Wäre ich einer, wärst du längst tot.«

Der Drache lachte. »Es haben mich schon viele Drachentöter angegriffen, was ihnen zum Verhängnis wurde. Ich habe mehr Menschen gefressen, als du jemals Drachen töten könntest. Doch ich bin schon sehr lang auf keinen Menschen mehr gestoßen. Was wollt ihr hier?«

»Wir sind auf der Suche nach jemandem. Im Mondwald wurden viele Tiere getötet und ihnen die Seelen geraubt«, erzählte Dariel. »Weißt du vielleicht etwas davon?«

»Willst du mir jetzt den Mord an den Tieren anhängen, weil ich ein Drache bin?« Rauch strömte aus ihren Nüstern, die vor Erregung bebten.

»Nein, nein, versteh mich bitte nicht falsch. Wir glauben, dass es ein mächtiger Magier war. Wir sind auf dem Weg zu ihm.«

»Genau«, bestätigte Saphira.

Der Hass wich aus den Augen des Drachen. »Auch mein Sohn hatte keinerlei Verletzungen. Er war jung und gesund.« Sie senkte den Kopf.

»Es tut mir sehr leid, dass du deinen Sohn verloren hast«, sagte Saphira. »Wir möchten dafür sorgen, dass dieser Magier keinem Lebewesen mehr etwas antun kann.«

Die riesige Kreatur nickte.

»Wir wären über jede Hilfe dankbar«, sagte Saphira.

Der Drache machte einige Schritte zurück und richtete sich zu seiner vollen Größe auf. »Warum sollte ich einer Hexe und einem Menschen helfen? Ich kann mich auch selbst auf den Weg zu dem Magier machen.«

»Weil wir wissen, wer der Magier ist und wo er lebt«, antwortete Dariel.

Der Drache verstummte und schaute die beiden nachdenklich an. Dann schweifte ihr Blick in die Ferne. Sie schwieg sehr lange.

Ein tiefes Schnaufen des Drachen folgte. »Ich komme mit euch. Um meinen Sohn zu rächen.«

»Einverstanden. Ich bin Saphira und das ist Dariel.« Sie vernahm ein Knurren.

»Mein Name ist Calissia. Mehr müsst ihr von mir nicht wissen. Ich werde aus der Luft Ausschau halten und aufpassen. Ihr seid hier in einem gefährlichen Gebiet. Die anderen Drachen jagen Fremde. Außerdem gibt es hier grausige Wesen. Die Boltomas sind sehr aggressiv und machen auch vor uns nicht Halt. Aber sie töten nicht sinnlos. Ich dachte erst, dass sie es waren, doch sie nehmen ihre Toten immer mit, um sie zu verspeisen. Mein Sohn war noch da. Lasst mich ihn noch verstecken, damit ihn die Boltomas nicht finden.«

»Natürlich, wir warten hier«, sagte Saphira.

Calissia breitete ihre Flügel aus und flog davon.

Saphira schaute ihr nach. »Das ist so schrecklich traurig«, sagte sie mit zitternder Stimme. »Wenn ein Raubtier das Baby eines anderen tötet, um seine Jungen zu ernähren, dann ist das einfach so. Was momentan los ist, übertrifft jedoch alles, was ich kenne. Was bezweckt Elrias mit den Seelen?«

Dariel nahm sie in den Arm. »Das werden wir herausfinden. Ein Drachenjunges zu töten, bei dem die Gefahr extrem groß ist, dass die Mutter aufwacht, ist ein sehr hohes Risiko.«

»Da hast du recht. Ich hoffe, wir finden ihn.«

Calissia kam wieder angeflogen und landete neben ihnen. »Ich habe alles erledigt. Wir können uns auf den Weg machen.«

»Dürfen wir mit dir fliegen?«, fragte Saphira.

Calissia schaute zu Dariel hinüber und anschließend wieder zu ihr. »Nein. Ich fliege allein.« Sofort breitete sie ihre Schwingen aus, um sich in die Luft zu erheben.

Saphira und Dariel zeigten in Richtung Osten. Die Drachenmutter flog voraus, während die beiden ihr auf dem Boden schnellen Schrittes folgten.

»Sie scheint mich nicht besonders zu mögen«, sagte Dariel.

»Den Eindruck habe ich auch. Aber ich bin sehr froh darüber, dass sie uns hilft.«

Dariel nickte.

Calissia flog mehrmals in einem großen Radius über die beiden hinweg.

Saphira fühlte sich ein wenig sicherer, wenn die Drachendame von oben alles im Blick hatte. Sobald der gewaltige Schatten über ihr auftauchte, sah sie zum Himmel hinauf.

Plötzlich hielt sich Calissia mit kräftigen Flügelschlägen auf der Stelle, den Blick Richtung Südosten gerichtet.

Saphira starrte auf den dunklen Schatten, der langsam auf sie zuflog. »Dariel, schau da.« Sie zeigte gen Himmel. »Ist das ein weiterer Drache?«

»Sieht ganz danach aus.«

Ein lautes Brüllen ertönte und ein Feuerstrahl schoss aus dem Maul des Drachen.

Calissia schrie ihn in einer unbekannten Sprache an. Es waren seltsame Geräusche.

Der fremde Drache wurde nicht langsamer und gab auch keine Antwort.

Calissia brüllte erneut. Als der Drache schon sehr nahe war, jagte sie auf ihn zu und drohte ihm mit einem Feuerstrahl.

Schreiend legte er sich in die Kurve und flog wieder ein Stück zurück. Dann schrie er und raste erneut auf Calissia zu.

Mit Feuer, Klauen und ihren Schwänzen, an deren Enden sich lange spitze Stacheln befanden, kämpften die beiden Drachen unermüdlich miteinander.

Saphira und Dariel gingen weiter, schauten aber stets zum Himmel, um den Kampf zu beobachten.

Diese schrecklichen Geräusche waren ihr fremd. Sie hatte Angst, der andere Drache würde hinunterstürzen, um sie anzugreifen.

Das Brüllen der beiden Kreaturen wurde so laut, dass es im ganzen Tal zu hören sein musste.

Saphira griff fest Dariels Hand und blickte nach links. »Sieh nur«, flüsterte sie.

Ein großes Wesen auf vier Beinen kam auf sie zu. Seine Haut war dunkelbraun mit einigen grünen Flecken. Der Knochenbau war unförmig und verlieh diesem Ding ein monströses Aussehen. Sein Gesicht war eine Mischung aus Bär und Fledermaus. Spitze Fangzähne ragten aus dem sabbernden Maul. An seinen Füßen, die denen von Reptilien ähnelten, hatte es lange Klauen. Die goldgelben Augen starrten sie an.

Dariel zog sein Schwert.

Saphira überlegte sich einen Zauberspruch, der genug Kraft hatte, um diesem Wesen Schaden zuzufügen, sollte es sie angreifen wollen. Ihr fielen die Schutzkräuter ein, doch der Schutzhexenspruch war ihr entfallen.

Das herannahende Wesen zog seine Lefzen nach oben und knurrte laut, bevor es auf die beiden zu rannte.

Saphira hatte nicht damit gerechnet, dass dieses schwerfällig wirkende Lebewesen so schnell sein konnte. Panik machte sich in ihr breit. Sie versuchte, sich zu konzentrieren, um wenigstens Flammenbälle zur Abwehr abzufeuern, doch die Angst hatte sie im Griff.

Dariel positionierte sich mit dem Schwert vor ihr.

Ein lautes Poltern ertönte. Unmittelbar danach wurden Saphira und Dariel von einer Staubwolke eingehüllt. Hustend versuchten sie etwas zu erkennen.

Saphira sah Calissias Umriss einige Schritte von ihnen entfernt auf dem Boden. Sie drehte sich hastig zu der Kreatur um, die zuvor noch auf sie zu rannte.

Sie war stehen geblieben und schaute nun in Richtung Calissia. Ein Brüllen ertönte, dann jagte das Wesen auf die Drachendame zu.

Dariel sprang blitzschnell zwischen beide und schwang sein Schwert.

Das Blut der Kreatur spritzte, als die Klinge dessen Gesicht touchierte. Ein heller Schrei ertönte und das Wesen kam unmittelbar vor Dariel zum Stehen. Aus der Wunde quoll weiterhin Blut. Erneut brüllte es und ging auf Dariel zu.

Er stieß sein Schwert in dessen Vorderbein.

Das Wesen schrie qualvoll auf, drehte sich hastig um und rannte davon.

Saphira sah ihm nach, bis es nur noch ein kleiner Fleck in der Entfernung war. Erleichtert atmete sie tief durch.

Schwer keuchend lag Calissia auf der Seite. Aus der klaffenden Schnittwunde am Bauch floss etwas Blut. Sie schaute Dariel überrascht an.

Saphira ging sofort zu ihr und betrachtete die Wunde. »Sie ist nicht sehr tief. Das kriegen wir hin.« Sie nahm ihr Heilelixier aus dem Umhang und träufelte einige Tropfen davon auf die Verletzung. »Sanare.«

Die Flüssigkeit funkelte, woraufhin sich die Wunde langsam schloss. In nur wenigen Augenblicken war von dem Kratzer nichts mehr zu sehen.

Calissia schaute sich die verheilte Stelle an. »Der Schmerz ist weg. Ich danke dir dafür.«

»Das habe ich gern gemacht.« Saphira lächelte die Drachendame an.

Calissia sah Dariel an. »Ich möchte dir danken, dass du mich gerettet hast. Damit hätte ich nicht gerechnet.«

Dariel steckte sein Schwert wieder in die Scheide. »Ist doch selbstverständlich. Wir sind Gefährten, also passen wir aufeinander auf.«

Die Drachendame nickte und stand langsam auf.

»Was ist mit dem anderen Drachen passiert?«, fragte Saphira.

»Ich habe seinen Flügel mit meiner Klaue schwer verletzt. Ich nehme an, dass er deswegen abgehauen ist. Er wird sicher so schnell nicht wieder kommen.«

»Gut, dann können wir weitergehen.« Saphira schaute auf den Boden und rieb sich den Nacken. Sie schämte sich, dass sie mit ihrer Hexerei nichts hatte ausrichten können, als es nötig gewesen war.

»Was hast du?«, fragte Dariel.

Tränen schossen ihr in die Augen. »Ich habe den Spruch für den Schutzzauber vergessen. Auch andere Sprüche sind mir nicht eingefallen. Und so was nennt sich Hexe.« Mit geballten Fäusten kickte sie mit heftigen Fußtritten kleine Steine aus dem Weg. Dariel stoppte sie, indem er sich vor sie stellte. Mit beiden Händen streichelte er ihre Arme. »So eine Situation hast du wahrscheinlich noch nicht erlebt. Ich denke, den anderen Hexen würde es genauso gehen. Bei meinem ersten Einsatz habe ich ziemlich lange gebraucht, bis ich mich in die Schlacht gestürzt habe. Und wir trainieren jahrelang dafür. In unbekannten Situationen reagiert niemand beim ersten Mal so wie erwartet.«

Sie schaute ihn grinsend an. »Da hast du wohl recht. Trotzdem ärgert es mich. Wir hätten sterben können.«

Er streichelte ihr über die Wange. »Dieses Risiko muss man eingehen, wenn man sich auf eine gefährliche Reise begibt.«

Sie nickte.

»Außerdem bist du nicht allein. Gemeinsam schaffen wir das.«

Die Drachendame nickte.

»Du hast recht.« Sie wischte sich das Gesicht trocken.

Calissia erhob sich erneut in die Lüfte und kreiste über ihnen. Ihr Weg führte sie weiter Richtung Osten.

KAPITEL 9

Zum dritten Mal stand die Sonne nur knapp über dem Horizont, als sie eine kleine Höhle betraten. Sie war weder tief noch hoch.

Calissia legte sich schützend vor den Eingang.

Wie auch in den Nächten zuvor, zauberte Saphira eine Matratze her, die jedoch wenig Platz bot. Nachdem beide sich auf die weiche Unterlage gelegt hatten, berührte ihr Arm den von Dariel. Ihr Herz hämmerte so stark gegen ihre Brust, dass sie Sorge hatte, er könnte es bemerken. Steif lag sie auf dem Rücken und blickte zur Decke, die in dem Licht der untergehenden Sonne schwach zu erkennen war.

Sie zuckte kurz zusammen, als Dariel ihr über den Arm streichelte.

Er berührte ihre Hand, schlang seine Finger um ihre.

Saphira betrachtete die beiden Hände. Sie versuchte, das Zittern zu unterbinden. Sie atmete tief durch, bevor sie schließlich in seine Augen blickte. Die ganze Welt um sie herum schien zu verschwinden. Bis auf diesen jungen Mann nahm sie nichts mehr wahr.

Dariel streichelte über ihre Wange. Sein Gesicht näherte sich vorsichtig dem ihren.

Ihr Herz sprang ihr fast aus der Brust. Dann trafen sich ihre Lippen. Ein Kribbeln durchfuhr Saphiras Körper. Es war nicht ihr erster Kuss, aber der erste, bei dem sie derart starke Gefühle für ihr Gegenüber empfand.

Seine Lippen fühlten sich weich und warm an.

Ein lautes Brüllen und Poltern unterbrachen den schönen Augenblick.

Sie schauten zum Eingang, wo Calissia wild ihren Schwanz herum schwang und die äußere Gesteinswand der Höhle traf. Ein gelb-oranger Feuerstrahl schoss aus Calissias Maul, dem ein lauter dunkler Schrei folgte.

Ein Boltoma rannte schnellen Schrittes davon.

Saphira konnte nicht viel von ihm erkennen, aber er schien etwas anders auszusehen als der Erste, der sie angegriffen hatte.

Calissia schaute die beiden an. »Es ist besser, wenn ihr in der Höhle bleibt. Nachts ist es gefährlich hier draußen. Ich beschütze euch.«

»Danke, dass du uns hilfst«, sagte Saphira und umarmte den großen Kopf des Drachen, der die Augen weit aufriss.

Nachdem Saphira Calissia losgelassen hatte, starrte die Drachendame sie fragend an. Es dauerte eine Weile, bis die Drachenmutter etwas sagte. »Du musst dich nicht bedanken. Ich will schließlich wissen, wer meinen Sohn getötet hat.«

Saphira und Dariel gingen wieder in die Höhle zurück und legten sich hin.

Sie hörte, wie die Drachendame sich vor dem Eingang hinlegte.

Dariel nahm Saphira in den Arm und küsste ihre Stirn. Es dauerte nicht lange, da schliefen beide ein.

* * *

Saphira wachte zum Sonnenaufgang auf, die Nacht war ohne weitere Zwischenfälle vergangen.

Dariel und Calissia schliefen noch tief und fest, das Schnarchen der beiden war unüberhörbar.

Sie grinste und musste sich die Hand vor den Mund halten, um nicht loszulachen. Lautlos stand sie auf und betrachtete den Eingang, vor dem sich der gewaltige Körper der Drachendame bei jedem Atemzug bewegte. Solange die beiden noch schliefen, wollte sie draußen etwas Zeit für sich haben. Sie war es nicht gewöhnt, so lange mit anderen zusammen zu sein. Obwohl ihr bewusst war, dass unter freiem Himmel Gefahren lauern konnten, fühlte sie sich in Calissias Nähe sicher. Vorsichtig versuchte sie, an ihr entlang aus der Höhle zu gehen, doch die Drachendame lag direkt vor dem Eingang. Lautlos schob sie sich zwischen Höhlenwand und dem Drachenkopf vorbei. Durch ein lautes Knurren erschrak Saphira und fiel fast vornüber auf die bebenden Nüstern. Doch sie konnte sich gerade noch halten.

Calissias Augen bewegen sich schnell unter den Lidern. Sie musste heftig träumen.

Saphira drehte sich um. Sie schaute nach Osten zum Horizont, den die aufgehende Sonne orange färbte.

Bis auf das Schnarchen ihrer Begleiter war es vollkommen still. Beruhigend still.

Sie drehte sich in alle Richtungen, um sicherzugehen, dass kein anderer Drache oder ein Boltoma in der Nähe war. Doch sie sah nichts. Ein paar Schritte bewegte sie sich von der Höhle weg, schloss die Augen und atmete tief durch. Kurz darauf öffnete sie sie wieder.

Die Sonne stieg langsam höher am Horizont.

Für einen Augenblick war sie entspannt. Trotz der Schrecken, die sie bisher an diesem Ort erlebt hatte, beruhigte sie der Anblick der leuchtenden Scheibe.

»Es ist gefährlich, allein hier herumzulaufen«, flüsterte eine Stimme hinter ihr.

Erschrocken drehte sich Saphira um und blickte in Calissias halboffene müde wirkende Augen.

»Keine Sorge, ich wäre nicht weit gegangen. Ich wollte einfach an die frische Luft. Tut mir leid, dass ich dich geweckt habe.«

»Es wird sowieso Zeit, aufzustehen.«

»Ich wollte dich noch etwas fragen. Auf einigen Felsen wachsen wunderschöne Blumen. Ich habe eine berührt. Das waren fürchterliche Schmerzen. Wie gefährlich sind diese Blumen?«

»Sie sind sehr gefährlich und töten dich innerhalb weniger Augenblicke. Berührungen der Blüten verursachen starke Schmerzen, wenn du die Blume jedoch am Stängel herausziehen möchtest, kommst du nicht mehr davon los. Sie saugt dir deine Energie aus.«

»Da hab ich ja Glück gehabt.«

Calissia nickte.

Sie schauten nach Osten, wohin sie unterwegs waren.

»Siehst du dort hinten die Berge?« Calissia zeigte auf die von Nebel eingehüllte Bergkette.

Saphira nickte.

»Das ist das Ende meiner Heimat und der Beginn des Felsentals.«

»Das Felsental ist ein sehr finsterer Ort.«

Calissia und Saphira drehten sich zur Höhle um, aus deren Eingang Dariel auf sie zu kam.

»Dort lebt der mächtige Magier Elrias«, sagte er. »Ich bin sicher, dass er derjenige ist, der die Tiere getötet hat.«

»Warum glaubst du, dass es gerade dieser Magier war?«, fragte Calissia.

»Er hat vor vielen Jahren ein Kind getötet. Es war zwar ein Unfall, aber es ist durch seine Magie passiert, mit der er anderen schaden wollte. Er war kein guter Magier. Nachdem er sich im Felsental niedergelassen hatte, haben unsere Krähen ihn schon oft ausgespäht. Sie konnten sehen, dass er sich in seinem Schloss seine eigenen Wesen heranzüchtet. Das sind alles Informationen, die ich erzählt bekommen habe. Wir werden bald herausfinden, ob die Geschichten wahr sind.«

»Wir haben auch von einem Magier gehört, der jenseits der Berge lebt. Einige Drachen wurden bereits Opfer seiner Macht. Irgendwann hat es der Magier aufgegeben, uns zu jagen. Nun erfahre ich, dass er nicht nur mein Kind getötet hat, sondern auch ein Menschenkind.« Die Nüstern der Drachendame weiteten sich. »Dafür wird er büßen. Ich werde weiterhin den Himmel bewachen. Wenn wir am Fuße des Berges angekommen sind, sollten uns keine Drachen oder Boltomas mehr begegnen.«

»Lasst uns keine Zeit verlieren«, sagte Saphira entschlossen und ging voraus.

Dariel folgte ihr schnellen Schrittes, während der Drache sich wieder in die Lüfte erhob und mit seinen gewaltigen Schwingen Staub aufwirbelte.

* * *

Bis die Sonne im Zenit stand, thronte über ihnen ein blauer wolkenloser Himmel. Dann schoben sich dichte dunkle Regenwolken vor das lichtgebende Gestirn. Donner grollte dumpf und helle Blitze durchzuckten die Wolken.

Calissia flog etwas niedriger.

Die ersten Tropfen schenkten dem Boden Feuchtigkeit. Das anfangs leise Tröpfeln wurde schon bald vom starken Plätschern eines Platzregens abgelöst.

Saphira zog die Kapuze ihres Mantels über den Kopf.

Binnen Sekunden waren sie und Dariel klatschnass. Doch sie gingen weiter, denn es blieb keine Zeit für eine Pause.

Der Donner grollte lauter, wieder und wieder zuckten Blitze über den Himmel.

Ein Feuerstrahl streifte Dariel. Er schreckte auf, sprang zur Seite und schaute nach oben. »Calissia ist in Schwierigkeiten.«

Der Drache kämpfte mit zwei seiner Artgenossen. Sie versuchten sich stets nach unten auf die beiden menschlichen Wesen zu stürzen, doch Calissia hielt sie mit allen Mitteln davon ab. Mit ihrem kräftigen Schwanz schlug sie den Angreifern gegen den Kopf und spie Feuer.

Die beiden Drachen wichen den Flammen geschickt aus. Sie griffen Calissia von den Seiten an, schossen Feuerstrahlen auf sie.

Calissia schlug nur noch schwach mit den Flügeln. Sie taumelte in der Luft.

Saphira konzentrierte sich, riss ihre Hände gen Himmel und versuchte, einen magischen Feuerball zu beschwören.

Funken sprühten auf ihren Handflächen, doch mehr passierte nicht.

»Es geht nicht!«, schrie sie wütend auf sich selbst.

Nach einem heftigen Schlag von Calissias Schwanz fiel einer der Angreifer zu Boden. Er war benommen, hob langsam den Kopf. Nach einem Kopfschütteln schaute er Saphira und Dariel eindringlich an. »IHR HABT IN UNSEREM TAL NICHTS ZU SUCHEN! SCHERT EUCH WEG!«

»Wir möchten euer Tal nur durchqueren«, sagte Saphira.

Der Drache lachte. »Ihr seid Menschen! Menschen bringen nur Unheil. Aber ihr schmeckt gut.« Er streckte seine gespaltene Zunge heraus.

Saphira versuchte erneut, Magie anzuwenden, und schaffte es tatsächlich, eine kleine Magiekugel zu erzeugen. Sie starrte gebannt darauf, damit sie stabil blieb. Um dem Drachen keine Angriffsfläche zu bieten, verbarg sie ihre Angst bestmöglich hinter einem ernsten Gesichtsausdruck. Langsam ging sie auf ihn zu. »Ich bin kein Mensch, ich bin eine Hexe und ein Drache wie du ist kein Hindernis für mich.« Sie hoffte, dass ihre gespielte Skrupellosigkeit den Drachen einschüchtern würde. Dabei zitterte sie innerlich vor Angst.

Der Drache schaute sie an. »Magier und Hexen sind hier ebenfalls nicht erwünscht.«

»Lasst uns euer Tal durchqueren, dann wird euch nichts geschehen.« Sie bewegte die Magiekugel ein bisschen, trat einige kurze Schritte nach vorne, um das Zittern zu überspielen. Dabei versuchte sie, sich weiterhin zu konzentrieren.

Der Drache zog den Kopf ein kleines Stück zurück, als Saphira mit der leuchtenden Kugel näherkam.

Er zeigte seine spitzen Zähne. »Seht zu, dass ihr zügig unser Tal verlasst«, knurrte er. »Wenn ich euch noch mal hier sehe, dann kommt ihr nicht so glimpflich davon.«

Er schlug mit seinen Flügeln und erhob sich vom Boden. Er flog nahe an den beiden weiterkämpfenden Drachen vorbei und rief seinem Begleiter etwas zu.

Daraufhin wandte sich der andere Drache von Calissia ab und folgte ihm.

Die Drachendame landete, fiel kraftlos auf den Bauch.

Die Magiekugel hatte sich aufgelöst.

Sofort rannte Saphira zu Calissia. »Bist du verletzt?«

»Nein, nur ein paar Kratzer. Ich bin jedoch sehr erschöpft. Lasst mich kurz ausruhen.« Ihre Flügel waren weit ausgebreitet. Sie hob ihren Kopf und öffnete ihr Maul, um Regenwasser frisch vom Himmel zu trinken. Dann legte sie das Haupt wieder ab und schloss die Augen.

Saphira und Dariel setzten sich unter einen von Calissias Schwingen. So hatten sie etwas Schutz vor dem Unwetter.

»Das war eine sehr riskante Aktion mit dem Magieball«, sagte Dariel.

»Ich weiß, aber ich dachte daran, dass die Drachen den Magier im Felsental fürchten. Daher wollte ich ihm mit Magie etwas Angst einjagen, obwohl ich selbst welche hatte.«

»Er wirkte auf mich nicht so, als hätte er Angst gehabt«, meinte Dariel. »Aber Respekt schien er zu haben. Wir sollten nicht allzu lang hierbleiben.«

Saphira nickte. Sie nahm die Drohung des Drachen sehr ernst. Er würde sie töten, wenn sie ihm nochmal begegneten, da war sie sich sicher. Sie mussten das Tal schnellstmöglich verlassen.

KAPITEL 10

Der Regen wandelte sich zu einem leichten Nieseln und das Gewitter zog weiter.

Als die ersten Sonnenstrahlen Calissias Kopf berührten, öffnete sie langsam die Augen.

»Wie fühlst du dich?«, fragte Saphira.

»Ich konnte etwas Kraft sammeln.« Sie streckte ihre Gliedmaßen und Flügel von sich. »Hat der Drache euch etwas getan?«

Saphira schüttelte den Kopf. Sie berichtete ihr, was passiert war.

»Dann werden sie uns erst mal in Ruhe lassen, wenn wir weitergehen. Kommt auf meinen Rücken, wir fliegen das letzte Stück.«

Die beiden kletterten auf den Drachen und versuchten sich, so gut es ging, an den Schuppen und Stacheln festzuhalten. Als sie sicher saßen, schlug Calissia mit ihren Schwingen und hob ab.

»Ich glaube, so langsam mag sie uns«, flüsterte Dariel Saphira ins Ohr, die grinsend nickte.

Der Drache flog langsam auf die Berge zu.

Trotz der Sonnenstrahlen überkam Saphira eine eisige Kälte, als sie über die schneebedeckten Bergspitzen glitten. Sie verschränkte die Arme vor ihrer Brust und senkte den Kopf.

Dariel schlang von hinten seine Arme um sie. »Gleich wirds wieder etwas wärmer.«

Sie genoss lächelnd seine Berührung. Ein wenig lehnte sie sich gegen seinen Oberkörper.

Nachdem die Bergspitzen unter ihnen verschwunden waren, setzte Calissia zum Sinkflug an. Sie landete am Fuße des Berges, den sie soeben überflogen hatten.

Saphira spürte das leichte Zittern ihrer Schuppen. »Du musst nicht mitkommen, wenn es dir zu gefährlich ist.«

»Ich habe keine Angst«, sagte sie energisch. »Der kalte Berg hat mir etwas zugesetzt, als Feuerdrache bin ich eine solche Kälte nicht gewöhnt.«

Saphira war sich nicht sicher, ob sie ihr diese Worte glauben konnte, doch sie fragte nicht weiter nach.

Einen kurzen Augenblick verweilten sie auf den dunkelgrauen Felsen, schauten auf das schwarze Tal, das vor ihnen lag.

Spitze dunkle Gesteine ragten aus dem Boden in die Höhe. Dunstiger Nebel kroch über den steinigen Untergrund, als wollte er alles Lebende, das sich in seinem Tal befand, verschlingen.

Tatsächlich war hier weder ein Tier noch eine Pflanze zu sehen. Auch war es gespenstig still.

Weit in der Ferne erkannte Saphira einen aktiven Vulkan, der Feuer und Asche in den Himmel schleuderte.

Schließlich erhob Calissia sich wieder mit Saphira und Dariel in die Lüfte, flog geradewegs in die Dunkelheit des furchterregenden Tals.

Unter dem Nebel sah sie nur pechschwarzer Boden und Gestein. Doch dann erblickte Saphira etwas, das ihre Aufmerksamkeit auf sich zog. »Seht nur.«

Vor ihnen erhob sich ein gewaltiges dunkles Schloss, das inmitten eines Felsen gebaut war. Die spitzen Türme ragten hoch in den Himmel und die halbrunden Fenster spiegelten so stark, dass ein Blick ins Innere nicht möglich war.

Um das Schloss herum befand sich ein sehr großer Graben, in dem kein Wasser, sondern ein Strom aus Lava floss. Die Hitze war schon von Weitem zu spüren. Es führte keine Brücke darüber, das Schloss war vom restlichen Tal abgeschnitten.

Calissia landete weit genug entfernt. »Ich möchte nicht zu nah an das Schloss heranfliegen, falls es irgendwelche Späher gibt, die uns sehen könnten.«

»Du hast recht«, stimmte Saphira zu. »Wir sollten uns zuerst einen Plan überlegen.«

»Das große Tor wird wohl verschlossen sein, genauso wie die Fenster«, merkte Dariel an.

»Sicher wird er alles verzaubert haben, sodass niemand einfach so eintreten kann.«

»Ich hab sie!«, rief eine dunkle, leicht gurgelnde Stimme hinter ihnen.

Sie zuckten heftig zusammen und drehten sich ruckartig um.

Blitzartig stürzten sich Dutzende Kreaturen mit Netzen und Seilen auf sie.

Saphira wurde zu Boden gedrückt und gefesselt.

Alles geschah so schnell, dass niemand von ihnen sich hatte wehren können.

Zwei Wesen banden Calissias Maul mit einem Tau zusammen und vier weitere wickelten ihren kompletten Körper in ein riesiges Netz ein.

Sie konnte weder die Klauen noch den Schwanz oder die Schwingen bewegen.

Zehn der Wesen schleiften Calissia über den felsigen Boden. Das spitze Gestein verletzte sie, denn sie blutete leicht.

Einer der Angreifer packte die gefesselte Saphira auf seine Schulter.

Sie versuchte, sich aus ihren Fesseln zu befreien. Sie schaukelte wild umher, probierte, ihre Arme aus den Seilen zu winden. Als sie feststellte, dass es zwecklos war, ließ sie es über sich ergehen.

Wenn sie uns hätten töten wollen, dann würden wir schon nicht mehr atmen, dachte Saphira. Ihr Kopf hing am Rücken der Kreatur nach unten, sodass sie kaum etwas erkennen konnte. Doch die muskulösen und stark behaarten Beine, an deren Ende sich Füße mit Klauen befanden, machten ihr klar, dass es sich um kein Lebewesen handelte, das sie kannte. Das Herz schlug ihr bis zum Hals und Tränen der Furcht rannen über ihre Wangen. Die Hitze nahm stetig zu. Saphira hatte das Gefühl, nicht atmen zu können. Der Schweiß tropfte von ihrem Gesicht und ihren Haaren auf den Boden, wo er sofort verdunstete.

Wie konnten diese Kreaturen darauf laufen? Ein Zauber?

Sie vernahm das schleifende Geräusch von Calissias Körper. Selbst für einen Feuerdrachen war es sicher nicht angenehm, über den heißen Boden gezerrt zu werden. Sie tat ihr leid.

Helles Licht sorgte dafür, dass Saphira ihre Augen fest zukniff. Kurz darauf wagte sie es, ihre Augenlider nur einen winzigen Spalt zu öffnen, damit sie einen Blick erhaschen konnte. Sie erkannte den Lavastrom, der um das Schloss floss.

Die Kreatur machte weiterhin einen Schritt nach dem anderen, als liefe sie auf einer unsichtbaren Brücke.

Ein lautes Knarren und Ächzen drang an Saphiras Ohren, als sie wieder auf felsigem Boden standen.

Ihr Träger bewegte sich nicht, bis das Geräusch durch einen Knall beendet wurde. Erst dann setze er den Weg fort. Er schritt durch ein großes Doppeltor und einen langen Korridor.

Die Hitze von draußen verschwand schlagartig, im Schloss war es kalt und finster.

Erneut öffnete sich quietschend eine Tür, durch die er Saphira hindurch trug. Nach einigen weiteren Schritten warf er sie auf den Boden.

Unmittelbar darauf lag Dariel neben ihr.

Sie schauten sich mit schmerzverzerrten Gesichtern an.

Erneut hörte Saphira das schleifende Geräusch, zu dem sie sich umdrehte.

Mehrere Wesen zogen Calissia herein und legten sie einige Schritte hinter ihnen ab. Die Augen der Drachendame waren glasig und nur halb geöffnet.

In dem großen Raum befanden sich zwei breite Fenster, durch die aufgrund der Düsternis draußen kaum Licht hereinkam. An den Wänden hingen Fackeln, die von einigen Kreaturen entzündet wurden. Vor ihnen stand ein Podest mit einem Thron.

Die Gesichter der Wesen wirkten menschlich, jedoch irgendwie entstellt. Die Nasen waren flacher, die Augen und Ohren größer. Sie waren stattlich und behaart. Ihre Arme waren überproportional lang, dennoch muskulös. Die gewaltigen Pranken hätten Saphira und Dariel mit Leichtigkeit zerquetschen können.

Eine der Kreaturen ging in einen Nebenraum und kam nach kurzer Zeit wieder zurück, gefolgt von einem Mann in einem dunkelblauen Mantel.

Er stieg auf das Podest und setzte sich auf den Thron. Seine langen dunkelgrauen Haare waren zerzaust und in seinem Gesicht wucherte ein ungepflegter Bart. Die buschigen Augenbrauen standen eng zusammen und seine Augen funkelten neugierig. »Wer seid Ihr, was wollt ihr in meinem Reich?«, fragte er in einem fordernden Tonfall.

»Wir sind auf einer Reise und haben uns wohl verflogen«, sagte Saphira.

»Willst du mir etwa erzählen, dass ihr mit diesem Ungetüm geflogen seid?« Er zeigte auf Calissia, die dumpfe Laute von sich gab.

Der Mann warf einem der Wesen einen Blick zu und es zerschnitt die Fesseln um Calissias Maul.

»Ich bin kein Ungetüm«, sagte sie aufbrausend und versuchte erneut vergeblich, sich aus dem Netz zu befreien.

»Drachen haben in meinem Reich nichts zu suchen.«

»Wer seid Ihr?«, fragte Dariel.

»Mein Name ist Elrias. Fremde, die mein Reich betreten, werden sofort festgenommen. Besonders, wenn sich ein Drache in ihrer Begleitung befindet«, sagte er abwertend. »Ich hatte die Kronka angewiesen, dass sie jeden Drachen einfangen sollen, sobald sich einer in meinem Reich befinden würde.«

Sie verstand ein wenig mehr, warum Dariel ihn für den Mörder hielt. Ihre Hände ballte sie zu Fäusten. Dann blickte sie zu Dariel und bemerkte sein Schwert, woraufhin sie die Stirn runzelte.

»Warum jagt Ihr uns Drachen? Habt Ihr meinen Sohn getötet?« Kleine Flammen strömten aus den Nüstern der Drachendame.

»Ich habe euch nicht gejagt, sondern mich verteidigt. Aber ich habe nie einen Drachen getötet«, sprach er in ruhigerem Tonfall. Auch schaute er Calissia mit einem mitleidigen Blick an.

Sagte er die Wahrheit oder war es ein Trick?

»Und was ist mit den Krähen der Krieger? Es wird erzählt, dass Ihr sie sofort angreift, wenn sie in Euer Tal fliegen.«

Elrias schaute Dariel an. »Das war keine Absicht. Sobald ein Lebewesen in mein Tal flog, wurden durch einen Zauber automatisch Feuerbälle abgefeuert. Aber ich wollte damit keinem Wesen schaden und schon gar nicht töten. Seit vielen Monden kam allerdings kein anderes Tier mehr hierher, darum ist dieser Zauber nicht mehr aktiv.« Seine Stimme war ruhiger geworden.

Saphira hielt sich nicht länger zurück, sie brauchte Klarheit. »Wart Ihr im Mondwald?«

»Ich komme aus Torias, daher kenne ich den Mondwald. Aber ich war schon sehr lange nicht mehr dort. Warum möchtest du das wissen?«

Dariel runzelte die Stirn. »Was machst du denn?«, fragte er Saphira flüsternd.

»Ich muss wissen, ob er sie getötet hat.«

»Aber er könnte uns täuschen.«

»Ist dir schon aufgefallen, dass dir niemand dein Schwert weggenommen hat?«

Dariel antwortete nicht. Stattdessen berührte er den Griff seiner Waffe. Die Zweifel standen ihm jedoch weiterhin ins Gesicht geschrieben.

Saphira blickte Elrias an. »Habt Ihr Tiere getötet?«

»Ich sagte euch schon, dass ich keine Lebewesen töte und schon lang nicht mehr im Mondwald war. Willst du mir etwas anhängen?« Seine Stimme war wieder zorniger geworden, doch Saphira ließ sich nicht davon beeindrucken.

»Wir kennen die Geschichten über Euch, Elrias.«

»Und woher weißt du das?«

»Mein bester Freund ist ein Magier aus Torias und er hat mir von Euch erzählt.«

»Auch bei uns Kriegern ist die Geschichte bekannt.«

Elrias schaute die beiden schweigend an, bis sein Blick Richtung Boden ging. »Ihr wisst, was ich getan habe.« Es war nur wenig mehr als ein Flüstern gewesen. Seine Hände zitterten. »Haben die Magier euch geschickt?«

»Nein, sie wissen nicht, dass wir hier sind«, sagte Saphira.

Seine Augen richteten sich auf sie. »Warum glaubt ihr, dass ich es war?«

»Rache!«, rief Dariel.

»Wofür? Meine Verbannung? Und das erst nach so langer Zeit? Ich hege keinen Groll, denn es war meine Schuld und was passiert ist, kann ich nicht mehr ungeschehen machen.«

Saphira überlegte, ob die Magier ihm durch die übertriebenen

Geschichten noch mehr schaden wollten. Was er getan hatte, war schrecklich, doch Rache klang wirklich nicht plausibel.

»Ich glaube Euch«, sagte sie lächelnd.

»Aber ich traue ihm trotzdem nicht«, flüsterte Dariel ihr zu. Sein Blick war starr auf den Magier gerichtet.

Elrias erhob sich von seinem Thron. »Die grobe Art und Weise, wie meine Kronka mit euch umgegangen sind, tut mir leid. Verzeiht mir.« Mit der Hand auf der Brust senkte er leicht seinen Kopf und ging einige Schritte auf sie zu. »Auch hier in meinem Reich gab es seltsame Vorfälle.« Er versuchte, durch seine verknoteten Haare zu streichen. »Sag mir, Hexe, fehlten die Seelen der getöteten Tiere?«

Saphira runzelte die Stirn. Zweifel an seiner Ehrlichkeit überkamen sie. »Wie kommt Ihr darauf?«

»Weil es sich die Seelen drei meiner Kronka genommen hat. Einmal konnte ich es sogar dabei beobachten.«

Sie war noch immer etwas misstrauisch, aber auch voller Hoffnung, ihrem Ziel näher zu kommen. »Wie sah es aus?«.

»Schwer zu sagen. Es zeigte sich nur in dem Augenblick, als es meinem Kronka die Seele aussaugte. Ansonsten blieb es unsichtbar. Seine Haut war glatt und purpurfarben, sein Körper hatte eine unförmige Gestalt. Er hat sich auf vier Beinen fortbewegt. An den vorderen hatte er Klauen, an den hinteren Hufe. Nachdem es die Seele aufgenommen hatte, wuchsen ihm überall Haare wie bei den Kronka. Danach war es nicht mehr zu sehen.«

»War der Kronka wach, als es passierte?«, wollte Saphira wissen.

»Nein, er schlief draußen auf einem Felsen. Ich stand auf meinem Balkon.«

»Warum habt Ihr nicht versucht, ihn mit Magie anzugreifen?«, fragte Dariel in rauem Tonfall.

Elrias senkte den Kopf. »Ich weiß es nicht. So ein Wesen habe ich zuvor noch nie gesehen. Bis mir klar wurde, was dort unten geschah, war es schon zu spät. Es wurde wieder unsichtbar. Ich rannte anschließend zu dem Kronka, aber er lag leblos vor mir.«

»Woher wisst Ihr, dass seine Seele geraubt wurde?«, fragte sie.

»Ich habe es gespürt, als ich ihn berührt habe. Die Kronka wurden von mir erschaffen. Wir sind verbunden. Außerdem habe ich gesehen, dass eine Art Nebelschleier zwischen ihm und der seltsamen Kreatur geflossen war.«

Saphira war noch etwas skeptisch, jedoch hatte sie nicht das Gefühl, dass er sie hinters Licht führen wollte.

»In derselben Nacht habe ich eine Versammlung aller Kronka einberufen, in der ich ihnen die Situation geschildert habe. Zwei andere Kronka wurden trotzdem von dem Wesen, den ich Seelenfresser nenne, überfallen und getötet. Das war vor sechs Wochen. Ich vermute, dass es in anderen Reichen nach Opfern sucht. Sollte es wirklich eine Drachenseele in sich tragen, auch wenn es ein Jungdrache war, könnte es bereits große Kraft haben. Vielleicht sogar die Fähigkeit zu fliegen. Was ist, wenn es mehr Macht bekommt? Wenn es sogar die Kraft magischer Wesen aufnehmen kann?« Er ging parallel zum Thron auf und ab, den Finger an seine Unterlippe tippend.

Saphira war den Tränen nahe. »Wir müssen herausfinden, welche Macht der Seelenfresser hat und ob er wirklich stärker wird, je mehr Seelen er frisst. Wie viele Tiere hat er inzwischen noch getötet, wenn er hier bereits vor Wochen war?« Alles drehte sich. Unzählige Fragen stiegen in ihr auf.

Wo war er schon überall gewesen? Wo kam er her? Und war er der Einzige?

»Ich bin total erschöpft«, sagte sie. »Wir sind bereits sehr lange auf den Beinen. Besteht die Möglichkeit, dass wir uns ein wenig ausruhen und zu Kräften kommen?«

Dariel hielt Saphiras Hand.

»Selbstverständlich könnt ihr euch ausruhen. Folgt mir.« Er schaute zu den Kronka, die neben Calissia standen. »Nehmt das Netz herunter. Sie wird uns nichts tun. Richtig?«

Die Drachendame nickte. »Solange ihr mich in Ruhe lasst.«

»Dies ist der größte Raum in meinem Schloss. Du kannst hier schlafen.«

Calissia schaute ihn skeptisch an, nickte dann aber.

Elrias verließ mit Dariel und Saphira den Thronsaal und stieg eine breite Treppe hinauf, deren dunkle Marmorstufen leicht schimmerten.

Ein mit verschnörkelten Ornamenten verziertes schwarzes Geländer befand sich an beiden Seiten der Treppe. Oben erstreckte sich ein Flur um den Aufstieg herum, an dem sechs Türen zu sehen waren.

Elrias ging nach links und öffnete die erste Tür.

Saphira erblickte ein großes Bett und ohne sich weiter umzuschauen, bewegte sie darauf zu, ließ ihren Mantel zu Boden fallen und stürzte sich auf die weiche Matratze.

»Habt Ihr manchmal Gäste, dass Ihr ein solches Zimmer habt?«, fragte Dariel.

»Nein. Ich habe mehrere Zimmer in meinem Schloss, die ich mir spontan so einrichte, wie ich es möchte. Ihr wisst, ich bin Magier.« Er zwinkerte Dariel lachend zu.

»Ich brauche nur ein Bett, das hier ist bequem, danke.« Saphiras Stimme war lediglich dumpf zu hören gewesen, denn sie lag auf dem Bauch, den Kopf in die blauen Kissen gedrückt und bereits im Halbschlaf.

»Saphira ist zufrieden«, sagte Dariel.

»Freut mich. Hier habt ihr noch eine Kleinigkeit zu essen und zu trinken.« Elrias schnippte mit den Fingern.

Saphira hob den Kopf und sah einen Tisch, der vorher nicht da gewesen war. Darauf standen eine Schale mit Obst, zwei Becher und eine Wasserkaraffe.

»Wir sehen uns morgen.« Der Magier schloss die Tür hinter sich.

Nachdem seine Schritte sich von der Tür entfernt hatten, setzte sich Dariel neben Saphira aufs Bett. »Warum bist du dir so sicher, dass wir ihm trauen können?«

»Wenn er uns etwas tun wollte, dann hätte er es getan. Außerdem wäre Calissia doch das perfekte Opfer für den Seelenfresser.«

»Wenn du das so sagst, dann klingt das auch logisch. Aber er hat ein Kind getötet.«

Saphira drehte sich auf den Rücken und hielt ihre Augen offen. »Ja, das hat er. Aber glaubst du nicht, dass er eine zweite Chance verdient hat?«

»Was, wenn das zu einem seiner Spielchen gehört? Ich bin einfach vorsichtig.«

Sie legte ihre Hand auf seine. »Achtsam zu sein ist gut und ich bin froh, dass du auf uns aufpasst.« Sie lächelte ihn an. »Aber wir sollten uns jetzt etwas ausruhen.«

»Schlaf du.« Er streichelte ihr über die roten Haare. »Ich bleibe noch etwas wach.« Er beugte sich nach vorne und küsste sie. Anschließend drückte er seine Stirn gegen ihre. »Gute Nacht.«

Mit schnell schlagendem Herzen machte sie es sich bequem. Sie sah noch, wie Dariel sich auf den Sessel neben dem Fenster setzte, dann fielen ihre Lider zu und sie versank in einen tiefen Schlaf.

KAPITEL 11

Langsam öffnete Saphira die Augen. Durch den Dunst war es draußen sehr düster, sodass sie nicht erkennen konnte, ob es Tag oder Nacht war. Vage erahnte sie eine helle runde Scheibe hinter einigen weniger dicken Wolken. Es musste also Tag sein.

Dariel hing schlafend im Sessel.

Sie grinste und machte innerlich Luftsprünge. Unter herzhaftem Gähnen streckte sie ihre Glieder und stieg dann aus dem Bett. Sanft berührte sie ihn an der Schulter und rüttelte ihn vorsichtig.

Sofort schreckte er hoch und stand kampfbereit mit geballten Fäusten vor ihr.

»Dariel, ich bin es«, sagte Saphira schmunzelnd.

Er legte die Hand auf seine Brust und atmete tief aus. »Wieso erschreckst du mich so?« Dann lachte er. »Verdammt, ich wollte gar nicht schlafen.«

»Warum denn nicht?«

»Ich wollte auf dich aufpassen.«

Saphira umarmte Dariel. »Das ist lieb. Wie du siehst, ist alles gut.«

»Zum Glück. Mein Misstrauen ging so weit, dass ich mich erst nicht einmal getraut hatte, etwas zu trinken, weil ich dachte, das Wasser könnte vergiftet sein. Doch der Durst war zu groß.«

»Und du lebst noch«, sagte sie grinsend. Sie ging auf die Obstschale zu, nahm sich einen Apfel und biss genüsslich hinein. Dann griff sie nach einem weiteren und warf ihn Dariel zu, der ihn im Eiltempo aß.

»Hast du eine Ahnung, wie lange wir geschlafen haben?«, fragte sie.

»Nein, leider nicht.«

»Lass uns nach Calissia schauen.«

Sie verließen das Zimmer und folgten der Treppe nach unten. Vorsichtig öffneten sie die Tür zum Thronsaal, in dem der gewaltige Drache mit offenen Augen lag.

»Hallo, Calissia, bist du die ganze Nacht hier gewesen?«, fragte die Hexe.

»Ja. Ich bin lange wach geblieben, weil ich ihm und seinen Kreaturen nicht getraut habe, daher wollte ich sichergehen, dass er mir nichts tun möchte. Doch irgendwann bin ich vor Müdigkeit eingeschlafen.«

»Du und Dariel hattet in der Nacht wohl die gleichen Bedenken«, sagte Saphira.

»Da hast du wohl recht.« Calissias Magen knurrte so laut, dass Saphira und Dariel kurz zusammenzuckten.

»Was essen Drachen eigentlich?«, fragte Dariel.

»In unserem Tal leben neben den Boltomas noch etwas kleinere Wesen. Wir nennen sie Gamon. Sie sind unsere Hauptnahrungsquelle. Boltomas verzehren wir seltener. Wir lassen uns meistens in Ruhe, aber wenn es zu einem Kampf kommt, dann wird das Todesopfer auch verspeist.«

Saphira rümpfte die Nase. Sie wollte nicht hören, dass Tiere gegessen wurden. Doch Calissia war ein Drache, ein Raubtier.

»Ist alles in Ordnung bei dir?«, fragte die Drachendame.

»Ja, alles in Ordnung«, antwortete Saphira lächelnd.

»Für das Mahl, das ich unserem Drachen zubereiten werde, musste kein Tier sterben.« Elrias trat durch die Tür herein. Mit starrem Blick murmelte er ein paar Worte und vollführte einige Handbewegungen.

Plötzlich erschien direkt vor Calissia ein Fleischberg.

Ohne etwas zu sagen, verschlang die Drachendame das Fleisch.

»Kommt. Wir warten draußen, bis sie fertig ist.«

Gemeinsam verließen sie den Thronsaal und gingen mit Elrias die Stufen hinauf.

Die Tür gegenüber der Treppe führte zu einer steinernen Wendeltreppe im Turm des Schlosses. Oben angelangt betraten sie einen Raum, in dem sich Unmengen von magischen Gegenständen befanden. Dunkelbraune Regale mit Zaubertränken, Heilkräutern, Papierrollen, Büchern und verschiedenen Ingredienzien standen an den Wänden.

Saphira ging an den Holzgestellen vorbei und schaute sich gespannt alles an. Besonders die Bücher über die Zubereitung und Anwendung diverser Tränke, Tinkturen, Salben und Tees faszinierten sie.

»Du darfst gerne einige Bücher lesen, wenn du magst. Ich weiß, dass du eine Hexe bist.«

Saphira drehte sich überrascht um. »Woher weißt du das? Ich habe das nie erwähnt.«

»Ich kann die Magie in dir spüren. Ich bin sehr mächtig, daher kann man mir nichts vormachen.« Er grinste. »Wie geschult sind deine magischen Fähigkeiten?«

Saphira zögerte einen Moment mit der Antwort. Sie wollte nicht schwach wirken, ihn aber auch nicht anlügen.

»Ich lerne noch. Allerdings beherrsche ich Heilungszauber sehr gut.«

»Ich kann dir einiges beibringen, sofern du magst. Es kann nicht schaden, wenn noch jemand mit magischen Kräften gegen den Seelenfresser antreten kann. Gewaltige Energiebälle, Feuer- und

Eisstrahlen sowie das Schleudern von Gegenständen sollten Hexen und Magier im Schlaf beherrschen.«

»Normalerweise benutze ich die Hexerei nur für gute Dinge. Leider klappt es nie so, wie ich es gern möchte. Zum Kämpfen brauche ich noch Übung.«

»Ich bringe dir in wenigen Tagen mehr bei, als du in den letzten Jahren gelernt hast. Sofern du das gern möchtest.«

»Wir können es gern versuchen. Es gab vor einigen Tagen eine Situation, in der ich mit meiner Magie versagt habe.« Sie senkte den Kopf.

»Erzähl mir davon.«

Saphira berichtete von dem Angriff des Boltoma und dass sie ihre Kraft durch die Angst nicht im Griff gehabt hatte.

»War es das erste Mal, dass du Todesangst hattest?«

Sie nickte.

Er krempelte seinen Ärmel um und zeigte ihr seinen Unterarm. Dort waren enorme Narben zu sehen.

»Das war ein Trechter. Ein wolfsähnliches Tier, aber größer und mit einem Horn auf der Stirn. Seine Krallen sind sehr lang und so scharf, dass bei der leichtesten Berührung bereits eine tiefe Wunde entsteht. Als ich noch sehr jung war, wurde ich von einem angegriffen. Ich hatte noch nie solche Angst, dass ich meine Magie nicht wirken konnte. Mein Vater rettete mich, indem er den Trechter verjagte. Aber mit seinen Krallen streifte er meinen Arm, der stark blutete.«

Saphira nickte. Es war beruhigend, dass sie nicht die Einzige war, die in einer Stresssituation versagte. Trotzdem zweifelte sie an sich und befürchtete, nie einen Angriff abwehren zu können. Sie dachte an die Übungen mit Maxim, bei denen sie nicht mal eine einfache Magiekugel schnell genug hatte wirken können. Sie spielte mit den Fingern.

»Wir fangen gleich mit den Übungen an. Du wirst sehen, nach den ersten Erfolgen wird deine Nervosität von selbst verschwinden.« Dann drehte er sich zu Dariel. »Mit welchen Waffen kämpfst du?«

»Mit Schwert, Dolch und Bogen.«

»Bist du gut?«

»Ja«, antwortete er selbstbewusst. »Ich gehöre zu den besten Kriegern. Ich habe schon einige Missionen und Kämpfe miterlebt.«

»Das klingt überzeugend. Ich möchte, dass du mit den Kronka trainierst. Sie sind sehr stark und nicht so leicht zu schlagen. Das wird dich gut auf den Kampf gegen den Seelenfresser vorbereiten.«

Dariel schaute ihn starr an. »Ich suche mir meine Trainingspartner gern selbst aus.«

»Wie du möchtest.«

»Es wird schwierig sein, sich auf etwas vorzubereiten, das man nicht kennt«, sagte Dariel. »Wir wissen nicht, wie stark er ist und welche Fähigkeiten er hat. Sind Schwert und Bogen die richtigen Waffen oder ist er nur mit Magie zu bekämpfen? Wir sollten versuchen, mehr über dieses Wesen herauszufinden.«

»Was schlägst du also vor?«, fragte Elrias.

»So schlimm es sich anhört, wir brauchen ein Opfer, das vom Seelenfresser angegriffen wird.«

»Bist du verrückt?«, rief Saphira fassungslos über Dariels Worte.

»Wir haben es mit einer Attrappe versucht, das hat nicht funktioniert. Also brauchen wir ein lebendes Opfer.«

»Er hat recht. Ohne einen Köder werden wir den Seelenfresser nicht finden, weil er unsichtbar ist. Sicher wird sich einer meiner Kronka zur Verfügung stellen.«

Saphira war aufgefallen, dass Elrias diese Kreaturen immer als *Seine* bezeichnete. Waren es eventuell keine fühlenden Lebewesen, wenn er so einfach einen von ihnen opfern würde?

»Was sind diese Kronka überhaupt für Wesen?«, fragte sie.

»Nach der Verbannung wollte ich mit anderen Magiern nichts mehr zu tun haben, darum habe ich mich dafür entschieden, mir meine eigenen Gefährten zu züchten. Solange ich es nicht erlaube, werden sie dieses Tal nie verlassen. Sie werden bei mir bleiben und auch für mich kämpfen. Ich bin ihr Oberhaupt, jedoch sind wir eine große Familie.«

»Und wenn sie sich einmal gegen dich erheben?«, fragte Dariel.

»Ich kann nicht ausschließen, dass das passieren wird. Allerdings können sie dann nicht lange überleben, denn sie brauchen einen Trank, der ihnen Lebensenergie gibt. Sie gehören nicht in diese Welt, darum sollen sie nur so lang existieren, wie auch ich existiere. Das Rezept habe ich verbrannt. Der Trank kann somit nicht nachgebraut werden. Sie können nicht auf mich verzichten.«

»Du hast anscheinend an alles gedacht«, bemerkte Saphira. »Trotzdem sind es Lebewesen. Ich finde es schrecklich, dass wir entscheiden, wer sterben muss oder leben darf.«

»Aber besser stirbt ein Lebewesen, durch das wir den Seelenfresser finden und aufhalten können, als hundert weitere, oder?« Dariel schaute Saphira fragend an.

Saphira konnte nicht antworten. Für sie war es Unrecht, einen Kronka zu opfern. Sie wollte nicht schuld sein, dass noch mehr Leid geschah. Sie befand sich in einer Zwickmühle, doch es fiel ihr keine Alternative ein. Daher nickte sie schweren Herzens.

Dariel streichelte ihren Arm und küsste sie auf die Stirn. »Es wird alles gut werden.«

»So ist es«, stimmte Elrias zu. »Wir werden den Kronka unsere Beweggründe erklären. Sie werden selbst entscheiden, wer das Opfer bringen wird.«

»Wir müssen noch herausfinden, wo wir den Seelenfresser finden könnten«, sagte Dariel.

»Ich vermute, dass er im Drachental sein wird«, antwortete Elrias.

»Du vermutest«, wiederholte Dariel skeptisch. »Er war bereits im Mondwald, im Drachental und hier. Er könnte überall sein.«

»Das stimmt, aber er hat es geschafft, sich die Seele eines Drachenjungen zu nehmen. Sicher wird er versuchen, die eines erwachsenen Drachen zu bekommen.«

»Und wenn du dich irrst?«

Diese Frage beantwortete Elrias nicht. »Ich bin sicher, dass er früher oder später dort auftauchen wird. Ein Drache würde ihm sehr viel Kraft verleihen.«

»Ich habe auch das Gefühl, dass er es dort noch mal versuchen wird«, sagte Saphira.

»Er könnte bereits viel Kraft bekommen haben. Für diesen Fall müssen wir uns bestmöglich vorbereiten, mit Waffenkraft und Magie.«

Sie nickte. »Lasst uns keine Zeit verlieren.«

KAPITEL 12

Saphira stand mit Elrias auf dem Balkon, den Blick auf die Arena gerichtet.

Dariel trainierte mit den Kronka den Schwertkampf. Sein Gegner war überaus geschickt mit der Klinge.

Die anderen Kronka standen um sie herum und feuerten ihren Kameraden an.

Calissia befand sich hinter Dariel, der sein Schwert fest in der Hand hielt.

Kampfbereit starrte er seinen Konkurrenten an, der drei Köpfe größer als er war.

Ein lautes metallisches Klirren ertönte, wann immer die beiden Schwertklingen sich trafen. Die zwei Kämpfer tänzelten im Kreis herum und schlugen stets wieder zu. Der Kronka wirkte etwas stärker, mit jedem Schlag ging Dariel einen Schritt zurück.

Calissia kniff manchmal die Augen zu, wenn der Kronka mit seinem Schwert ausholte.

Doch der Krieger war tapfer und stark. Er konnte sich gut verteidigen.

Als der Kronka erneut kampfbereit auf ihn zuging, rollte sich Dariel vor ihm auf den Boden. Sein Gegner stolperte über ihn. Flach knallte er auf den felsigen Untergrund. Dariel stand auf, sprang auf dessen Rücken und hielt ihm seine Schwertspitze in den Nacken. »Du bist tot.«

Calissia jubelte und stieß ein Freudenfeuer in den Himmel.

Die Kronka buhten Dariel aus.

»Das war nicht fair!«, schrie einer von ihnen.

»In einem echten Kampf geht es selten fair zu.« Dariel hüpfte von dem Besiegten herunter.

Der stand langsam wieder auf. »Du hast gut gekämpft und mich ganz schön ausgetrickst.«

»Du bist auch gut. Wärst du nicht zu Boden gegangen, hättest du mich bestimmt erwischt.«

Sie nickten sich zu und der Kronka warf das Schwert in den Ring.

»Wer ist der Nächste?«, fragte Dariel.

Ein weiterer Kronka trat vor und nahm das Schwert auf.

Wieder klirrten die metallenen Waffen.

»Das Training wird ihn bei Kräften halten und er wird sicher noch besser werden«, sagte der Magier. Er wandte sich an Saphira. »Jetzt bist du dran.«

Sie verließen den Balkon und Elrias führte sie in ein Zimmer.

»Das ist mein Übungsraum. Die Wände halten jeglicher Magie stand, sodass keine Gefahr besteht, dass ich mein eigenes Schloss zerstöre. An verschiedenen Gegenständen werden wir deine Kraft austesten. Bist du bereit?«

»Ja. Womit fangen wir an?«

Elrias grinste. »Vernichte die Statue hinter dir.«

Saphira drehte sich mit gerunzelter Stirn um.

In dem vormals leeren Raum stand eine weiße Statue eines Magiers, der seine Hände zu einem Zauber ausstreckte.

Saphira konzentrierte sich und hielt ihre Hand offen vor sich. »Magia pila apparent.«

Langsam baute sich eine blau-leuchtende Kugel auf, wurde größer und größer.

Als sie das Volumen einer Honigmelone erreicht hatte, schoss Saphira sie auf die Statue, die allerdings nur wenige Risse vorwies. Beschämt drehte sie sich zu Elrias um, der sie tadelnd ansah.

»Du hast vom Aufbau der Lichtkugel bis zum Abfeuern viel zu lang gebraucht. Mal davon abgesehen, dass die Magiekugel keine Kraft hatte. Wäre das ein echter Magier, wärst du längst tot.«

Obwohl Elrias die Worte in ruhigem Ton gesprochen hatte, kränkten sie sie, weil schon die Hexen sie immer wegen ihrer schlechten Hexerei verspottet hatten. Sie riss sich zusammen und fragte: »Wie kann ich besser werden?«

»Das ist deine heutige Übung. Sie muss bereits erscheinen, wenn du nur an sie denkst.« Mit einem Schnipsen kam ein Buch aus dem anderen Zimmer angeflogen und schwebte in seine Hand. Er blätterte darin herum und hielt ihr das Buch entgegen.

Ein Zauberspruch war markiert.

»Dieser Spruch verstärkt andere Zaubersprüche, wenn er vor diesen gesprochen wurde. Er wird dir helfen, eine Magiekugel in Windeseile zu wirken. Dein Spruch ist gut und weit verbreitet, aber für sich allein fordert er Kontrolle über deine Emotionen.«

»Das hat Maxim mir auch immer zu erklären versucht.«

»Maxim?«

»Mein bester Freund. Er ist Magierschüler und hat mich auch einiges gelehrt.«

»Probier den Spruch aus.«

»Opus magicae. Magia pila apparent.« Sie hatte kaum das letzte Wort gesprochen, da schwebte schon eine große Magiekugel über ihrer Handfläche. Sie riss die Augen auf.

»Der Spruch bewirkt, dass deiner verstärkt wird. Er kann bei jedem Zauber gesprochen werden, damit dieser sofort wirkt. Gerade für Anfänger ist das eine einfache Möglichkeit, sich mit der Magie vertraut zu machen. Im Fall der Magiekugel wird diese immer gleich sein. Sie wird die identische Größe und Stärke besitzen. Das kann in vielen Situationen hilfreich sein, in anderen jedoch weniger. Du könntest Lebewesen töten, die du nur vertreiben willst. Darum werde ich dir beibringen, deine Emotionen zu kontrollieren, damit du nur deine Sprüche benötigst. Aber feuere zuerst die Kugel gegen die Statue.«

Saphira drehte sich zur Skulptur und bewegte ihren Arm ruckartig nach vorne, sodass der magische Ball davonraste und die Figur in tausend Stücke sprengte. Schützend hielt sie sich den Arm vor die Augen, doch die Stücke verpufften sofort. Langsam senkte sie den Arm. Mit offenem Mund sah sie auf die Stelle, an der die Statue stand. »Damit habe ich nicht gerechnet.«

»In der Not kann dies eine schnelle und effektive Hilfe sein. Präge dir daher den Spruch gut ein.«

»Ich bin stolz, weil ich das geschafft habe.«

»Dann konzentriere dich auf dieses Gefühl. Genieße es. Und dann, versuche, es zu steigern. Stell dir vor, was du noch alles schaffen kannst, wenn du deine Magie beherrschst. Wenn du so weit bist, sprich deinen Hexenspruch. Sobald du merkst, dass es nicht funktioniert, nutze den Zusatzspruch. So bleibst du motiviert. Die Emotionen für Magie zu kontrollieren, bedarf etwas Übung.«

Eine neue Statue erschien am Platz der zerstörten.

Saphira stellte sich vor, wie sie eine so starke Magiekugel erschaffen konnte, die alles in die Flucht schlug. Besonders denjenigen, der den Tieren ihre Seelen stahl. Zweimal atmete sie tief durch und streckte anschließend die Hände aus. »Magia pila apparent.«

Ein Magieball baute sich schnell auf, apfelgroß und durchzogen von hellen Blitzen.

Mit Schwung schoss sie den Ball gegen die Statue, von der eine kleine Ecke abplatzte. Enttäuscht schaute sie Elrias an. »Wenn ich das so versuche, dann klappt es nicht.«

»Die wenigsten schaffen es beim ersten Mal. Das ist ein Lern-prozess. Einen Gegner hättest du sicher leicht verwundet. Versuchs noch mal.«

Insgesamt versuchte sie es sechsmal, doch die Magiekugel wurde nicht größer. Die Kraft jedoch wurde minimal stärker. Verzweifelt ließ sie die Arme hängen.

»Gibst du schon auf?«, fragte Elrias fordernd.

»Ich schaffe es nicht, dass der Magieball größer wird. Das Gefühl, stolz zu sein, ist auch nicht mehr vorhanden. Im Moment bin ich wütend auf mich selbst.«

»Dann nimm diese Wut. Es ist egal, welche Emotion du nutzt, aber nutze sie.«

»Ich weiß nicht wie.«

»Du hast zu viele Zweifel in dir. Sprich noch mal den Zusatz-spruch.«

»Opus magicae. Magia pila apparent.« Mit Schwung schleuder-te sie die Kugel gegen die Steinfigur, die erneut in tausend Stücke zersprang.

»Dieser Spruch würde nicht funktionieren, wenn die Kraft nicht in dir stecken würde. Mach weiter.«

* * *

Den halben Tag versuchte Saphira, ihre Magie zu kontrollieren.

»Es wird Zeit für eine Pause«, sagte Elrias. »Lies in der Zwischen-zeit das Buch.« Er gab ihr das Buch, in dem auch der Zusatzspruch stand. »Dort findest du einige Tipps, wie man seine Kraft schneller hervorholen kann. Sie werden dir sicher helfen.«

»Danke. Ich werde erst mal ein bisschen schlafen. Das war an-strengender, als ich erwartet habe.« Ein herzhaftes Gähnen ent-fleuchte ihrem Mund, den sie hastig mit ihrer Hand bedeckte.

»Jede gewirkte Magie nimmt dir ein wenig Energie. Besonders, weil du noch lernst. Ruh dich aus.«

Sie ging in das provisorische Gästezimmer, legte sich ins Bett und schlief sofort ein.

Nach einem kurzen, aber tiefen Schlaf las sie im Buch die Kapitel, die für sie relevant waren. Sie suchte sich die Stellen raus, die wichtig für Anfänger waren.

Dariel betrat das Zimmer und ließ sich neben Saphira auf das Bett fallen.

»Hast du bis jetzt trainiert?«, fragte sie ihn.

»Mit Unterbrechungen, ja. Diese Kronka sind gut, aber ich bin schneller als sie. Ich konnte sie recht einfach austricksen und damit besiegen. Statt selbst viel dazuzulernen, habe ich ihnen etwas beigebracht.«

»So war das von Elrias sicher nicht gedacht.«

Beide lachten.

»Er wusste auch nicht, wie gut ich bin.« Er zwinkerte Saphira an. »Er hat mich sicher unterschätzt.«

»Traust du ihm denn schon mehr?«

»Vielleicht ein wenig. Schwer zu sagen. Aber seine Kronka sind ganz in Ordnung. Wie war dein Tag?«

»Ach, frag nicht.« Sie schüttelte den Kopf.

»So schlimm? Das tut mir leid. Du schaffst es aber bestimmt noch.«

Sie zwang sich zu einem kleinen Lächeln. »Was ist mit Calissia?«

»Sie war die meiste Zeit bei uns und hat mich angefeuert. Zwischendurch hat sie sich das Tal ein wenig angeschaut. Sie hat mir aber erzählt, dass sie außer Felsen, Hügeln und Vulkanen nichts Besonderes sehen konnte.«

Saphira hatte das Bedürfnis zu erfahren, wie sich Calissia hier fühlte. Sie hatte lang nicht mit ihr gesprochen.

»Lass uns zu ihr gehen.«

Sie verließen das Zimmer und stiegen die Treppe hinunter.

Im Thronsaal lag die Drachendame und hob den Kopf, als sich die Tür öffnete.

»Wie geht's dir, Calissia? Fühlst du dich sicher hier?«, fragte Saphira.

»Es ist alles in Ordnung. Ich durfte mich frei bewegen, daher denke ich, dass ich hier nicht in Gefahr bin. Ich hätte problemlos abhauen können.«

Saphira schaute Dariel an. »Siehst du, keine Gefahr.«

Doch ihm stand die Skepsis immer noch ins Gesicht geschrieben.

»Hier seid ihr.« Elrias befand sich in der Tür. »Ich habe im Speisesaal etwas zu essen vorbereitet. Calissia, du wirst wieder hier speisen.«

Erneut erschien ein Fleischberg vor der Drachendame, die zu essen anfing, bevor die drei den Saal verlassen hatten.

Im Speisesaal nahmen Saphira, Dariel und Elrias an einem langen Tisch Platz.

Darauf befanden sich feinstes Geschirr und Silberbesteck.

Mit einem Schnipser zauberte er verschiedene Gerichte auf die Teller. Saphira fand vor sich ein Mahl aus gebratenen Kartoffelscheiben, knackigem bunten Gemüse und Salatblättern. Dariel aß ein Omelett und Elrias begnügte sich mit einer einfachen Suppe.

»Das war lecker, Elrias«, sagte Saphira, nachdem sie den letzten Bissen heruntergeschluckt hatte. »Ich werde jetzt schlafen gehen. Der Schlaf war doch zu kurz.«

»Das glaube ich gern. Ich wünsche dir eine gute Nacht. Morgen werden wir weiter üben.« Elrias lächelte Saphira an, die freudig zurücklächelte.

»Ich komme mit dir.« Dariel stand auf. »Danke dir, für das Essen und die Hilfe, die du uns bietest.«

»Nichts zu danken.«

Saphira und Dariel verließen den Speisesaal und stiegen die Treppen zu dem Gästezimmer hinauf.

Elrias hatte sie nicht gefragt, ob sie beide ein separates Zimmer haben wollten.

»Was ist los?«, fragte er sie.

»Ach nichts.« Sie lächelte und spielte an ihren Fingern. Er sollte auf keinen Fall merken, wie nervös sie war.

Sie betraten den Raum und Dariel schloss hinter sich die Tür.

Saphira betrachtete das große Bett. Genug Platz für zwei war auf jeden Fall und sie hatten schon enger zusammen die Nacht verbracht.

»Du wirkst gerade irgendwie abwesend. Ist wirklich alles in Ordnung?«

»Tut mir leid, ich bin ziemlich müde.« Sie stieg ins Bett und krabbelte rasch unter die rote Bettdecke.

Dariel löschte das Licht und legte sich neben sie.

Beide lagen steif auf dem Rücken und starrten in die Dunkelheit.

Saphiras Hände schwitzten. Ihr Herz klopfte so schnell, als wollte es aus ihrer Brust springen. Ihre Hände befanden sich übereinander auf ihrem Bauch.

Plötzlich lag seine Hand auf ihrer.

Das Pochen ihres Herzens beschleunigte seinen Rhythmus. Sie spreizte ihre Finger, sodass seine dazwischen gleiten konnten.

Er drehte sich zu ihr und küsste sie.

Wieder durchfuhr Saphira ein Kribbeln, das ihr ein massives Glücksgefühl verschaffte. Sie wandte sich ebenfalls zu ihm und sie umarmten sich, während sich ihre Lippen ununterbrochen berührten. Dieses Mal konnte sie den Kuss genießen, ohne darauf achten zu müssen, ob jemand sie angreifen würde. Obwohl sie völlig erledigt war, wollte sie diesen Moment keinesfalls missen.

Saphira konnte keinen klaren Gedanken mehr fassen. Es gab nur sie beide.

Ihre Lippen trennten sich und sie blickten sich in der Dunkelheit an. Sie streichelten einander über die Wangen.

»Weißt du, Saphira,« er schaute ihr tief in die Augen. »Ich bin wirklich froh, dass du mich mitgenommen hast. Noch nie habe ich eine so liebevolle, mutige und vor allem hübsche Hexe getroffen.« Er strich ihr eine Strähne aus dem Gesicht.

Saphira lächelte verlegen. »Ich hätte mir keinen besseren Begleiter vorstellen können. Und danke, dass du dich damals für mich eingesetzt hast, als die anderen wieder mal auf mir herumgehackt haben.«

»Das war für mich selbstverständlich. Du bist einfach viel sympathischer als sie. Ich denke, das Schicksal hat es so gewollt, dass wir uns auf dem Mondtalfest kennengelernt und dann wieder getroffen haben. Es kann kein Zufall sein, dass ich später am selben See gesessen habe, an dem du dich auch immer aufhältst. Das glaube ich nicht.«

»Sofern du mir nicht gefolgt bist.« Sie zog eine Augenbraue nach oben.

»Das bin ich nicht. Großes Kriegerehrenwort.«

Saphira lachte. Dann küsste sie Dariel und umarmte ihn fest.

Es dauerte nicht lange, bis sie eng aneinander gekuschelt einschliefen.

KAPITEL 13

Am nächsten Morgen wartete Saphira im Übungsraum auf Elrias. Währenddessen erprobte sie das Erlernte ein bisschen, um sicherzugehen, dass sie es nicht über Nacht vergessen hatte. Erleichtert atmete sie aus, als der Magieball während der Konzentration erschien.

»Nicht schlecht«, sagte eine tiefe Stimme hinter ihr. Elrias stand in der Tür und beobachtete die Hexe. »Schieß ihn auf mich.«

Saphira traute ihren Ohren nicht. »Was?«

»Versuch, mich zu treffen.« Elrias ließ mit einer Handbewegung in die Luft mit Magie die Tür zuschlagen.

Er stand gerade mal drei Schritte vor ihr.

Bei dieser geringen Entfernung sollte ich ihn treffen. So schnell kann er sicher nicht reagieren.

Als er nickte, schoss sie den Magieball auf ihn.

Er hob seine rechte Hand, woraufhin der Ball kurz vor dem Aufprall anhielt.

Der Ball raste an Saphira vorbei gegen die hintere Wand und explodierte.

Mit offenem Mund stand sie da und schaute auf den Punkt, an dem ihre Magie erloschen war. Keine Spur war an der Wand zu sehen. Ein wenig verlegen drehte sie sich wieder zu Elrias um. »Ich wollte mich etwas — ähm — aufwärmen.«

»Na gut, dann lass uns jetzt anfangen«, sagte er. »Du hast die

Macht in dir. Wie das Laufen und das Sprechen muss jeder von uns erst einmal den Umgang damit lernen.«

»So habe ich das noch gar nicht gesehen.«

»Wie wäre es heute mit einer Feuerkugel?«

Sie konzentrierte sich auf das vorherrschende Gefühl in ihr: Motivation. »Ignis pila apparent.«

Eine Kugel aus Flammen schwebte unmittelbar nach dem Aufsagen des Spruchs über ihren Handflächen. Durch die Feuersäulen wirkte sie gewaltiger, war jedoch ebenso groß wie der Magieball zuvor.

»Die Heraufbeschwörung funktioniert schon sehr gut. Es könnte noch etwas schneller gehen. Aber du bist auf dem besten Weg. Nun sollst du etwas Anderes versuchen. Hast du schon in dem Buch geblättert, das ich dir gegeben habe?«

»Ja, ich habe einige Kapitel für Anfänger gelesen.«

»Dann weißt du, wie wichtig es ist, dass du den Zauber nur dort wirkst, wo er Anwendung finden soll. Konzentriere dich nun auf den Feuerball und sage dabei das Wort *crescere*.«

Saphira schaute den Feuerball genau an. Die Flammen züngelten wild vor ihren Augen. Sie blickte auf die leuchtende Mitte. »Crescere.« Die flammende Sphäre wuchs auf die dreifache Größe an, sodass Saphira die Hände weit nach vorne ausstreckte und ihren Kopf leicht wegdrehte. Die Hitze drang an ihr Gesicht und die ersten Schweißperlen bildeten sich darauf.

Elrias lächelte. »Sehr gut. Nun versuchen wir es noch einmal mit einem Angriff.« Er schnippte mit den Fingern, woraufhin erneut eine Statue aus Stein erschien.

Diesmal war es ein majestätischer Hirsch aus schwarzem Marmor.

»Konzentriere dich jetzt auf eine Emotion und schicke sie mit der Feuerkugel gegen den Hirsch.«

»Nur gut, dass er aus Stein ist. Einen echten Hirsch würde ich nicht angreifen.« Sie zwinkerte Elrias zu, der freundlich nickte. Dann fokussierte sie sich auf ihre Motivation, das Gefühl, welches dadurch in ihr ausgelöst wurde. Mit dieser Emotion ließ sie diesen Feuerball anwachsen. Sie konzentrierte sich und schickte ihn anschließend mit einem lauten Schrei gegen das Steintier, das zur Hälfte zersprang.

»Wirklich beeindruckend. Im Vergleich zu gestern hast du dich sehr verbessert. Damit können wir auf jeden Fall weiterarbeiten. Doch wir sollten uns nicht ausschließlich auf Angriffs- und Verteidigungszauber beschränken. Ich möchte dir die Grundlagen verschiedener Zauber zeigen, die du dann in den nächsten Tagen trainieren kannst. Welche Zauber beherrschst du?«

»Heilungszauber kann ich im Schlaf. Ansonsten habe ich gelernt, ein paar Elixiere für Kräuter herzustellen und manchmal funktionieren meine Magiebälle.«

»Mehr nicht?« Elrias riss die Augen auf. »Wie kommt es, dass du so wenig gelernt hast?«

Saphira senkte den Kopf. »Ich hatte einfach kein Interesse daran. Am wichtigsten war es mir, dass ich verletzte Tiere heilen kann. Alles andere war mir egal. Vielleicht auch, weil meine Eltern trotz ihrer Magie gestorben sind. Sie hat ihnen nicht geholfen. Darum war ich nie gut auf sie zu sprechen. Bis auf den Heilungszauber.«

Elrias schaute Saphira mit leicht geneigtem Kopf an. »Was ist mit deinen Eltern passiert?«

»Sie waren schon immer sehr abenteuerlustig. Bei einem dieser Abenteuer sind sie leider gestorben. Meine Großmutter erzählte mir, dass sie von einem mächtigen Wesen mit magischen Fähigkeiten angegriffen und getötet wurden.«

»Das tut mir sehr leid. Bedauerlicherweise gibt es Kreaturen, die die Magie für das Böse einsetzen.« Mit einer Hand an ihrem

Kinn hob er ihren Kopf an. »Wie du weißt, war ich früher auch kein guter Magier.« Er lächelte sie an. »Mit Magie kannst du viel Gutes tun. Du bist eine Heilerin. Ohne deine Magie ...«

»... wären viele Tiere gestorben, ich weiß. Meine Großmutter sagt mir das auch immer wieder.« Sie verdrehte die Augen.

Elrias lachte. »Dann brauche ich nicht mehr weiterzureden. Lass uns lieber üben. Du musst nicht unbedingt Magiebälle einsetzen, wenn du nicht sicher bist, ob du sie richtig beherrschst. Du kannst deinen Gegner auch verletzen oder vertreiben, indem du Gegenstände aus der Umgebung verwendest. Sella.« Bei dem letzten Wort hatte er mit dem Finger in eine Ecke des Raums gezeigt, in der ein großer Sessel erschien. »Hebe ihn nur mit deiner Magie in die Luft.«

Saphira erinnerte sich an einen Abschnitt in dem Buch dazu. Sie streckte die Hand nach dem Sessel aus und tat so, als würde sie die Hand darunter schieben wollen. Sie stellte sich vor, dass es sich dabei um einen kleinen Puppensessel handelte, der federleicht war. »Pluma quasi lux. Pluma quasi lux. Pluma quasi lux.« Sie hob ihre Hand und der Sessel schwebte in die Höhe, als wäre er mit ihr verbunden. Vorsichtig ließ sie ihn die Decke berühren und anschließend behutsam wieder herabsinken, wo sie die magische Verbindung mit einem »Levitation finis« löste.

»Für den Anfang nicht schlecht«, sagte Elrias.

Der Sessel verschwand und ein Felsbrocken in der gleichen Größe erschien an seinem Platz.

»Schleudere ihn gegen die Wand. Stell dir vor, du wirst angegriffen und möchtest den Stein als Waffe benutzen. Es muss schnell gehen.«

Sie ging genauso vor, wie beim Sessel und konnte den Brocken problemlos anheben. Mit Schwung bewegte sie ihre Arme nach links, sodass der Felsen sich auch nach links bewegte. Doch er folgte nur schwebend den Bewegungen ihrer Hände, löste sich jedoch nicht von dem magischen Band. Sie versuchte es erneut und stellte sich vor, wie der Brocken gegen die Wand prallte. Er hing allerdings weiter in der Luft, bis Saphira ihn mit dem Spruch »Levitation finis« auf dem Boden absetzte.

»Was hast du vergessen?«, fragte Elrias.

Saphira zuckte die Achseln. »Ich weiß nicht.«

»Du hast den Zauberspruch vergessen. Nur durch Konzentration kann keine Magie wirken. Sie muss heraufbeschworen werden.«

»Stimmt, daran habe ich nicht gedacht.« Sie überlegte kurz, doch dann fiel ihr der Spruch ein, den sie in dem Buch gelesen hatte. Sie hatte keine Probleme damit, sich Hexensprüche zu merken. Es ärgerte sie, dass es in stressigen Situationen so wirkte, als wäre alles plötzlich hinter einer Wand, die sie nicht durchdringen konnte.

Sie konzentrierte sich nochmal, hob den Felsen an, schwang ihn nach links. »Impetu.«

Das Gestein löste sich von ihr und prallte mit solcher Wucht gegen die Wand, dass er in mehrere Stücke zerbrach.

Elrias nickte. Er gab ihr immer größere und schwerere Gegenstände, die sie werfen sollte.

Saphira war Feuer und Flamme, denn sie konnte ihre Magie kontrollieren. Sie fragte sich, warum sie solche Sprüche nicht schon früher gelernt hatte, da das Aufheben von Dingen ohne Kraftanstrengung sicher das ein oder andere Mal nützlich gewesen wäre.

Nach dem siebten Gegenstand spürte sie allerdings, dass das Wirken von Magie kräftezehrend war. Die Konzentration schwand, alles schaukelte mehr, als dass es ruhig schwebte. Auch die Wucht, mit der die Dinge gegen die Wand prallten, nahm stetig ab.

»Es wird Zeit für eine Pause«, sagte Elrias.

»Noch nicht.« Saphira grinste, schob ihre Ärmel etwas zurück und bewegte die Finger. »Ich möchte mehr ausprobieren.«

»Du kannst nicht pausenlos weiterhexen. Jeder Zauberspruch benötigt Energie. Deine Kraft wird schwächer, das siehst du selbst. Ruh dich aus.«

Das Lächeln verschwand aus ihrem Gesicht. »Na gut. Ich werde mich ein wenig schlafen legen.«

Elrias nickte und verließ gemeinsam mit ihr den Raum.

* * *

Es war nur ein kurzer Schlaf, doch sie fühlte sich danach, als könnte sie Bäume ausreißen. Sie stieg aus dem Bett und ging erneut in den Trainingsraum. Dort blickte sie auf einen großen Granitfelsen, der in der Mitte stand.

Es war ein einfacher Felsblock, der jedoch fast bis an die Decke reichte.

Sie war fest entschlossen, ihn zu vernichten. Um sich nicht wieder selbst zu enttäuschen, benutzte sie zuerst den mächtigen Spruch, den Elrias sie gelehrt hatte.

Die gewaltige Energiekugel, die sich daraufhin aufbaute, raste auf den Granitfelsen zu und sprengte die obere Hälfte auseinander.

»Wirklich gut«, sagte Elrias.

Saphira drehte sich um und erblickte den großen in eine blaue Robe gekleideten Mann.

»Was ist mit dem Rest?«, fragte er.

Sie grinste und drehte sich wieder zu dem Stein um und konzentrierte sich auf ihre Gefühle. Ein Kribbeln deutete auf die Kraft hin, die in ihr aufstieg und durch ihre Arme floss. Wie ein Strom aus flüssiger Magie rann sie in ihre Hände und als sie die Handflächen zum Felsen hielt, raste eine blau-grüne Kugel gegen das Gestein. Bei der gleißend hellen Explosion, die der Aufprall erzeugte, schloss Saphira ihre Augen und wandte ihr Gesicht ab.

Nach einem kurzen Augenblick erlosch das Licht und Saphira drehte sich mit leicht hochgezogenen Mundwinkeln um, dass sie den Stein zerstört hatte. Doch das Grinsen verschwand, als sie sah, dass lediglich ein kleines Stück abgeplatzt war. Enttäuscht blickte sie zu Elrias.

»Dein Tempo ist gut, jedoch ist deine Kraft noch nicht groß genug. Bei einem Lebewesen hättest du schon einigen Schaden verursacht, aber wenn dieses Wesen ebenfalls Magie beherrscht und dich damit angreift, brauchst du mehr Kraft. Daher ist es wichtig, dass du nicht nur schnell deine Kraft bündelst, sondern diese mit deinen Emotionen verstärkst. Je mehr du trainierst, desto gefährlicher kann es werden. Du musst deine Emotion beherrschen, sonst beherrscht sie dich und das kann nach hinten losgehen. Also konzentriere dich.«

Sie schloss die Augen und stellte sich vor, dass keine Gefahr mehr durch den Seelenfresser bestehen würde und sie ohne Sorgen weiter im Mondwald leben könnte. Alle Tiere standen um sie herum und Melodia tanzte mit dem Wind. Ein warmes Gefühl durchströmte Saphiras Körper und sie lächelte. Die Freude nahm zu, als Maxim auf sie zukam und sie umarmte. Auch Dariel war dort, schaute sie lächelnd an.

Die Energie floss durch Saphira hindurch und ihr Körper leuchtete. In ihrer Mitte glomm ein Feuer, dessen Wärme sie so noch nie gespürt hatte. Sie ballte ihre Hände zu Fäusten und baute die Kraft in sich auf. Als sie ihre Augen öffnete, spürte sie eine Hitze darin. Und während sie die Arme ruckartig gen Felsen ausstreckte, schrie sie lachend ihre Freude heraus.

Das ganze Zimmer bebte und selbst Elrias hielt sich die Ohren zu.

Ihrer Magie verursachte eine Explosion, die nicht nur den Granitfelsen sprengte, sondern sogar kleine Risse in den Wänden erzeugte.

Saphiras Haare wurden wild herumgewirbelt und erst als Elrias seine Hand auf ihre Schulter legte, beruhigte sie sich wieder und verstummte. Sie ließ ihre Arme sinken. Das Feuer in ihrer Mitte erlosch und ihre Augen waren nicht mehr warm. Dann klappte sie vor Erschöpfung zusammen.

Elrias fing sie auf, ehe sie auf den Boden aufschlug. Er trug sie in ihr Zimmer und legte sie auf ihr Bett. »Ruh dich aus. Ich schaue nachher noch mal nach dir.«

Saphira konnte ihre Augen nicht länger offenhalten und schlief ein.

* * *

Sie öffnete die Augen und schaute sich verwirrt um. Saphira wusste, dass sie voller magischer Energie gewesen war und dann das Gefühl gehabt hatte, zu explodieren. Doch was danach passiert war, war einfach weg. Da sie im Bett lag, hatte sie jemand hierhergebracht. Vorsichtig setzte sie sich auf. Sie hielt die Hände an ihren Kopf, als ein kurzzeitiger Schmerz ihn durchströmte. Die Augen kniff sie fest zusammen. Danach stand sie langsam auf. Sie fühlte sich noch etwas schwach auf den Beinen, daher blieb sie einige Augenblicke auf der Bettkante sitzen.

Nach ein paar tiefen Atemzügen erhob sie sich. Mit kleinen Schritten verließ sie das Zimmer und ging in Elrias' Raum.

»Du bist wach. Wie fühlst du dich?«, fragte er.

»Noch ein wenig durcheinander. Ich kann mich nicht mehr an alles erinnern. Mir fehlt der Teil, nachdem ich explodiert bin. Bin ich das denn?«

»Fast.« Elrias lächelte. Dann erzählte er ihr, was passiert war.

Saphira starrte ihn still mit aufgerissenen Augen an. Es fiel ihr schwer, zu glauben, was sie mit ihrer Macht vollbracht hatte.

»Ich muss noch lernen, die Energie richtig zu dosieren«, sagte sie, nachdem er ihr alles erzählt hatte.

»Genau. Ich kann dir Tipps geben, aber nur du kannst ein Gefühl für deine Kräfte bekommen.«

Saphira trainierte fleißig weiter.

Elrias zauberte menschliche Statuen herbei, bei denen sie mehr Präzision erlernen sollte.

»Versuche, gezielt den rechten Arm zu treffen.«

Der erste Treffer ging daneben, doch der zweite traf die Schulter der Figur, so dass der Arm abfiel.

Saphira lächelte. Die Motivation packte sie erneut.

Die nächsten Ziele traf sie schon genauer.

Elrias erschwerte die Aufgabe, sobald sie die Vorherige perfekt beherrschte.

Auch wenn es sich letztendlich um ein Kampftraining handelte, genoss Saphira ihre Erfolge mit der Magie. Das war für sie überhaupt nicht selbstverständlich. Sie hatte in der kurzen Zeit große Fortschritte gemacht, deren Ende noch lange nicht erreicht waren.

KAPITEL 14

Es hatte zwei volle Tage gedauert, bis sie sich relativ sicher gewesen war, ihre Kampfkraft zu beherrschen.

Elrias nickte lächelnd. »Du hast deine Magie gut im Griff. Doch etwas fehlt noch. Dein Problem ist, dass du dich in einer Stress-situation nicht konzentrieren kannst. Darum ist das der nächste Schritt.«

Saphira senkte traurig den Kopf. »Ich hoffe, es dauert nicht zu lange. Es ist schon so viel Zeit vergangen, in der der Seelenfresser weitere Lebewesen getötet haben könnte.«

»Das ist möglich. Aber wir müssen auf alles vorbereitet sein. Ich habe jedoch keine Ahnung, welche Macht der Seelenfresser bereits hat. Wir dürfen nicht riskieren, dass unser Versuch, ihn zu fangen, scheitert. Denn dann weiß dieses Wesen, dass wir es jagen und wird sich wahrscheinlich gut verstecken. Deshalb ist es wichtig, dass du deine Kraft beherrschst.«

Saphira war klar, dass er recht hatte. In einem Zimmer im Schloss kontrollierte sie ihre Macht. Aber auch bei einem echten Angriff? Sie war sich nicht sicher und bevor ihr Leben davon abhing, trai-nierte sie lieber mit ihm.

Gemeinsam traten sie nach draußen. Saphira betrat mit Zögern die unsichtbare Brücke, folgte Elrias dann jedoch schnellen Schrit-tes. Die Hitze des Lavastroms war fast unerträglich, sodass sie froh war, als sie auf der anderen Seite ankam. Mit ihrem Ärmel befreite sie ihr Gesicht vom Schweiß. Nur wenige Felsformationen befanden sich auf der Ebene, auf die sie zugingen.

»Die nächsten Übungen sind sehr ernst. Ich zaubere ein Geschöpf aus Stein und Lava her, das dich angreift. Es lebt nicht, aber durch meine Magie wird es dich verletzen, wenn du dich nicht wehrst.«

Saphira blickte ihn nervös an. Sie war sich sicher, dass er ihr niemals ein Leid zufügen würde. Trotzdem beunruhigte sie sein ernster Tonfall. Ihren rasenden Herzschlag spürte sie in der Kehle. Doch sie vertraute ihm.

Er trat einige Schritte zurück und murmelte Zaubersprüche.

Sie schaute sich suchend um.

Nichts. Keine Bewegung, kein Geräusch.

Saphira atmete tief ein und aus.

Ein Brüllen sorgte innerhalb eines Herzschlags für zitternde Hände und Schweißausbrüche.

Starke Vibrationen ließen die felsige Erde erbeben. Risse im Boden und die Erschütterungen sorgten dafür, dass Saphira mit dem Gleichgewicht kämpfte.

Ein Lavastrom floss auf sie zu, nicht breiter als ihr Fuß, doch heiß genug, um sie zu verbrennen.

Er entsprang einem riesigen steinernen Monster, an dem Lavaströme hoch und hinunterliefen. Seine Augen formten glühende Höhlen und in seinem Maul verweilten spitze felsige Zähne. Bei jedem Schritt bröckelten kleine Steinstücke von ihm ab und heiße Lavaasche verteilte sich in der Luft. Schleppend, fast schlurfend, trugen es seine zwei Beine vorwärts, direkt auf Saphira zu. Wegen der großen Schritte kam es zügig voran. Mit seinen gewaltigen ausgestreckten Pranken griff es nach ihr.

Sie sprang in einem Ausweichmanöver über die kleinen Lavaflüsse vor ihren Füßen und ließ das Geschöpf nicht aus den Augen.

Das Monster kam immer näher.

Lavaströme flossen auf sie zu und umkreisten sie, sodass sie keine Chance hatte, darüber zu springen. Sie versuchte, sich zu konzentrieren, streckte ihre Hände nach ihm aus und ließ einen kleinen Magieball erscheinen. In ihren zitternden Händen wuchs das von Blitzen umgebene blaue Gebilde an.

Durch den nächsten Schritt des Wesens vibrierte der Boden.

Saphira schwankte stark. Bevor sie jedoch das Gleichgewicht verlor, feuerte sie den Magieball ab. Schnell setzte sie einen Fuß nach hinten, um die Balance zu halten.

Die magische Kugel prallte an der Schulter des Steinmonsters ab.

Mit dem zurückgesetzten Fuß geriet sie in einen Lavastrom. Sie schrie auf und zog ihn rasch wieder heraus. Er brannte fürchterlich und vor Schmerzen rannen ihr Tränen über das Gesicht. Sie überlegte, den Zauberspruch für die Schutzkräuter aufzusagen, doch sie wollte deren Kraft nicht schwächen.

Das Monstrum kam unaufhörlich näher. Der Schaden an seiner Schulter war gering.

Die Schmerzen waren zu stark, sie sank zu Boden. Sie atmete schneller. Der Tränenfluss nahm kein Ende, ihr ganzer Körper zitterte. Mit aufgerissenen Augen schaute sie das Monster an. Sie tastete in ihrem Umhang nach einer Phiole mit dem Heilungselixier. Als sie es herauszog, erschütterte ein erneutes Beben die Erde. Die Phiole rutschte aus ihren schweißnassen Händen und zerbrach. Weinend blickte sie auf die zerbrochene Flasche.

Ihr ganzer Körper zitterte. »Hilfe!«, rief sie, doch weder Elrias noch Dariel, Calissia oder ein Kronka antwortete. Sie musste etwas unternehmen, sonst wäre das ihr Ende.

In ihrer Nähe lagen vereinzelt apfelgroße Steine auf der Ebene. Trotz der Schmerzen schaffte sie es, einige davon gleichzeitig schweben zu lassen und mit voller Kraft gegen das Steinmonster zu schleudern.

Die Wucht des Aufpralls ließ das Wesen kurz taumeln, doch es fing sich schnell wieder.

Saphira wischte sich die Tränen aus dem Gesicht und starrte den Felsen auf zwei Beinen an, der unaufhörlich näherkam. Sie schloss kurz die Augen und atmete dreimal tief durch.

Für einen flüchtigen Augenblick stand die Welt um sie herum still.

Ihr Herzschlag verlangsamte sich und mit jedem Atemzug wurde sie klarer im Kopf. Dann öffnete sie die Augen und visierte das Haupt des Geschöpfes an. Sie sammelte ihre Angst und den Schmerz. Gebündelt feuerte Saphira sie in Form eines roten Feuerballs aus ihren ausgestreckten Armen gegen das Monstrum.

Mit einem lauten Knall explodierte sein Schädel beim Aufprall.

Seine Beine liefen jedoch weiter – direkt auf Saphira zu.

Ihr blieb nicht mehr viel Zeit, denn es würde sie bald erreichen. Sie nahm erneut all ihre Angst zusammen. Mit voller Wucht schoss sie einen neuen Feuerball ab, der den Torso ihres Angreifers traf.

Er wurde in der Mitte auseinandergesprengt, sodass seine Gliedmaßen in die entgegengesetzte Richtung flogen. Regungslos lagen sie auf dem Boden.

Auch die Lavaströme stockten.

Aus dem Stand sprang sie über die immer noch heißen Bäche, um sich nicht nochmal zu verletzten. Allerdings landete sie auf dem verbrannten Fuß. Mit einem lauten Schrei stürzte sie zu Boden. Ihr Gesicht war schmerzverzerrt, während sie sich den Fuß hielt.

Die silbernen Schuhe unter dem blauen Mantel des Magiers traten vor sie.

Sie hob den Kopf.

»Ich wusste, dass du erfolgreich sein wirst«, sagte Elrias.

Vor Wut strömten erneut Tränen über ihre Wangen. »Ich habe mich verletzt und wurde fast getötet. Wofür?«

Elrias kniete sich zu ihr und sah ihr tief in ihre grünen Augen. »Ich hätte dich nicht sterben lassen. Das war lediglich ein Test. Du solltest in eine nahezu reale Gefahr geraten. Bevor mein Monster dich erreicht hätte, hätte ich es zum Stillstand gebracht. Niemals warst du in ernster Gefahr. Und was deine Verletzung angeht ... « Er strich einmal über ihren Fuß, sodass ihr Schmerz sofort nach-ließ und ihre Haut sich in Windeseile wieder erholte. Der Magier lächelte sie an.

Saphiras Puls normalisierte sich etwas.

Er reichte ihr die Hand zum Aufstehen, die sie mit einem Lä-cheln ergriff. »Tut mir leid, dass ich ...«

»Schon in Ordnung. Lass uns zurückgehen.«

Gemeinsam gingen sie zum Schloss.

Calissia lächelte sie an.

Dariel lief auf sie zu und nahm sie in die Arme. »Ist alles in Ordnung bei dir?«

»Ja, mir geht es gut.«

Er begutachtete sie von oben bis unten, tastete ihren Kopf ab. »Ich wollte dir helfen, Calissia war auch schon kurz davor, dich zu retten, aber Elrias hat mich aufgehalten.«

Saphira lächelte. »Das ist lieb von euch, aber ihr müsst euch keine Sorgen machen. Elrias hätte nicht zugelassen, dass mir etwas passiert.«

Dariel blickte mit gerunzelter Stirn zu dem Magier. »Ich hoffe, das ist wahr.«

»Wir brauchen Saphiras Kraft. Warum hätte ich sie also sterben lassen sollen?«

Dariel gab keine Antwort darauf. Saphira spürte, dass der Krieger Elrias immer noch nicht vollends vertraute. »Ich muss mich bei dir entschuldigen«, sagte er schließlich. »Meine Vorurteile dir gegenüber haben mich daran zweifeln lassen, ob du uns wirklich helfen willst. Es tut mir leid.«

»Ich danke dir für deine Ehrlichkeit. An deiner Stelle wäre ich sicher auch erst einmal vorsichtig gewesen. Vertrauen muss sich erst entwickeln, das braucht Zeit. Ich möchte euch wirklich helfen, denn dieser Seelenfresser ist für uns alle eine große Gefahr.«

»Zusammen können wir ihn hoffentlich besiegen. Saphira ist anscheinend bereit für den Kampf.« Dariel lächelte sie an.

»Ehrlich gesagt hätte ich nicht gedacht, dass ich es wirklich schaffe, dieses Steinwesen zu besiegen.«

»Du hast wirklich gut gekämpft. Zusammen werden wir den Seelenfresser zur Rechenschaft ziehen«, meinte Calissia.

»Darum sollten wir uns sofort auf die Suche machen«, schlug Saphira vor.

»Das werden wir«, sagte Elrias. »Doch zuerst müssen wir einen Kronka auswählen, der sich opfert.«

KAPITEL 15

Saphira trat zu Elrias auf den Balkon.

Die Kronka hatten sich in der Kampfarena versammelt und starrten sie an.

Ein lautes Raunen ging durch die Menge, das durch Calissias Brüllen unterbrochen wurde.

»Wir machen uns auf die Suche nach dem Seelenfresser«, sagte Elrias.

Fäuste erhoben sich in die Luft, begleitet von einem tiefen Knurren.

Elrias bewegte die Hände mehrmals nach unten, woraufhin Stille eintrat. »Wir wollen ihn nicht töten, sondern lebend fangen, damit wir erfahren können, was seine Beweggründe sind. Seinen Tod nehmen wir nur in Kauf, sofern er zu stark ist und wir keine andere Wahl haben.«

Die Kronka nickten und brummten zustimmend.

»Um ihn zu finden, benötigen wir ein Opfer. Jemand, der vom Seelenfresser gefunden und getötet wird, denn dieser zeigt sich nur, wenn er die Seele seines Opfers aussaugt. Ich weiß, dass es viel verlangt ist, doch es ist die einzige Möglichkeit, ihn zu finden. Wer erklärt sich bereit, sich für diese Sache zu opfern?«

Kaum hatte er diese Frage ausgesprochen, gingen alle Hände nach oben und ein lautes Heulen ertönte.

Die Opferbereitschaft dieser Geschöpfe überwältigte Saphira.

Doch innerlich zerriss es sie auch, dass einer von ihnen sterben musste. Sie hoffte, dass es noch eine Möglichkeit geben würde, ihn zu retten.

»Ich danke euch«, sagte Elrias zu seinen Gefährten. »Wir lassen die Magie entscheiden.« Er erhob seine Hände gen Himmel, aus denen winzige funkelnde Sterne nach oben schwebten und sich über der Arena ausbreiteten.

Alle starrten gebannt auf dieses Glitzern.

Kurz danach sausten die kleinen Sternchen herunter und umkreisten einen von ihnen.

Der Kronka sprang jubelnd hoch, während die anderen enttäuscht zu ihm blickten.

»Mein lieber Jordas. Hab Dank, dass du dieses Opfer auf dich nimmst.«

»Ich tue alles, um Euch zu helfen, mein Herr«, antwortete die Kreatur mit einer Freude im Gesicht, die Saphira nur selten sah.

Elrias nickte ihm zu und ging mit ihr sowie Dariel ins Schloss zum Thronsaal.

»Es wird Zeit, dass wir aufbrechen«, sagte Dariel.

»Genau. Ich möchte verhindern, dass noch mehr Tiere sterben«, fügte Saphira hinzu.

»Wir werden uns umgehend auf den Weg machen.« Er trat auf Dariel zu. »Die Schwerter und Pfeile meiner Kronka bestehen aus einem Gestein, das ein Gift beinhaltet. Es stammt aus den Schluchten von Amuranth. Eine kleine Gruppe meiner Gefährten haben es vor langer Zeit abgebaut. Wenn du möchtest, können wir die Klinge deines Schwertes mit dem flüssigen Gestein beschichten.«

»Wird es dadurch nicht schwerer?«, fragte Dariel.

»Nein, wir werden nur eine ganz dünne Schicht auftragen. Aber durch die präparierte Klinge werden schon kleine Kratzer für Lähmungen sorgen.«

Dariel zog sein Schwert und betrachtete die Klinge. »Einverstanden.« Er reichte es Elrias, der es in den Nebenraum hinter dem Thron brachte.

Während sie warteten, betrat Calissia den Saal.

Nur wenige Augenblicke später kam Elrias ohne das Schwert wieder zurück.

»Du solltest stets vorsichtig sein, dass du dich nicht selbst verletzt. Es gibt kein Gegengift.«

»Ich danke dir.«

Da Saphira den fragenden Blick von Calissia sah, erklärte sie ihr, was mit seiner Waffe geschehen würde. Dann wandte sie sich Dariel zu. »Sobald du dein Schwert wieder hast, sollten wir uns sofort auf den Weg machen. Ich hoffe nicht, dass der Seelenfresser noch mehr Macht bekommen hat.«

»Wenn mein Schwert so gefährlich wird, dann müssen wir wohl keine Angst haben.«

Saphira schaute Dariel besorgt an. »Geh vorsichtig damit um. Ich will nicht, dass er stirbt. Er soll uns sagen, warum er das macht. Vielleicht können wir ihn daran hindern, weitere Seelen zu stehlen.«

»Keine Sorge, ich werde ihn nicht töten«, sagte Dariel.

Die Tür zum Nebenraum öffnete sich erneut und ein Kronka kam mit dem Schwert in der Hand heraus.

Die Klinge glänzte wie neu.

Saphira bewunderte die Waffe. Sie war fasziniert davon, wie die Kronka es schafften, dass das geschmolzene Gestein über der Klinge wie normales Metall wirkte.

»Das Material ist bereits ausgehärtet, sei also vorsichtig damit«, sagte er und überreichte es Dariel, der es mit leuchtenden Augen anschaute.

»Lasst uns gehen.« Elrias verließ den Thronsaal.

Saphira, Dariel und Calissia folgten ihm.

Vor dem Schloss hatten sich die Kronka formiert.

Der Magier gab seiner Truppe den Befehl, zur Wüste der Verdammnis zu marschieren.

Ohne zu zögern, bewegten sich mehrere Dutzend Kronka aus der Arena und schritten in Zweierreihen über die unsichtbare Brücke, die über den Lavastrom führte.

Die restlichen Kronka sollten auf das Schloss achtgeben.

Calissia legte sich flach auf den Untergrund, sodass Saphira, Dariel und Elrias auf ihrem Rücken Platz nehmen konnten. Mit kräftigen Flügelschlägen erhob sie sich in die Luft und steuerte in die Richtung, aus der sie vor wenigen Tagen in dieses Tal gekommen waren.

»Wann werden die Kronka das Reich der Drachen erreichen?«, fragte Saphira.

»Genau kann ich es nicht sagen, aber sie sind schneller, als ihr Aussehen vermuten lässt«, antwortete Elrias. »Wir werden nicht lange auf sie warten müssen. In der Zwischenzeit schauen wir schon mal, ob wir etwas entdecken.«

»Du hast das Reich vorhin *Wüste der Verdammnis* genannt. Ist das der Name des Reiches?«

»Ja, er wurde von einigen Magiern so gewählt«, antwortete Elrias. »Das ist schon ziemlich lange her. Da dort bis auf vereinzelte Sträucher und seltsame Blumen, kaum eine Pflanze wächst, entstand der Name *Wüste der Verdammnis.*«

Die Drachendame trug ihre drei Begleiter sicher über die spitzen dunklen Berge. Ihre gewaltigen Schwingen schlug sie nur selten nach unten, um wieder etwas Auftrieb zu bekommen. Die meiste Zeit segelte sie über die Ebene, um so wenige Geräusche wie möglich zu verursachen.

Saphira blickte nach unten und suchte den sandigen Boden

nach Hinweisen auf den Seelenfresser ab. Sie hoffte, dass sie ihn entdecken würden, bevor sie einen Kronka opfern müssten. Doch wenn er wirklich unsichtbar war, würde es schwierig werden, ihn im Vorbeifliegen zu finden. Zudem durften sie nicht zu tief in Calissias Reich eindringen, damit die anderen Drachen nicht auf sie aufmerksam würden.

Saphira wurde klar, wie riskant dieses Unterfangen war. Sie hatte Angst, dass sie alle in Gefahr gebracht hatte, weil sie den Seelenfresser unbedingt finden wollte. Zweifel stiegen in ihr hoch.

Sie wünschte, Maxim wäre bei ihr. Er fand immer die richtigen Worte, sie aufzubauen.

Calissia umkreiste mehrmals das Tal, blieb jedoch in der Nähe der Berge.

Nachdem sie fünfmal die Runde gedreht hatte, erblickte sie Elrias' Geschöpfe, die den letzten Hügel herunterkamen.

Calissia landete direkt vor ihnen.

Saphira, Dariel und Elrias rutschten über Calissias Flügel nach unten.

Der opferbereite Kronka trat aus der Menge hervor.

»Mein lieber Jordas. Such dir einen Platz aus, an dem du dich schlafen legst. Ich danke dir für deine guten Dienste. Wir werden dein Opfer in Ehren halten.« Elrias reichte seinem Geschöpf die Hand und legte die andere auf seine Schulter.

Saphira sah die Zuneigung in Jordas' Augen. Sie war gerührt von so viel Wärme und Freundschaft zwischen diesem Mann und dem Wesen. Er hatte nicht nur Beschützer hervorgebracht, sondern auch Freunde, vielleicht sogar Familie.

Jordas verabschiedete sich von den anderen seiner Art, indem er die Faust hochriss.

Die Kronka erhoben ihre Schwerter.

Dann drehte er sich um und ging einige hundert Schritte durch die flache Einöde. Er war noch gut zu sehen, als er sich auf den Boden legte.

»Damit der Seelenfresser uns nicht sieht, werde ich uns alle unsichtbar zaubern. Es wird sich seltsam anfühlen, dennoch braucht ihr keine Angst zu haben. Das gilt insbesondere für unseren Menschen.« Elrias blickte Dariel an, der ihm zunickte. Dann hob er die Hände über seine Gefährten und sprach einen Zauber.

Leuchtender Sternenstaub segelte auf alle herab.

Saphira spürte im ganzen Körper ein Kribbeln. Sie schaute auf ihre Hand, als der Staub sie berührte und langsam durchsichtig werden ließ. Mehr und mehr verschwand sie.

Auch alle um sie herum verblassten zu schwachen Silhouetten ihrer selbst, bis sie komplett unsichtbar waren.

Es war ein seltsames Gefühl, sich selbst nicht sehen zu können. Aber sie berührte sich, spürte ihren Körper, ihre Kleidung, ihre Haut.

Saphiras Blick suchte den Kronka wieder, der bewegungslos auf dem Boden lag. Ein ungutes Gefühl stieg in ihr auf. Während sie warteten, könnte die Kreatur erneut im Mondwald sein und einem ihrer Freunde die Seele stehlen. Der Gedanke zehrte an ihr, denn dann wären sie am falschen Ort. Sie verdrängte die Bilder von toten Waldtieren vor ihrem inneren Auge, indem sie ihre Konzentration auf den schlafenden Kronka lenkte und fest daran glaubte, dass der Seelenfresser auftauchen würde.

KAPITEL 16

Sie verbrachten den halben Tag unsichtbar, den Blick immer Richtung Jordas gerichtet.

Doch nichts geschah.

Saphira spielte nervös an ihren Fingern und schaute sich um. »Sollten wir vielleicht unsichtbar über das Tal fliegen? Wir könnten sicherstellen, dass der Seelenfresser auch hier ist.«

»Leider geht das nicht«, antwortete Elrias. »Wenn ihr fliegt, wird der Schutzstaub durch den Wind entfernt und ihr werdet sichtbar. Daher ist es sicherer, wenn ihr hierbleibt.«

Ein seltsames Röcheln drang an Saphiras Ohren.

Ein Boltoma ging langsam auf Jordas zu.

Kurzzeitig blickte er zu Saphira und ihre Gefährten, dann führten ihn seine mit Klauen besetzten Beine weiter zu dem auf dem Boden liegenden Geschöpf zu.

»Was tun wir jetzt? Er könnte Jordas töten«, flüsterte Dariel.

»Saphira, vertreibe ihn mit deiner Magie«, sagte Elrias und legte ihr seine Hand auf die Schulter.

Erschrocken drehte sie sich um, blickte jedoch ins Leere. Sie war erstaunt, wie treffsicher er ihre Schulter berührte. In der Nähe des Boltoma lagen größere Steinbrocken herum. Saphira konzentrierte sich darauf, sprach den Hexenspruch, hob einen Stein mit ihrer Magie hoch und schleuderte ihn gegen den Boltoma.

Dieser blieb schockiert stehen und drehte sich ruckartig um. Er wirkte sichtlich verwirrt durch seine suchenden Blicke. Dann setzte er seinen Weg in Richtung Jordas fort.

Saphira feuerte auf diese Weise zwei weitere Steine gegen den Kopf des Boltoma.

Er drehte sich laut brüllend um. Erneut trafen ihn Gesteinsstücke, so dass er wild herumsprang. Schließlich rannte er in die entgegengesetzte Richtung davon.

»Das hast du wirklich gut gemacht«, sagte Elrias. »Hoffen wir, dass er nicht zurückkommt.«

Nach dieser kurzen Aufregung blieb es wieder eine ganze Weile ruhig.

»Da vorne bewegt sich der Boden, als würde jemand oder etwas drüber gehen«, sagte Calissia. »Ich sehe keine richtigen Spuren.« Sie malte mit ihren Klauen einen Pfeil in den sandigen Boden.

Saphira schaute in die Richtung, entdeckte jedoch erst nichts.

»Jetzt sehe ich es auch«, flüsterte Dariel.

Saphiras Herz schlug schneller, als sie es ebenfalls erblickte. Endlich würde sie dem Mörder der Tiere begegnen.

Unmittelbar vor Jordas stoppten die Schritte.

»Ich greife ihn an«, sagte Dariel. Seine Fußspuren wurden auf dem Boden sichtbar. Leise schlich er sich an den Kronka heran.

Saphira beobachtete seine Spuren, die vor dem schlafend wirkenden Geschöpf stehen blieben.

Nach wenigen Augenblicken erschien langsam die Silhouette eines unförmigen Wesens mit Flügeln. Es beugte sich über Jordas und berührte ihn mit seinen Klauen. Während eine Art weißer Schleier aus der Nase des Kronka in den Mund des Wesens kroch, wurde es vollständig sichtbar.

Saphira sah Dariel nicht. Starr beobachtete sie seine letzten Fußspuren. *Wo bist du?* Sie hörte ihren eigenen Herzschlag, der stetig lauter zu werden schien.

Ein unüberhörbarer Schrei schallte zu ihr herüber.

Sie rannte sofort los, da sie fürchtete, Dariel könnte etwas zugestoßen sein.

Der weiße Schleier brach ab und der Seelenfresser wurde wieder unsichtbar.

Oh nein, dachte Saphira. Sie schaute sich hektisch um, sah Blutspuren, die sich von dem Ort entfernten. Sie hielt sich die zitternde Hand vor den Mund, hoffte, dass es nicht Dariels Blut war.

»Dariel, alles in Ordnung?«, flüsterte Saphira.

»Mir geht's gut.«

Elrias entfernte magisch den Sternenstaub, sodass alle wieder sichtbar waren. Er, Calissia und einige Kronka standen unmittelbar hinter Saphira, Dariel vor ihr.

Er hielt den blutgetränkten Dolch in der Hand. »Ich habe ihn verwundet.«

Calissia erhob sich sofort in die Luft. »Dort hinten«, rief sie und zeigte nach Norden. »Das Wesen wird immer wieder sichtbar. Wahrscheinlich ist es durch die Verletzung geschwächt.«

»Wir müssen uns beeilen«, sagte Saphira und rannte los.

Dariel hielt mit ihr Schritt. Die anderen folgten ebenfalls.

»Wie sah es aus?«, fragte Saphira Dariel.

»Seltsam. Wie ein Mischwesen aus den Tieren, deren Seele es ausgesaugt hat. Es war sehr abstoßend. Teils hatte es Fell, teils Federn und Schuppen. Dazu Hörner, Hufe, Klauen und Drachenflügel.«

Saphira hatte an seinen Lippen gehangen. Wie gern hätte sie dieses grausame Wesen selbst gesehen. Das war das Ziel ihrer Reise. Sie wollte Antworten.

Der Abstand zwischen den Spuren wurde stetig größer.

Es hat Drachenflügel. Sicher wird es versuchen, zu fliegen, um schneller vorwärtszukommen.

Calissia war bereits weit vorausgeflogen.

Saphira konnte die Spuren aus dieser Entfernung nicht sehen, so dass sie sich viel an der Drachendame orientierte. Allerdings entging ihr das kurze Aufblitzen seines unförmigen Körpers nicht. Der Seelenfresser war schnell und schlug Haken.

Calissia zeigte Saphira und den anderen stets, wohin sie der Weg führte. Schließlich landete sie vor einer Höhle.

Saphira und Dariel kamen kurz darauf dort an, gefolgt von Elrias und den Kronka.

Sie keuchte und beugte sich vor, um nach Luft zu schnappen. Dann drehte sie sich zu Dariel um, der sich den Höhleneingang ansah.

»Was bedeutet dieses in den Stein eingeritzte X?«, fragte er an Calissia gewandt.

»Als der Drache starb, der hier gewohnt hat, wurde die Höhle mit einem X markiert, damit die Höhle nicht neu bezogen wird. Wir Drachen ehren unsere Verstorbenen, indem wir ihre Höhlen so lange unbewohnt lassen, bis das Kreuz durch die Witterungen der Natur von selbst verschwindet. Ich vermute, der Seelenfresser hat die Höhle als Versteck ausgewählt.«

»Lasst uns reingehen«, sagte Dariel und betrat die felsige Behausung mit dem Schwert in beiden Händen.

Gemeinsam folgten sie ihm.

Bereits nach den ersten Schritten überkam Saphira eine eisige Kälte. Womöglich kannte der Seelenfresser die Höhle sehr gut und könnte sie überraschen, sie hinter der nächsten Ecke angreifen. Trotz seiner Verletzung könnte er noch genug Kraft haben.

Das dunkle Gestein schluckte das Licht, je tiefer sie in die Höhle liefen.

Einige Kronka entzündeten Fackeln und gaben eine an Elrias, der sich unmittelbar hinter Dariel einreihte, um ihm den Weg zu leuchten.

Die Höhle war riesig. Der Weg führte sie an tiefen Schluchten vorbei, spitze Stalaktiten ragten von der Decke herab.

Die Blutspuren waren hier nur noch schwach zu sehen.

Sie führten immer tiefer ins Erdinnere. Der steile Pfad war teilweise sehr uneben, schmal und stellenweise abschüssig, doch niemand ließ sich davon aufhalten.

Der Geruch von verbranntem Holz stieg Saphira in die Nase und ein flackerndes Licht warf einen Schatten an die Wand.

Dariel fasste sein Schwert fester. Vorsichtig näherte er sich der Biegung und blickte um die Ecke. Er schaute seine Gefährten an und zeigte auf die Wegbiegung.

Saphira, Calissia und Elrias nickten. Eine Geste des Magiers genügte, damit die Kronka geräuschlos ihre Waffen zogen.

Mit den Fingern zählte Dariel bis drei.

Dann stürmten alle nach vorne.

Dariel erreichte als Erster das auf dem Boden kauernde Wesen, das ihn schockiert anblickte.

Calissia positionierte sich neben der Feuerstelle und schnaubte stark, sodass die Flammen unkontrolliert flackerten.

Die Kreatur zitterte, den Blick auf den Drachen gerichtet.

Saphira und Elrias stellten sich direkt vor sie, während die Kronka einen Kreis um sie bildeten.

Dariel richtete sein Schwert auf den Seelenfresser.

Der schaute sich mit weit aufgerissenen Augen um, hielt seine Klauen zitternd nach oben. Seine Wunde war tief und blutete stark. »Bitte tut mir nichts«, flehte er und senkte seinen Kopf wie ein unterwürfiger Hund.

»Warum sollen wir dich verschonen?«, fragte Dariel wütend.

Der Seelenfresser atmete schwer. Seine behaarte Brust hob und senkte sich rasch. Die riesigen Rehaugen waren glasig. »Weil ich einer von euch bin.«

»Wie meinst du das?«, fragte Saphira.

»Ich wurde verzaubert.« Er schaute weiterhin zu Boden.

»Schwachsinn!« Dariel führte sein Schwert ein kleines Stückchen näher an die Kehle des Seelenfressers heran.

»Es ist wahr. Ich schwöre es.« Angst stand in diesen großen Augen.

»Sobald ich diese Höhle verlasse, überkommt mich dieses unstillbare Verlangen nach Energie und ich werde unsichtbar.« Er keuchte und seine Gliedmaßen zitterten. Die Stichwunde an seiner Hüfte blutete, wodurch das umliegende Fell verklebt war.

Saphira hatte Mitleid mit ihm. Obwohl sie wusste, dass er viele Leben auf dem Gewissen hatte, konnte sie es nicht mit ansehen, dass er leiden musste. »Ich werde ihn heilen«, sagte sie zu Elrias und Dariel. »Nur so kann er uns Antworten auf unsere Fragen geben.«

»Warte«, entgegnete Dariel und befal einen Kronka heran, der Ketten bei sich trug. »Fessele ihn.«

Der Kronka schaute Elrias an.

Mit einem Nicken bestätigte dieser ihm, dass er den Befehl befolgen durfte.

Er setzte die Kreatur aufrecht hin und lehnte sie an einen Felsen. Mit den Ketten fesselte er erst Arme und Beine. Anschließend band er sie an den Felsblock.

Der Seelenfresser ließ alles mit hängendem Kopf über sich ergehen.

Als er sich kaum noch bewegen konnte, ging Saphira auf ihn zu und holte Wundsalbe aus ihrem Umhang hervor. Sie flüsterte einen Hexenspruch, der ihre Handflächen leuchten ließ und trug die grüne Salbe auf die Wunde auf.

Der Seelenfresser kniff die Augen fest zusammen und gab einen schmerzvollen Laut von sich.

Nachdem das Licht erlosch, war die Wunde sauber verschlossen. Der Seelenfresser war immer noch schwach, aber wenigstens verlor er jetzt kein Blut mehr.

Elrias zauberte ein Glas Wasser herbei, das er dem Geschöpf einflößte.

Die klare Flüssigkeit rann schlückchenweise seine Kehle hinab. »Danke«, sagte es. »Ihr seid wohl Magier.« Es blickte abwechselnd Saphira und Elrias an, die jedoch gar nicht darauf eingingen.

Saphira wollte endlich Antworten. »Warum hast du die Tiere getötet? Warum hast du den Sohn dieser wundervollen Drachendame getötet?« In ihrem Inneren brodelte es wieder.

Der Seelenfresser zitterte. »Bitte verzeiht mir. Ich wollte das nicht, etwas zwingt mich dazu.«

»Was?«, fragte Saphira.

»Ein Zauber.«

Sie runzelte die Stirn. »Warum bleibst du dann nicht einfach in der Höhle?«

»Ich kann nicht. Dieses Wesen zwingt mich dazu, nach draußen zu gehen.«

»Was für ein Wesen?«

»Ich weiß nicht, was oder wer es ist. Es ist sehr mächtig. Kein Mensch. Kein Magier. Aber magische Kräfte hat es.«

»Wie kam es dazu, dass du verzaubert wurdest?«, fragte Saphira.

»Es zeigte mir eine Handvoll Edelsteine und wollte wissen, ob ich mehr möchte. Um den Hals trug er ein Amulett, in dem sich ebenfalls solch ein Stein befand. Ich war von dem Funkeln und Leuchten dieser blau-schwarzen Schmuckstücke so fasziniert, dass ich zustimmte, ohne nachzudenken und ohne zu fragen. Es sagte, es würde mir so viel geben, wie ich tragen könnte. Dafür müsste ich ihm als Gegenleistung bringen, was es verlangte. Bevor ich nachhaken konnte, um was es sich handelt, sprach es schon einen

Zauberspruch aus. Ich war wie erstarrt. Dann wurde es dunkel vor meinen Augen. Als ich wieder zu mir kam, lagen die Edelsteine auf dem Boden, aber es war weg. Ich sammelte alle auf und verließ die Höhle. Da spürte ich diese Gier. Ich wusste jedoch nicht, wonach. Ich irrte umher und erreichte einen Wald am Rande des Tals. Dort war das erste Lebewesen, das ich sah, ein Eichhörnchen. Ich weiß nicht, warum, aber ich stürmte drauf zu und hatte dann kurzzeitig einen Blackout. Später lag das Hörnchen tot auf dem Boden.«

Dariel runzelte die Stirn. »Du willst uns erzählen, dass du nichts mehr davon weißt?«

Der Seelenfresser nickte. »Das passierte immer öfter, auch mit größeren, teils kräftigen Tieren. Und nach jedem Mal spürte ich, dass ich stärker wurde. In einer Höhle hörte ich einen Drachen. Ich ging hinein und dann ... lag er tot da.«

Calissias Nüstern weiteten sich und sie riss die Augen weit auf, als würde sie ihn am liebsten sofort mit ihren Flammen verbrennen.

Doch Dariel schaute sie kopfschüttelnd an, woraufhin sie ein leises Schnaufen von sich gab, auf den Boden blickte und den Kopf ein wenig zurückzog.

»Wo hast du das Wesen getroffen?«, fragte Dariel energisch.

»Na hier in der Höhle. Genau an dieser Stelle.«

»Warum warst du hier?«, hakte er nach.

»Ich bin selbst ein Magier. Ich war auf der Suche nach einem seltenen Edelstein, den es in diesem Tal geben soll. Also bin ich in die Höhle gegangen und da auf diese Kreatur getroffen. Es saß genau hier an einem warmen Feuer und bat mich zu sich. Ich war vorsichtig, denn ein Wesen seiner Art hatte ich noch nie gesehen.«

»So wie es aussieht, warst du nicht vorsichtig genug«, sagte Dariel. »Was ist mit deinem Körper passiert?«

»Ich kann mich an die eigentliche Tat nicht erinnern, aber ich habe nach jedem Tier etwas von ihm angenommen. Nachtsicht, besseres Gehör oder ein äußerliches Merkmal. Ich veränderte mich langsam. Nachdem ich bei dem Drachen war, überkamen mich unheimliche Schmerzen im Rücken und plötzlich riss oberhalb meiner Schulterblätter die Haut auf. Ich hatte das Gefühl, als würde mein Innerstes versuchen, nach außen zu gelangen. Dann stürzte ich auf den Boden. Als der Schmerz irgendwann nachließ, besaß ich Flügel. Drachenflügel.« Er senkte den Kopf. »Ich weiß nicht, was ich bin. Ich weiß nicht, warum ich das alles tue. Aber ich weiß, dass ich es nicht mehr tun will.«

»Du bist ein Seelenfresser«, sagte Elrias scharf. »Du saugst den Tieren die Seelen aus.« Elrias kniete sich vor ihn und starrte ihm tief in die Augen. »Dieses Wesen, das dich verflucht, braucht dich für etwas.«

Angst stand in seinem Blick geschrieben. »Aber wofür?«

Elrias packte mit beiden Händen den tierähnlichen Schädel des Gefangenen und legte seine Daumen auf dessen Augenlider. Dann atmete er einmal tief durch, schloss seine Augen und senkte den Kopf. Ruckartig riss er ihn nach hinten, runzelte die Stirn und wurde rot im Gesicht, das vor Anstrengung zitterte.

Saphira schlug ihre Hände vor den Mund. Ihre Augen waren weit aufgerissen.

Nach nur wenigen Augenblicken schreckte Elrias zurück und ließ den Seelenfresser los.

»Was ist passicrt?«, fragte Saphira.

Elrias blickte starr auf den Boden. »Ich habe alles gesehen. Er sagt die Wahrheit.« Er wischte sich den Schweiß von der Stirn.

Die anderen starrten ihn gebannt an.

Saphira war besorgt. Der Schrecken saß Elrias im Gesicht. Er musste etwas Grauenvolles gesehen haben.

»Ich weiß, wer ihn verflucht hat. Er ist kein Magier, sondern ein Nojanka. Das sind magische menschenähnliche Wesen, die einst über unsere Welt herrschten. Sie besitzen ungeahnte Fähigkeiten und haben große Macht.«

»Davon habe ich noch nie gehört«, sagte Dariel.

Saphira und Calissia bestätigten das Gesagte.

»Das wundert mich nicht. Man erzählte sich, dass nur einer überlebte. Er soll sich auf der grünen Ebene Gandor aufhalten. Ob das wahr ist, weiß ich nicht. Aber die Augen dieses Magiers lügen nicht.«

»Sind Nojanka denn bekannt dafür, Seelen zu stehlen?«, fragte Saphira.

»Nein. Es waren friedvolle Wesen. Ihre Lebensenergie bezogen sie aus ihrer Gemeinschaft. Wenn er der letzte Überlebende ist, dann muss er einen anderen Weg gefunden haben.«

»Die Seelen«, sagte Saphira mit aufgerissenen Augen. Ein kalter Schauer lief ihr den Rücken hinunter.

»Genau. Er braucht sie, damit seine Macht erhalten bleibt und er lang leben kann.«

Saphira war skeptisch. Eigentlich friedvolle Wesen taten so etwas nicht grundlos. Sie opferten sich lieber selbst, als andere zu töten. »Du meinst also, dass er das nur tut, um zu überleben?«

»Ich weiß es nicht. Wir sollten es herausfinden, bevor er zu mächtig für uns wird. Wenn er es geschafft hat, allein zu überleben, hat er vielleicht weitere Fähigkeiten entwickelt. Wir müssen sehr vorsichtig sein.«

»Trotzdem sollten wir uns sofort auf den Weg machen, bevor noch mehr passiert«, schlug Dariel vor.

»Es wird bald dunkel. Die Boltomas sind nachts sehr aktiv. Am besten bleiben wir hier und brechen am frühen Morgen auf«, sagte Calissia.

Alle nickten.

»Ruhen wir uns aus«, fügte Elrias hinzu. Er befahl den Kronka, die Nacht über Wache zu halten. Selbst zog er sich in einen hinteren Teil der Höhle zurück und legte sich schlafen.

Auch Dariel suchte sich einen Schlafplatz.

Nur Saphira blieb noch eine Weile neben dem Seelenfresser. Sie war nicht sicher, wie sie ihn einordnen sollte. »Hast du diesen Nojanka seit dem ersten Treffen wiedergesehen?«

»Nein. Er wollte mich hier erneut aufsuchen, wenn ich so weit bin. Keine Ahnung, was das bedeutet.«

Sein Kopf sank auf seine Brust und er atmete tief. »Ich bin so müde.« Er konnte seine Augen kaum offenhalten.

Saphira betrachtete das Wesen eine Weile. Sie war hin- und hergerissen. Sollte er wirklich verzaubert sein, dann konnte er nichts für seine Taten, weil er fremdgesteuert wurde. Demnach wäre auch er nur ein Opfer.

Sie ging auf Dariel zu, als sie beim Blick zur Höhlendecke, ein Glitzern sah. »Calissia, was ist das?« Saphira zeigte auf das Funkeln.

Die Drachendame hob den Kopf. »Das sind die Kristalle, aus denen die Blumen wachsen.«

Saphira blickte auf ihre Hand.

»Die sehen sehr wertvoll aus«, meinte Dariel.

»Für Menschen sind sie das. Früher kamen sie, um sie zu stehlen, doch wir konnten sie vertreiben. Die Kristalle gehören uns. Wir brauchen sie. Ich möchte euch bitten, keine Kristalle mitzunehmen und niemandem von ihnen zu erzählen.«

»Keine Sorge«, sagte Saphira. Sie legte sich neben Dariel und schaute weiterhin auf die funkelnden Steine.

Bestimmt waren es diese, die der Seelenfresser in dem Tal suchte. Sofern seine Geschichte der Wahrheit entsprach.

Doch was, wenn sie eine Lüge war?

KAPITEL 17

Bei Sonnenaufgang weckte ein Kronka Saphira und die anderen.

Das Feuer war erloschen und nur die Fackeln erhellten den Höhlenraum.

Einigermaßen ausgeschlafen stand sie auf.

Die Übrigen folgten ihrem Beispiel. Auch der Seelenfresser erwachte und schaute sich um.

Elrias rief zwei Kronka herbei. »Ihr beiden bleibt hier und bewacht den Seelenfresser. Er darf diese Höhle nicht verlassen.«

Die grimmig dreinschauenden Kronka nickten und positionierten sich neben dem Gefesselten.

»Bitte nennt mich nicht immer Seelenfresser«, flehte er. »Ich heiße Krimga.«

»Na gut, Krimga. Du bleibst hier und rührst dich nicht. Diese beiden Wachen werden dir nichts tun, wenn du ruhig bist, verstanden?«

»Ich bleibe hier, keine Sorge. Ich möchte schließlich auch, dass der Zauber von mir genommen wird.«

Elrias wandte sich den restlichen Kronka zu. »Alle anderen gehen zum Schloss. Nehmt alle Waffen mit, die ihr finden könnt, und marschiert anschließend nach Gandor.«

Sie verließen die Höhle.

Die Drachendame wartete bereits auf sie.

Saphira, Dariel und Elrias schwangen sich auf Calissias Rücken, die sie hinauf in den Himmel trug.

Die Kronka setzten sich in Bewegung und kamen schnell voran.

Die Gefährten überflogen erneut die Bergkette zu Elrias' Reich und reisten durch das neblige, düstere Tal einem Ziel entgegen, von dem sie nicht wussten, was sie dort erwartete.

Schon bei der Suche nach Krimga hatte Saphira große Zweifel gehabt. Doch nun waren sie unterwegs zu einem mächtigen Wesen, das einen Magier verflucht hatte. Das Risiko, dass ihnen etwas passierte, war bei dieser Suche um ein Vielfaches größer. Sie zitterte.

Heiße Asche wirbelte durch die Luft. Der dichte Rauch versperrte ihnen den Blick hinter den feuerspeienden Berg.

Calissia flog direkt durch den Qualm über den Schlund des Vulkans hinweg.

Lava floss den steilen Felsen hinunter und verteilte sich auf der Ebene.

Elrias legte schützend seinen Umhang über Saphira, Dariel und sich selbst. Er hielt die Hitze, den Ascheregen und den Rauch überwiegend ab.

Hinter dem Vulkan erstreckten sich Felsformationen, die durch die erkaltete Lava entstanden waren.

In diesem trostlosen Tal hatte Saphira bisher kein einziges Lebewesen außer Elrias und den Kronka gesehen. Diese Umgebung schien mehr als lebensfeindlich zu sein.

Sie überflogen drei weitere Vulkane, die weniger stark aktiv waren als der erste. Nach dem letzten Vulkan erstreckte sich erneut eine Bergkette.

Calissia passierte eine Bergspitze und ließ den staubigen Nebel hinter sich.

Auf der anderen Seite der Berge dehnte sich eine weite saftig grüne Graslandschaft aus. Bisons, Pferde, Schafe und weitere Tiere tummelten sich dort und fraßen genüsslich die Grashalme. Vereinzelt standen Bäume in der Nähe eines Bachlaufs.

Saphira lächelte, als sie sah, wie die Tiere hier miteinander lebten. Die Landschaft war zudem paradiesisch.

Am Himmel sah sie einige wenige Kumuluswolken, wodurch die Sonnenstrahlen der aufgehenden Sonne freie Bahn zur Erde hatten.

»Ist das hier schon das Reich des Nojanka?«, fragte Saphira.

»Das ist Gandor, auch *Grüne Ebene* genannt, angeblich soll er hier leben. Wir müssen unsere Augen offenhalten.«

»Wonach?«, fragte Dariel.

»Nach irgendwas, das wie eine Behausung aussieht. Das Reich ist sehr groß. Es kann lange dauern, bis wir alles abgesucht haben. Vermutlich sind wir mehrere Tage unterwegs.«

Saphira betrachtete die Natur und wurde nachdenklich. »Warum leben hier noch Tiere? Warum hat der Nojanka nicht die Seelen dieser Tiere geraubt?«

»Das wird uns nur der Nojanka selbst beantworten können«, antwortete Elrias.

Mit kräftigen Schlägen ihrer Schwingen trug die Drachendame sie tiefer in das Reich, in dem sowohl auf der Erde als auch in der Luft unzählige Tiere unterwegs waren.

An einem Fluss, der sich durch das grüne Tal schlängelte, machten sie Rast. Die Sonne stand bereits am Horizont, sodass sie dort ihr Nachtlager aufschlugen.

Elrias umgab sie mit einer magischen Schutzkuppel.

Saphira lag in Dariels Arm und bewunderte die Sterne am dunklen Nachthimmel. Sie wünschte sich, dass sie allein mit ihm hier wäre. Ohne Sorgen. Ohne Ängste. Ohne seelenfressende Monster. Nur sie beide und die Nacht. Mit diesen Gedanken kuschelte sie sich eng an ihn und schlief ein.

* * *

Am nächsten Tag waren sie lang in der Luft unterwegs.

»Seht, dort hinten steht eine Burg«, sagte Calissia.

»Flieg darauf zu. Wir wollen einmal nachsehen, wer dort lebt«, meinte Elrias.

»Was wollen wir tun, wenn der Nojanka dort ist?«, fragte Dariel.

In diesem Moment raste ein gewaltiges Netz auf sie zu, das sich um Calissia und ihre Gefährten schlang. Saphira, Dariel und Elrias wurden dadurch auf den Rücken der Drachendame gepresst.

Calissias Flügel waren fixiert und sie segelte rasch Richtung Boden. »Haltet euch gut fest, ich weiß nicht, wie hart die Landung wird«. Die grüne Wiese unter ihnen kam immer näher.

Ein flaues Gefühl machte sich in Saphiras Magengegend bemerkbar. Ihr Herz schlug ihr bis zum Hals. Das Atmen war durch den Fallwind fast unmöglich. Sie klammerte sich fest an den Körper der Drachendame und kniff die Augen zusammen, als Calissia schließlich auf dem Boden aufschlug.

Ein gutes Stück rutschte sie über das Gras. Kurz vor der Burgmauer hielt sie an. »Geht's euch gut?«, fragte sie. Den Kopf versuchte sie nach hinten zu drehen, doch das engmaschige Netz hinderte sie daran.

Von allen erklang ein »Ja«.

Saphira probierte vergebens, sich aus dem Netz zu befreien. Sie tastete es nach einem Knoten oder Beschädigungen ab, drückte sich mit dem ganzen Körper dagegen, doch aus dieser Situation herauszukommen, war nicht möglich.

Sie hörte Schritte und drehte den Kopf. Ein Speer ragte ihr fast ins Gesicht. Zwei weitere richteten sich auf Calissias Kopf. Sie wurden von seltsamen Wesen mit sechs Tentakeln und menschenähnlichen Schädeln auf unförmigen Schultern festgehalten.

Plötzlich leuchtete das Netz gold-gelb auf. Ein Schmerz durchzuckte Saphiras Körper und sie schrie auf.

Auch Elrias, Dariel und Calissia gaben Schmerzlaute von sich.

Nach der Dauer eines Atemzugs erlosch das Licht in den Maschen wieder, ebenso wie der Schmerz.

»Was war das?«, fragte Dariel.

»RUHE!«, rief einer der Tentakelwesen und stieß Dariel kurz mit dem Speer an.

Saphira versuchte, das Netz mit Magie zu entfernen. Sie berührte die Maschen mit den Handflächen und flüsterte einen Hexenspruch. Dabei hielt sie stets die Wesen im Auge, die sie mit Speeren bedrohten.

In dem Moment, als die Magie in das Netz eindrang, leuchtete es erneut auf. Wieder wurde sie von einem kurzzeitigen Schmerz überwältigt, der auch die anderen aufschreien ließ.

»Es tut mir leid«, sagte die Hexe, als das Licht des Netzes erloschen war. »Ich habe versucht, zu hexen.«

»Ich hatte ebenfalls versucht, zu zaubern«, fügte Elrias hinzu.

»Ihr verfügt also über Magie«, sagte einer der Wachen und lachte.

Saphira runzelte die Stirn.

»Magie hilft euch nicht.«

»Was haben wir getan?«, fragte Elrias, doch eine Antwort kam nicht.

Aus dem großen hölzernen Eingangstor traten acht Minotauren mit einem gewaltigen Wagen, der von vier Bären gezogen wurde. Die Holzräder quietschen bei jeder Umdrehung, was Saphira in den Ohren wehtat. Sie wendeten den Wagen und fuhren rückwärts bis an Calissias Schwanz heran. Jeweils vier der Stierwesen positionierten sich neben der Drachendame und packten das Netz. Einer griff ihre Klauen.

Doch Calissia schaffte es, ihm trotz der Bewegungseinschränkung einen Kratzer zuzufügen. Sie brüllte, Rauch stieg daraufhin aus ihren Nüstern,

»Tu es nicht, Calissia«, sagte Elrias.

Sie schnaufte heftig und knurrte die Wesen um sich herum an. Der Qualm versiegte.

»Und ziehen!«, befahl einer der Minotauren seinen Artgenossen, woraufhin sie den Drachen samt Reiter auf den Wagen zogen.

Es dauerte eine ganze Weile, bis Calissia auf der Holzfläche lag.

Die Bären setzten sich in Bewegung, gefolgt von den Stierwesen und den Tentakelwachen mit den Speeren.

Kaum waren sie durch das Tor, schlossen die Wachen dieses wieder.

Saphira schaffte es, sich ein wenig umzuschauen, obwohl sie sich durch den Druck des Netzes nicht viel bewegen konnte.

Der Wagen fuhr über festen Untergrund. Links und rechts von ihnen wuchsen Bäume auf kreisrunden Grasstücken. Eine Allee. Vögel saßen auf den Ästen und zwitscherten fröhlich. Um die Blumen und Sträucher in kleinen Beeten tummelten sich Schmetterlinge, Bienen und Hummeln.

Saphira spürte die positive Energie der Tiere und der Vegetation. Sie konnte sich nicht vorstellen, dass hier jemand wohnte, der andere Lebewesen töten, aber diese Tiere leben ließ. Ein unsicheres Gefühl machte sich in ihr breit.

Vor den Stufen, die zur Burg führten, blieb der Wagen stehen.

Die schwere eiserne Eingangstür öffnete sich und ein Zentaur trat heraus. In der einen Hand trug er ein Schwert, in der anderen mehrere leuchtende Seile. Er ging um den Wagen zu Calissias Kopf. »Sehr schön, du wirst nützlich sein«, sagte er zu ihr.

Einer der Stierwesen nahm ein Seil und legte es einmal um ihr Maul.

Sofort verlängerte sich der Strick, wickelte sich mehrmals um das Maul und zog sich selbst fest.

Er nahm drei weitere Seile, stieg auf den Wagen und legte eines durch die Maschen des Netzes auf Saphiras Rücken. Kaum hatte er es losgelassen, schlang sich das Seil in rasanter Geschwindigkeit um ihren Körper und fesselte so ihre Arme an ihn. Sie konnte nicht reagieren und auch die Arme nicht bewegen.

Die Stierwesen entfernten das Netz. Saphira wurde von Calissias Rücken vom Wagen getragen. Etwas grob setzten sie sie auf ihre Füße ab.

Sie stand nun vor dem Zentauren, der sie von oben bis unten musterte.

Elrias und Dariel befanden sich kurz darauf neben ihr. Beide waren genauso gefesselt wie sie.

»Das trug der da bei sich.« Der Minotaurus zeigte auf Dariel und übergab dessen Schwert dem Zentauren.

Er betrachtete es. »Sehr schön.« Er schaute Dariel an. »Du bekommst es wieder, wenn der Herr euch gehen lassen sollte.« Er lachte lauthals.

»Magia pila apparent«, flüsterte Saphira. Kurz danach schrie sie laut auf und sackte auf die Knie.

Das Seil um ihren Körper leuchtete pulsierend.

Sie hatte das Gefühl, ihr Körper würde brennen. Wimmernd kauerte sie auf dem Boden. Tränen liefen über ihre Wangen, sie kniff die Augen fest zusammen. Als der Schmerz endlich nachließ, stand sie langsam wieder auf und blickte in die besorgten Gesichter von Elrias und Dariel.

»Netter Versuch, Mädchen«, sagte der Zentaur. »Magie ist zwecklos.« Er schaute Elrias an. »Das gilt auch für dich. Und nun folgt mir.« Mit klappernden Hufen drehte er sich um und ging in die Burg.

»Na los, bewegt euch«, befahl der Minotaurus und schnaubte bedrohlich.

Saphira, Elrias und Dariel schritten hinter dem Pferdekörper her. Zwei Stierwesen bildeten das Schlusslicht.

Saphira hörte, wie sich der Wagen mit Calissia in Bewegung setzte. Sie drehte sich zu ihr um und sah, dass sie zu einem Turm nur wenige Schritte entfernt gebracht wurde. Mehr konnte sie nicht sehen.

»Was habt ihr mit ihr vor?«, fragte Saphira, doch sie erhielt keine Antwort.

Nacheinander gingen sie durch die Tür in eine lichtdurchflutete Eingangshalle. Vor ihnen auf der linken Seite befand sich eine Treppe mit tiefen Stufen.

Bevor Saphira sich weiter umschauen konnte, trieb eines der Stierwesen sie in den Gang, zu dem eine kleine Holztür rechts hinter dem Burgeingang führte. In dem schmalen, mit Biegungen durchzogenen Korridor war es dunkel und kalt. Modriger Geruch stieg ihr in die Nase.

Nach der letzten Kurve des Gangs befand sich eine Gittertür, hinter der alte Matratzen und Stroh auf dem Boden lagen. Ein kleines vergittertes Fenster war die einzige Lichtquelle.

Der Zentaur nahm einen Ring mit Schlüsseln hervor und steckte einen davon ins Schloss.

Kleine Blitze zuckten und mit einem Klicken sprang die Tür auf.

Die beiden Stierwesen stießen Saphira, Dariel und Elrias in ihr Gefängnis und ließen die Tür zu fallen.

Die Seile lösten sich von ihren Körpern und verschwanden schließlich im Nichts.

Dariel ging auf die Gittertür zu. »Warum sperrt Ihr uns ein?«

»Ihr werdet bald unserem Herrn vorgeführt«, sagte der Zentaur.

»Er wird entscheiden, was mit euch geschieht. Damit ihr es wisst, dieser Raum schirmt jegliche Magie ab, indem er die Frequenzen blockiert. Daher haben sich eure Fesseln auch gelöst. Euer Zauber hat keine Wirkung.«

»Wo habt ihr Calissia hingebracht?«, rief Saphira.

»Den Drachen?« Der Minotaurus grinste. »Der wird im Turm bleiben. Ihr werdet euch nicht mehr wiedersehen.« Laut lachend verließ er das Gefängnis.

Der Zentaur zögerte kurz, folgte ihm dann jedoch.

Das Zuschlagen der Holztür hallte durch den Gang.

Elrias versuchte, die Tür aufzusprengen, aber seine Magie war wirkungslos. Es erschienen kleine Funken um das Schloss, doch es bekam nicht einmal einen Kratzer.

Saphira riss die Augen weit auf. Wenn seine Zauberkraft hier nichts ausrichten konnte, wie sollten sie dann hier je wieder hinauskommen? Sie brach auf dem Boden zusammen, hielt sich die Hände vors Gesicht und schluchzte.

KAPITEL 18

Saphira schoss mehrmals einige Energiebälle in Richtung der Gittertür und der Steinmauern, doch sie explodierten, bevor sie ihre Ziele erreichten. »Was sollen wir jetzt tun?« Saphira schlug die Hände an ihren Kopf.

»Wir müssten meine Kronka informieren, wo wir sind und dass wir gefangen genommen wurden.«

Saphira überlegte kurz. »Wir könnten ihnen einen Boten schicken. Einen Vogel. Verstehen deine Kronka die Sprache der Tiere?«

»Ja, sie können mit ihnen reden.«

Saphira ging zum Fenster und pfiff eine sich wiederholende Tonfolge.

Kurz darauf flatterte ein kleiner blaugefiederter Vogel auf sie zu und setzte sich an das Fenster.

Saphira bat ihn um Hilfe, woraufhin der Vogel nickte und zwitscherte.

Elrias trat näher. Er erklärte dem gefiederten Tier, wo es die Kronka finden würde. Es sollte ihnen von ihrer Gefangenschaft berichten und sie zur Burg führen.

Der kleine Vogel hüpfte hin und her, während er zwitscherte. Er drehte sich um und machte sich sofort auf den Weg.

Saphira bemerkte, dass Dariel sie fragend anschaute. »Der Vogel wird uns helfen.«

»Das dachte ich mir«, sagte er. »Wir Krieger können zwar mit

Krähen kommunizieren, aber ausschließlich mit Körpersprache, nicht mit Worten.«

»Wir sollten uns überlegen, wie wir vorgehen, wenn die Kronka hier sind«, schlug Elrias vor. »Raus kommen wir ohne sie nicht.«

»Ich kann nicht einfach hier rumsitzen.« Saphira runzelte die Stirn. »Ich muss es nochmal versuchen.« Sie sammelte ihre ganze Wut, bis ihr kompletter Körper leuchtete.

Dariel und Elrias traten einige Schritte zurück.

»Saphira, bitte vernichte uns nicht«, sagte Dariel in ruhigem Ton. »Du bist gerade sehr wütend, nicht, dass etwas schief geht.«

»Ich weiß ganz genau, was ich tue.« Saphira konzentrierte sich auf das kleine Fenster. Sie streckte ihre Hände danach aus und feuerte einen gewaltigen Magieball dagegen. Es knallte laut und als sich die ersten Staubwolken verzogen hatten, sah sie ein paar Risse unter dem Fenster. Lächelnd und schwer atmend drehte sie sich um. »Seht ihr, es ist nicht unzerstörbar. Wir könnten es schaffen.« Sie berührte die Risse, war sich sicher, dass die Mauer nachgeben würde.

»Siehst du die blauen Steine dort an den Wänden?«, fragte Elrias.

Saphira erkannte mehrere murmelgroße Steine.

»Sobald du Magie gewirkt hast, haben sie kurzzeitig aufgeleuchtet. Ich bin sicher, dass sie deine Kraft absorbieren.«

Sie trat auf eine Wand zu, kratzte an einem blauen Stein. Wenige Augenblicke später lagen Elrias' Hände auf ihren Schultern.

»Spare deine Kräfte. Wir brauchen dich und deine Magie noch. Lass uns abwarten, bis die Kronka hier sind. Sie sind sehr stark und können uns befreien. Du wirst schnell ausgebrannt sein, wenn du es allein versuchst.«

»Aber ich muss etwas tun!« Saphiras Stimme bebte. »Es ist meine Schuld.«

»Was ist deine Schuld?«, fragte Elrias.

»Dass wir hier sind. Ich habe dem Seelenräuber einen Drachen gebracht. Er wird sich ihre Seele nehmen.«

Dariel ging auf sie zu und streichelte ihr über die Arme. »Wir kommen sicher wieder hier raus. Dann retten wir sie. Ich weiß, dass die Kronka sehr stark sind und kämpfen können.«

Saphira lächelte ihn an. Sie war unheimlich dankbar darüber, dass er sie begleitete. Genau wie Maxim fand er die richtigen Worte, um sie aufzumuntern.

»Er hat recht«, sagte Elrias. »Wenn die Kronka hier sind, werden wir hier rauskommen. Mit Magie und ihrer Stärke schaffen wir das.«

Sie nickte. »Danke für eure Worte, das hilft mir sehr.«

Dariel setzte sich in eine Ecke ihres Gefängnisses. Bedrückt blickte er auf den Boden.

Saphira ging zu ihm und nahm daneben Platz. »Was hast du?«

»Ich komme mir etwas überflüssig vor. Ich habe keine magischen Fähigkeiten und kann euch nicht helfen. Ich kann zwar kämpfen. Aber was nützt das, wenn sie mich mit ihren magischen Seilen oder was auch immer angreifen?«

Saphira lächelte aufmunternd. »Du bist ganz und gar nicht überflüssig. Der Zentaur trug ein Schwert, daher gehe ich davon aus, dass er und auch andere mit ihren Waffen kämpfen. Dein Schwert holen wir uns zurück und dann kannst du uns die Kämpfer vom Leib halten, während Elrias und ich uns diesen Nojanka mal vorknöpfen. Und das wird alles andere als einfach. Du bist ein Krieger, du hast Erfahrung im Kampf. Darum brauchen wir dich. Glaub mir.«

Elrias kam ebenfalls zu ihnen. »Wir brauchen einen starken Kämpfer. Ich habe gesehen, wie du gegen meine Kronka gesiegt hast. Wir brauchen dich. Nur weil wir Magie beherrschen, sind wir noch lange nicht besser als du. Wenn Saphira und ich unserer Magie beraubt werden, sind wir hilflos. Ich kann nicht kämpfen, dazu fehlt mir die Kraft.«

Dariel blickte beide abwechselnd an, lächelte und nickte. »Ich danke euch.«

Saphira umarmte ihn und schaute ihm tief in die Augen. Ihr Herzschlag nahm zu.

Er wirkte verletzlich, was sie keinesfalls als negative Eigenschaft, sondern menschlich empfand. Er zeigte hier eine andere Seite von sich, was sie zum Lächeln brachte.

Sie blieb neben Dariel sitzen und lehnte sich an seine Schulter. Sie dachte viel an Calissia, die allein im Turm war. Was hatten sie mit ihr vor? Wurde sie aus Furcht eingesperrt? Hoffentlich ging es ihr gut. Saphira griff nach Dariels Hand und drückte sie fest.

KAPITEL 19

Die Nacht hatte den Tag längst vertrieben. Der abnehmende Mond stand hoch am Himmel.

Bis die Sonne komplett versunken war, hatte Saphira sich das Fenster angeschaut und überlegt, wie sie daraus fliehen könnten. Selbst wenn die Kronka es aufbrechen würden, war es zu klein, um herauszuklettern. Die Mauern waren zu stabil, hielten sogar Magie stand. Diese würden sie nicht durchschlagen können. Die einzige Möglichkeit zu entkommen, war durch die Tür ihres Gefängnisses.

Ein polterndes Geräusch riss sie aus ihren Gedanken.

Auch die anderen beiden drehten den Kopf.

Schreie und das Klirren von Metall erklangen.

Sie sprangen auf und blickten aus dem kleinen Fenster.

Die Kronka hatten das Tor aufgebrochen und kämpften gegen die Wachen. Mit ihren giftigen Klingen töteten sie die überraschten Wachposten in Kürze.

Saphira wurde etwas flau im Magen. Noch nie hatte sie einen Kampf gesehen, geschweige denn, dass jemand getötet wurde. Sie wandte ihren Blick ab und schluckte schwer. Schließlich atmete sie tief durch, versuchte den Gedanken, dass Leben genommen wurde, zu verdrängen. Doch es fiel ihr nicht leicht.

Sie drehte sich wieder zum Fenster, sendete erneut einen Vogelruf aus, woraufhin eine Schleiereule angeflogen kam. Nach einer kurzen Begrüßung bat sie die Eule, zu den Kronka zu fliegen und sie zu ihnen zu bringen. Sie hörte dem Nachtvogel zu, der schließlich die Flügel ausbreitete und davonflog. Mit einem Lächeln drehte sich Saphira zu Elrias um. »Sie zeigt den Kronka, wo wir sind.«

Gespannt lauschte sie in die Nacht, doch sie konnte nichts hören. Erst nach einer ganzen Weile vernahm sie Schritte, die schnell näherkamen.

Die Schleiereule flog einmal nah am Fenster vorbei und schwang sich dann wieder in die Höhe, um in der Dunkelheit zu verschwinden.

Zwei Kronka traten an das Fenster und begrüßten ihren Herrn.

»Um in das Gefängnis zu kommen, müsst ihr in die Burg eindringen«, sagte Elrias.

Seine Geschöpfe nickten und machten sich auf den Weg zur großen Treppe, über die sie zum Eingangstor gelangten.

Ohne ein Wort zu sagen, standen Saphira, Dariel und Elrias neben der Gittertür.

Sie hörten, wie sich die Eingangstür öffnete. Kurz darauf vernahmen sie das Klappern von Hufen und laute Kampfschreie, die teils von innerhalb, teils von außerhalb der Burg zu kommen schienen.

Saphira bebte innerlich. Sie hasste es, nicht zu wissen, was vor sich ging und warten zu müssen.

Eine Glocke erklang, die stetig lauter schlug.

»Was bedeutet das?«, fragte Saphira.

»Bestimmt schlagen sie Alarm«, antwortete Dariel.

Sie hörte, dass sich die Holztür öffnete und sich schnelle Schritte näherten.

Oh nein, dachte Saphira, als sie das Klirren eines Schlüsselbundes vernahm. *War es der Zentaur? Oder einer der Minotauren?* Sie riss überrascht die Augen auf. *Kein Hufklappern.* Hoffnung machte sich in ihr breit. Gebannt schaute sie auf den Gang, der zu ihnen führte.

Zwei Kronka tauchten auf, von denen einer den Schlüsselring in der Hand hielt.

»Schnell, wir müssen hier raus, bevor die anderen kommen«, sagte Elrias.

Der Kronka probierte einen Schlüssel nach dem anderen in dem magischen Schloss aus. Die Blitze erschienen, ein klackendes Geräusch ertönte, er öffnete die Tür.

Sie traten aus dem Gefängnis und rannten nach oben, von wo Saphira weitere Kampfgeräusche vernahm.

Um nicht sofort gesehen zu werden, schlichen alle durch die Tür in die Eingangshalle.

Dort kämpften Kronka mit Minotauren.

»Die Gefangenen versuchen zu entkommen«, rief der größte Minotaurus, drängte sich an den Kämpfenden vorbei und ging mit seinem riesigen Schwert auf die beiden Kronka los.

Saphira, Elrias und Dariel standen hinter den Kronka, die sich gemeinsam gegen den Minotaurus verteidigten. Dariel bewegte sich langsam in Richtung Treppe, Saphira und Elrias folgten ihm.

»Sollten wir nicht mit Magie eingreifen?«, fragte sie flüsternd.

»Besser nicht«, antwortete Elrias. »Wir könnten einen Kronka verletzen. Sie schaffen das.«

Die Kämpfer waren sich ebenbürtig.

Dariel rannte plötzlich auf einen Minotaurus zu, der etwas abseits der anderen mit einem Kronka kämpfte. Er rutschte ihm gegen die Beine.

Das Stierwesen stolperte und versuchte, mit rudernden Armen sein Gleichgewicht zu halten.

Rasch touchierte der Kronka den Minotaurus mit seinem vergifteten Schwert.

Stark taumelte sein Gegner und stürzte zu Boden, wo er gelähmt liegen blieb.

Die anderen beiden Minotauren blickten perplex auf ihren Kameraden. Kurz darauf durchbohrten Klingen der Kronka ihre Beine, woraufhin sie bewegungsunfähig am Boden lagen.

Der größte Minotaurus kämpfte immer noch gegen zwei Kronka. Er wehrte jeden Schlag der beiden ab und fügte ihnen einige kleinere Wunden zu. Er riss die Augen weit auf, als ein Schwert in seinen Rücken gerammt wurde. Blut rann aus seinem Maul. Er kippte vornüber, rutschte so von der Klinge und prallte mit dem Gesicht auf den Boden. Sein Körper zuckte heftig, weißer Schaum lief aus seinen Nüstern. Nach wenigen Augenblicken lag er bewegungslos mit offenen leeren Augen auf dem Steinboden.

Saphira wandte ihr Gesicht von dem leblosen Körper ab. Sie zitterte. Ein Lebewesen sterben zu sehen, zerriss sie innerlich. Bei ihrer Reise sollte niemand durch sie das Leben verlieren.

»Ihr habt gut gekämpft«, lobte Elrias seine Gefährten. »Haltet hier die Stellung und tötet nur, wenn ihr keine andere Möglichkeit seht. Wir sollten die langanhaltende Lähmung des Giftes nutzen. Sie verschafft uns genug Zeit, den Nojanka zu finden.«

Alle nickten.

»Ihr beide begleitet uns nach oben.« Er zeigte auf zwei Kronka. Gemeinsam stiegen sie die Treppe hinauf.

Saphira, Dariel und Elrias folgten ihnen.

Auf der obersten Stufe stand ein Zentaur. Mit zwei Schwertern drohte er ihnen. »Bleibt stehen oder es wird euch leidtun!«

Dariel nahm einem der Kronka seine Waffe weg und zeigte damit auf den Zentauren. »Du hast mein Schwert. Gib es mir zurück.«

Der Pferdemensch lachte. »Warum sollte ich?« Er betrachtete die glänzende Klinge in seiner rechten Hand.

»Du bist allein, wir sind zu fünft«, sagte Dariel.

»Das ist kein Hindernis für mich. Ich werde auch euch fünf besiegen.« Er schwang die Waffen demonstrativ.

Dariel ging langsam auf ihn zu. »Wir werden dir nichts tun, wenn du mir mein Schwert gibst und uns weitergehen lässt.«

»Du bist mir nicht gewachsen, junger Krieger.« Mit beiden Waffen griff der Zentaur Dariel an. Dieser duckte sich und wehrte die Klingen mit dem Schwert des Kronka ab.

In Elrias' Hand erschien eine leuchtende, von Blitzen durchzogene Kugel. »Genug! Gib ihm sein Schwert, dann lassen wir dich laufen.«

Der Zentaur starrte die Kugel an. »Warum seid ihr hier?«

»Das geht dich nichts an«, antwortete Dariel harsch.

Der Pferdemensch ließ die beiden Schwerter sinken. »Ich nehme an, dass ihr zu *ihm* wollt«, sagte er ruhig. Dann reichte er Dariel sein Schwert.

Saphira zog die Augenbrauen nach oben.

»Werdet ihr ihn bekämpfen?«, fragte der Zentaur.

»Wenn es sein muss, ja«, antwortete sie.

Er nickte. »Ihr seid mutig. Mir ist es nicht gelungen, ihn anzugreifen. Die Angst vor seiner Macht hielt mich zurück.«

Die Magiekugel verschwand.

»Warum möchtest du ihn angreifen?«, fragte Elrias.

»Ich bin nicht frei. Niemand hier ist es. Wir sind seine Sklaven. Wer ihm nicht gehorcht, wird schlimm bestraft.« Er ballte die freie Hand zu einer Faust. Mit dem rechten Huf stampfte er auf. »Vier Tage war ich im Kerker eingesperrt, ohne Essen. Ich verachte ihn.«

»Warum flieht ihr nicht?«, fragte Dariel.

»Würden wir, wenn es so einfach wäre. Einige dienen Xaborg freiwillig. Sie sehen ihn als ihren Herrscher an, nehmen seine Befehle gern entgegen. Darunter sind einige Wachen. Ein Entkommen ist nicht möglich. Viele haben es versucht und sind gescheitert.«

»Wie mächtig ist er?«, fragte Elrias.

»Ich kenne niemanden, der mehr Macht hat. Jedoch kenne ich

kaum magische Wesen. Daher kann ich deine Frage nicht beantworten. Doch du bist ein Magier. Deine Möglichkeiten sind ganz andere als die von uns.«

»Du wirst uns also nicht verraten?«, fragte Dariel.

»Nein. Es muss ein Ende haben. Ihr findet ihn im obersten Stock. Ich werde schweigen, sollte mich jemand nach euch fragen. Viel Glück.« Er stieg die Stufen hinab.

Saphira schaute ihm nach, bis er um die nächste Ecke verschwand.

»Ich werde versuchen, Calissia zu befreien. Sie wollen ihr sicher die Seele stehlen. Gegen ein magisches Wesen kann ich nicht viel ausrichten, gegen die Kreaturen hier allerdings schon«, versicherte Dariel.

»Ihr geht mit nach unten und bewacht den Burgeingang. Verschafft uns Zeit«, sagte Elrias zu seinen Kronka. Dariel gab einem von ihnen sein Schwert zurück.

»Warte«, warf Saphira ein. Sie sprach den Zauberspruch, der die Schutzkräuter aktivierte.

Dariel schaute zu seiner Hüfte, wo sich der Beutel befand.

Nach einem kurzen Zögern schlang sie ihre Hände um seinen Nacken und küsste ihn. »Pass auf dich auf.« Sie umarmte ihn fest. Ein Gefühl der Geborgenheit stieg in ihr auf. Sie schloss ihre Augen, nahm seinen Geruch, seine Wärme auf. Am liebsten würde sie ihn nicht mehr loslassen, denn sie hatte Angst vor dem Unbekannten, das sie erwartete.

Nachdem sie sich voneinander gelöst hatten, presste Dariel seine Stirn an ihre. »Wir sehen uns wieder.« Sanft streichelte er ihre Wangen, woraufhin seine Lippen erneut auf ihre trafen. Dann lief er mit den Kronka die Stufen hinunter und durch das Eingangstor.

Inständig hoffte sie, dass dies nicht das letzte Mal gewesen war, dass sie ihn gesehen hatte.

KAPITEL 20

Saphira und Elrias rannten um die Kurve, die nächste Treppe nach oben. Sie schauten sich um, doch es war niemand zu sehen.

Saphira sah mehrere Türen, die alle gleich aussahen. Sie überlegte, woran sie diesen Xaborg erkennen könnte. »Ein Nojanka sieht ähnlich aus wie ein Mensch, nicht wahr?«

»Genau, nur ein gutes Stück größer.«

»Gut, dann weiß ich, wonach ich Ausschau halten muss. Vielleicht sollten wir uns aufteilen und in jedem Raum nachschauen. Wenn jemand entdeckt, dass unsere Zelle leer ist, werden sie uns suchen. Wir sollten keine Zeit verlieren.«

Elrias stimmte zu. »Sei vorsichtig. Wenn du ihn gefunden hast, verlasse sofort wieder den Raum, damit wir uns eine Taktik überlegen können.«

Saphira atmete tief durch, nickte und widmete sich der rechten Seite der Etage. Ihre Hände zitterten. Je näher sie der ersten Tür kam, desto schneller schlug ihr Herz. Vorsichtig öffnete sie einen kleinen Türspalt.

Ein großes Bücherregal erhob sich in ihrem Blickfeld. Sie hielt kurz die Luft an, um besser zu hören, doch bis auf ihren Herzschlag war es still.

Stückchenweise drückte sie die Tür weiter auf. Ein offener Kamin befand sich inmitten der Regalwand. Diesem gegenüber stand ein rotes Sofa. Ansonsten war der Raum leer. Das Bücherregal nahm nicht die komplette Wand ein, sondern endete nach dem zweiten Drittel des Zimmers.

Auf Saphira wirkte es so, als befände sich am Ende des Regals eine Einbuchtung.

Sie betrat den Raum und ging an den Holzgestellen entlang, betrachtete die Bücher darin.

Es waren Geschichts- und Gedichtbände, Berichte über ihre Welt und darüber hinaus. Und viele Notizbücher.

Ein belesener Nojanka, dachte sie.

Am Ende des Bücherregals befand sich ein Durchgang. Ihr Gefühl hatte sie nicht getäuscht.

Sie näherte sich der offenen Tür vorsichtig und blieb erschrocken stehen, als sie jemanden in diesem Raum sah.

Mit dem Rücken zu ihr stand er vor einer kleinen Glaskugel. Diese war mit einer Glasröhre verbunden, die durch die Wand führte. Er beugte sich etwas nach vorne, als würde sein Kreuz schmerzen. Während er seine beiden Hände auf das Glas legte, riss Saphira die Augen auf. Seine Hände waren alt, schrumpelig und fleckig.

Sie überlegte, ob es sich um Xaborg handelte. Von hinten wirkte das Lebewesen menschlich.

Seine Hände berührten zitternd die Kugel, in der sich etwas regte.

In dem Glas schwirrte eine geisterhafte Erscheinung umher. Nebelhaft, nicht vollkommen formlos. Eine Seele. Sie bewegte sich schnell hin und her, sodass ihre Form nicht genau erkennbar war.

Saphira hörte ihre Schreie. Das schmerzte sie.

Sie konzentrierte sich wieder auf den Nojanka, der mit der Seele beschäftigt war. Das könnte ihre Chance sein, ihn anzugreifen. Sie murmelte einen Zauberspruch. Zwischen ihren Händen baute sich langsam eine Energiekugel auf. Doch eine Stimme in ihrem

Kopf hielt sie davon ab. Was, wenn ihre Magie nicht stark genug war? Er würde sie sofort vernichten. Ohne Elrias war ihr ein Angriff zu gefährlich. Sie ließ ihre Hände sinken und den Magieball verschwinden.

Die Seele schrie immer lauter. Sie wurde in zwei Hälften gerissen und floss in die Hände des Nojanka. Stöhnend saugte er die Energie der Seele in sich auf. Seine Hände verjüngten sich, wurden straffer. Er richtete sich auf und wirkte trotz seines Umhangs schlanker.

Saphiras starrte ihn an, bis ihr klar wurde, dass sie sich in großer Gefahr befand. Sie schlich sich wieder aus dem Raum, schloss vorsichtig die Tür.

Elrias verließ einen der anderen Räume.

Schnellen Schrittes ging sie zu ihm. Sie zeigte mit dem Finger auf das Zimmer, in dem sie gewesen war. »Ich habe ihn gefunden«, flüsterte Saphira. »Er ist dort in dem Raum und lädt sich mit einer Seele auf. Ich meine, wo er Kraft bekommt.« Sie erzählte ihm, was sie entdeckt hatte.

»Die meisten Räume waren leer, aber in einem habe ich etwas gesehen«, sagte Elrias. »Ich bin in den Raum neben dem, in dem du warst, gegangen. Dort steht ein riesiger Glaszylinder. Darin sind viele weiße Schleier, die wild umherschwirren und teilweise die Form von Tieren annahmen. Ich vermute, dass es Seelen sind. Es wirkte auf mich, als würden sie um Hilfe bitten.«

Saphira zitterte und ihr Herz schlug ihr bis zum Hals. Sie hatte gesehen, was er den Seelen antat. Sie musste sie befreien, damit es nicht noch mehr von ihnen so erging. »Wir sollten ihn schnellstens aufhalten, bevor ...«

Sie hörte ein Geräusch und Elrias zog Saphira in einen leeren Raum. Die Tür ließen sie einen Spalt offen.

Xaborg trat aus dem Kaminzimmer. Sein Körper war menschlich, jedoch sehr dünn, mit langen Armen und Beinen. Auch war er größer als ein Mensch. Die weißen Haare hingen glatt und glänzend über seinen Schultern bis zur Brust. Sein Hals war mit feinen hellbraunen Linien durchzogen. Zwischen seinen Augenbrauen klaffte ein waagerechter Schlitz, als hätte dort jemand mit einer filigranen Klinge die Haut aufgeschnitten. Er ging nach nebenan und schloss die Tür.

Saphira war im ersten Moment ratlos, wie sie vorgehen sollten. Die Glaskugel kam ihr wieder in den Sinn. »Ist dieser Glaszylinder mit einer Röhre verbunden?«, fragte sie den Magier flüsternd.

»Das ist er. Die Röhre geht durch die Wand.«

»Dann ist er anscheinend mit einer kleineren Glaskugel verbunden, über die die Seele in seine Hände geflossen ist. Ich habe noch keine Ahnung, wie, aber wir müssen die Seelen irgendwie befreien. Wir brauchen mehr Zeit, um das herauszufinden.«

»Du versuchst, die Seelen zu befreien. Ich werde Xaborg ablenken.«

»Nein, das ist zu gefährlich. Was, wenn er dich tötet? Allein komme ich nicht gegen ihn an.«

Elrias blickte Saphira ernst an. »Irgendjemand muss aber dafür sorgen, dass er nicht wieder in den anderen Raum mit der Glaskugel geht. Rette die Seelen. Ich halte ihn so lange auf, wie es mir möglich ist.« Er schlang seine Arme um ihre Schultern. »Hab Vertrauen in dich und deine Fähigkeiten.«

Ein kleines Lächeln legte sich auf ihre Lippen.

Leise traten sie aus dem Zimmer auf den Gang und gingen zur gegenüberliegenden Seite.

Saphira öffnete vorsichtig die Tür zu dem Kaminzimmer und blickte noch einmal zu Elrias, der ihr zunickte. Dann betrat sie rasch das Zimmer und schritt auf die Glaskugel zu, die sich auf einem stabilen Metalltisch befand. Sie war rundum verschlossen. Lediglich an der hinteren Seite ging sie in eine Glasröhre über.

»Ich heiße Euch willkommen in meiner Burg«, sagte Xaborg, dessen Stimme Saphira durch die Wand hören konnte.

»Jemanden einzusperren ist für dich ein Willkommensgruß?«, entgegnete Elrias.

»Nehmt mir das nicht krumm. Ich bin eben vorsichtig. Ihr habt eine Drachendame in mein Reich gebracht. Sie konnte ich mir nicht durch die Lappen gehen lassen. Um zu verhindern, dass ihr mir dazwischenfunkt, musste ich euch festnehmen. Eine etwas unschöne Begrüßung, ich weiß.«

»Warum habt Ihr uns nicht erst angehört? Und wo ist der Drache?«

Saphira war überrascht, wie ruhig Elrias gesprochen hatte. Sicher versuchte er, Xaborg nicht unnötig zu provozieren. Solange er das schaffte, durfte sie keine Zeit verlieren, konzentrierte sich wieder auf die Glaskugel.

Xaborg hatte lediglich die Hände daraufgelegt, um die Seele zu rufen und herauszuziehen.

Obwohl sie sich sicher war, dass es so einfach bei ihr nicht funktionieren würde, probierte Saphira es trotzdem aus.

Nichts geschah.

Sie schüttelte enttäuscht den Kopf. Ihr Blick schweifte einmal durch den Raum, während sie den beiden auf der anderen Seite der Wand zuhörte.

»Wie ich sehe, seid ihr wieder frei. Wo sind deine zwei Gefährten?«

»Beantwortet meine Frage. Wo ist Calissia?« Seine Stimme war energischer geworden.

»Ah, ich bin aber auch unhöflich. Wir haben uns noch gar nicht vorgestellt. Mein Name ist Xaborg. Und wie heißt Ihr?«

»Elrias.«

»Ihr seid ein Magier. Wisst Ihr, was ich bin?«

»Ja, ich kenne Eure Art.«

»Dann wisst Ihr auch, dass ich Magiern nicht sehr wohlgesinnt bin.«

Die Unterhaltung wurde interessant, doch Saphira durfte sich nicht ablenken lassen. Bis auf einen Tisch mit der Glaskugel befand sich nichts in der kleinen Nische.

Ihr Handgelenk wurde ganz warm. Sie warf die langen Ärmel ihres Umhangs zurück und sah, dass zwei Saphire ihres Armbands pulsierend leuchteten. Sie runzelte die Stirn, weil die Steine glühten nur dann von allein, wenn Melodia in der Nähe war. Sie berührte sie mit zwei Fingern, woraufhin ein blau-weißes Licht an einem Punkt an der Wand ihr gegenüber erschien. Das musste etwas bedeuten, da war sie sich sicher. Langsam ging sie darauf zu.

Währenddessen lauschte sie den Stimmen aus dem Nebenraum.

»Ich gehöre nicht zu jenen, die Euch etwas angetan haben.«

»Das interessiert mich nicht. Ihr seid ein Magier und nur das zählt!«

Saphira hatte an Xaborgs Stimme hören können, dass er wütend war. Ihr Herz schlug schneller.

»Ich habe viel über euch Nojanka gehört, doch eins war mir nie klar. Wie habt ihr euch gegenseitig die Energie gegeben?«

Saphira berührte die Stelle, von der das Leuchten kam, und spürte eine Erhebung.

»Unsere Art ist etwas ganz Besonderes«, sagte Xaborg mit ruhiger Stimme, in der Freude mitschwang.

Die Frage schien ihn ein Stück weit zu besänftigen.

Elrias' Ablenkung funktionierte gut, sodass Saphira sich ein wenig beruhigte.

Die Erhebung, die sie spürte, hatte eine ovale Form, um die eine etwas unebene Fläche lag. Kreisrund wirkte dieser äußere Bereich. Er war etwa so groß wie ihre Hand.

»Jeden Abend vollzogen wir ein Ritual, in dem wir unsere Schwächsten in die Mitte nahmen und alle unsere Energie mit ihnen teilten. Wir spürten diese unglaubliche Macht und Stärke, wenn wir in einer Gruppe vereint waren. Wir nährten uns gegenseitig. Unsere Körper sind ebenso zerbrechlich und sterblich wie eure. Doch er behindert unsere Seele nicht dabei, ihre Energie nach außen zu tragen. Darum reichte es, wenn wir zusammen waren.«

Als Saphira die Ränder der Erhebung abtastete, spürte sie, dass sie sich bewegte, sobald sie etwas fester drückte. Erschrocken zuckte sie zurück, doch dann berührte sie es erneut. Sie legte ihre beiden Hände an die seitlichen Ränder und ihre Fingernägel rutschten leicht unter die Umrandung. Sie konnte die Erhebung von der Wand entfernen.

»Aber habt ihr nicht Energie verloren, wenn ihr einen anderen gestärkt habt?«, fragte Elrias weiter.

»Nein, wir Nojanka werden stärker, wenn wir mit mehreren unserer Art einem anderen Energie schenken. Doch dafür braucht es mindestens fünf von uns. Und da ich anscheinend der Letzte meiner Art bin, musste ich mir zum Überleben etwas Neues einfallen lassen. Nach einigen Fehlschlägen war ich fast am Ende, bis ich herausgefunden habe, dass Seelen wunderbare Energieträger sind.«

Es trat eine furchterregende Stille ein.

Saphira traute sich nicht, sich zu bewegen, aus Angst, Xaborg könnte sie hören.

»Es wird Zeit, dass wir dieses Geplänkel beenden.« Diesen Worten folgten ein fürchterliches Poltern und ein schmerzerfüllter Schrei von Elrias.

Saphira riss die Augen weit auf und zitterte am ganzen Leib. Sie musste sich beeilen.

In diesem Augenblick färbte sich die Erhebung in ihrer Hand

golden mit leichten Verzierungen. Oben stand in dunklen Buchstaben *Venite anima* geschrieben. Eine Kette war daran befestigt und in der Mitte befand sich ein Saphir. Ein Amulett.

Sie runzelte die Stirn. Sie fragte sich, warum es dort an der Wand versteckt war. Musste Xaborg es vor jemandem verbergen? Sie schaute auf ihr Armband, deren Saphire sie zu dem Amulett geführt hatten. Melodia hatte es ihr geschenkt.

»Das hättet Ihr nicht tun sollen«, sagte der Magier wütend.

Ein heftiger Knall ließ Saphira zusammenzucken.

»Ihr habt keine Chance gegen mich.«

Erneut polterte und schepperte es. Kleinere Explosionen und Vibrationen folgten.

Saphira konnte kaum einen klaren Gedanken fassen. Die Angst, dass Xaborg Elrias besiegte, war zu groß. Sie atmete einmal tief durch. Danach trug sie das Amulett langsam Richtung Glaskugel. Es musste etwas zu bedeuten haben, dass es in diesem Raum versteckt war. Sicher hatte es mit den Seelen zu tun. Sie starrte die beiden Worte an, die auf dem Rand standen. Sie biss sich auf die Unterlippe. *Kann es sein, dass…* Sie sagte: »Venite anima.«

Der Saphir des Amuletts leuchtete zweimal hell auf.

»Habt Ihr nicht langsam genug, alter Mann?«, rief Xaborg schwer atmend.

Elrias keuchte laut. »Wieso? Seid Ihr etwa schon müde?«

Erneut krachte und polterte es.

Ein heller rauchiger Schleier durchströmte das Rohr und wirbelte dann in der Glaskugel umher.

Saphira lächelte.

Sie hielt das Amulett in die Nähe der Kugel.

Die Seele wurde magisch angezogen. Je dichter sie kam, desto größer wurde die Anziehungskraft. Durch die Magie des Amuletts durchdrang sie die gläserne Barriere und floss in den Saphir.

Je mehr es wurden, desto größer wurde ihre Angst, dass Xaborg die fehlenden Seelen im Glaszylinder bemerken könnte.

Elrias musste ihn noch etwas länger ablenken, bis alle Seelen in Sicherheit waren.

Das Poltern, Scheppern und die Laute der beiden Kämpfer ebbten nicht ab.

Dann erschien keine Seele mehr in der Kugel. Der Seelenzylinder musste leer sein.

Die Seelen waren in den Saphir übergegangen, bildeten darin einen dicken nebligen Schleier. Im Vergleich zu der riesigen Glassäule war dieser Edelstein winzig.

Ohne noch mehr Zeit zu verlieren, ging Saphira schnellen Schrittes zum Fenster im Kaminzimmer.

Zu ihrem Glück befand sich draußen niemand.

Mit einem speziellen Ruf, den sie von Melodia gelernt hatte, rief sie einen Adler herbei. Sie schaute sich immer wieder um und klopfte mit der Hand auf den Fenstersims, während sie auf den Vogel wartete.

Neben den Kampflauten von Xaborg und Elrias vernahm sie das Klirren von Schwertklingen und lautes Brüllen von mehreren Wesen. Diese neuen Geräusche kamen aus dem obersten Fenster vom Turm, in das sie von ihrem Standort sehen konnte.

Dariel. Ein warmes Gefühl überkam sie. Sie lächelte. *Er lebt noch.* Doch kurz darauf schlug sie eine Hand vor den Mund.

Mindestens zwei Minotauren kämpften gleichzeitig gegen ihn.

Dann verschwanden sie aus dem Blickfeld des Fensters, nur noch Geräusche waren zu hören.

Erneut zitterten ihre Hände und ein Kloß wuchs in ihrem Hals.

Die Stierwesen waren größer als Dariel und auch sehr geschickt mit der Klinge. Es würde nicht leicht werden, doch sie war sicher, dass er sie besiegen könnte.

Der Adler flog mit seinen gewaltigen Schwingen direkt auf das offene Fenster zu und setzte sich auf den Fenstersims. Saphira betrachtete den stattlichen Vogel vor ihr. »Bitte bringe dieses Amulett in den Mondwald zu Melodia, dem Waldgeist«, flüsterte sie in seiner Sprache. »Sage ihr, dass sich die Seelen darin befinden. Sie weiß, was dann zu tun ist.« Sie hängte das Amulett um den starken Körper des Greifvogels.

Mit einem lauten Ruf bestätigte er Saphira, dass er seinen Auftrag verstanden hatte und flog davon.

Sie blickte ihm kurz nach, schaute noch einmal zum Turm und entfernte sich dann vom Fenster.

Ein paar Magiebälle ließ sie in verschiedenen Größen entstehen, um sicherzugehen, dass sie die Kontrolle über ihre Hexerei weiterhin besaß. Ihre Hände zitterten. Bevor sie den Raum verließ, atmete sie noch mal tief durch und konzentrierte sich darauf, nun auf Xaborg zu treffen.

KAPITEL 21

Angst und Wut hüllten sie ein, als sie neben der offenen Tür stand. Endlich würde sie dem Wesen gegenüberstehen, das so viel Leid über die Tiere ihres Heimatwaldes gebracht hatte. Sie ballte die Fäuste. Dann betrat sie den Raum.

Elrias schwebte in der Luft.

Xaborg streckte seine Hände nach oben, als würde er den Magier festhalten.

Grüne Blitze schossen aus einer riesigen leuchtenden Kugel über Xaborgs Kopf auf Elrias' Körper nieder. Bei jedem Treffer schrie er auf, hielt sich schwer atmend an der Wand fest.

Saphira riss sich zusammen und feuerte einen mächtigen Energieball auf den Nojanka, der sofort an die hintere Wand des Raums geschleudert wurde.

Er keuchte, strich sich mit der Hand die Haare aus dem Gesicht und stand langsam auf.

Saphira war indessen zu Elrias gerannt, der mit schmerzverzerrter Miene gekrümmt auf dem Boden saß und mit der Hand seinen Rücken hielt.

»Ich bin zu alt für so was.«

Sie half ihm auf die Beine.

»Na sieh mal einer an. Wenn das nicht die junge Magierin ist, von der man mir erzählt hat.«

Saphira drehte sich zu Xaborg um. »Hexe.«

»Interessant. Wie kommt es, dass du mit einem Magier, einem Drachen und einem Menschen unterwegs bist?«

Saphira stand auf. »Ich habe dich gesucht.«

Xaborg riss die Augen auf. »Warum gerade mich?« Er ging langsam auf sie zu. Der Schlitz zwischen seinen Augen öffnete sich. Es handelte sich um ein drittes Auge, das Saphira eindringlich anschaute.

Ihr Herz raste, je näher er kam. »Weil du ein Mörder bist!« Die Worte waren lauter als gewollt aus ihrer Kehle gekommen. Nun stand sie vor ihm, würde Antworten auf ihre Fragen bekommen. Sie zitterte.

»Ein Mörder?«

»Ja. Und wir haben dich gefunden.«

Er lachte. »Glaubt ihr wirklich, es war schlau, mir zu sagen, was ihr sucht, wenn ihr glaubt, dass ich euer Ziel bin?«

Saphira und Elrias sagten kein Wort. Sie hatte Angst, dass es ein Fehler gewesen war, ihm das zu sagen.

»Ich möchte euch etwas zeigen.« Xaborg ging auf den Glaszylinder zu. Mit der rechten Hand berührte er das Glas, doch nichts geschah. Er nahm sie weg und runzelte die Stirn, als er den Zylinder anschaute.

Saphiras Herz sprang ihr fast aus der Brust. Sie drehte sich zu Elrias um und nickte.

Langsam stand er auf.

Xaborg presste erneut die Hand gegen das Glas. »Was hast du getan?«, fragte er ruhig. Dann drehte er sich rasant um und schrie: »WAS HAST DU GETAN?!« Sein Gesicht wurde rot und mehrere Adern traten durch seine Haut in Gesicht und Hals hervor. Er biss die Zähne aufeinander und ballte die Hände zu Fäusten.

»Was meinst du?«, fragte sie mit zitternder Stimme.

»Wo sind meine Seelen?«

Saphira versuchte, so unwissend wie möglich zu wirken. Sie runzelte die Stirn und zuckte mit den Achseln. »Du sammelst Seelen?«

»Ich brauche sie.«

»Und warum schickst du andere los, um dadurch Lebewesen zu töten und Seelen für dich zu sammeln?«

»Woher weißt du das?«

»Wir haben deinen Handlanger gefunden. Weshalb machst du dich nicht selbst auf den Weg?«

»Warum soll ich mir die Finger schmutzig machen? Ich habe Bedienstete hier, die es lieben, für mich zu arbeiten. Daher schicke ich meinen Jäger los. Keine Sorge. Ich jage keine Hexen. Obwohl ...« Er blickte nachdenklich nach oben.

»Was?«, fragte sie neugierig.

»Es gab da mal diese Hexe und diesen Hexer. Ach, das ist schon so schrecklich lange her. Ich war unterwegs und bin zufällig auf die beiden getroffen. Ich war sehr schwach und sie haben sich rührend um mich gekümmert.« Ein widerwärtiges Grinsen legte sich auf sein Gesicht. »Sie haben gar nicht bemerkt, als ich mich über ihre Seelen hergemacht habe, während sie schliefen. Danach ging es mir besser. Und als Bonus habe ich einige ihrer Fähigkeiten erhalten.«

Saphira schossen die Tränen in die Augen. Ihr ganzer Körper zitterte und grelle Blitze zuckten zwischen ihren Handflächen hin und her.

»Kanntest du die beiden etwa?« Er legte eine Hand vor seinen Mund und gab einen Laut der Überraschung von sich. »Das waren doch nicht etwa deine Eltern, oder? Wie klein doch die Welt ist. Du bist wegen ihnen hier, weil ich sie ermordet habe, richtig?«

Saphira schluchzte laut.

»Lass sie in Ruhe!«, schrie Elrias, doch Xaborg beachtete ihn gar nicht.

»Du hast auch große Macht. Du bist jung und mutig. Du hast mich mit deiner Magie heftig getroffen.« Er lachte kurz. Dann trat er einige Schritte auf sie zu und blickte sie ernst an. »Gib mir meine Seelen wieder oder ich nehme mir deine!« Kaum hatte Xaborg diese Worte ausgesprochen, trafen ihn zwei gewaltige Magiebälle. Sie schleuderten ihn mit voller Wucht gegen den Glaszylinder, der daraufhin klirrend in tausende Splitter zerbrach. Bevor er kraftlos auf den Boden sackte, schoss der Nojanka ein Dutzend Scherben auf Elrias. Die Glasstücke blieben in dessen Torso stecken.

Blut sickerte aus den Wunden und der Magier brach geschwächt zusammen.

»Nein! Elrias!« Saphira kniete sich neben ihn auf den Boden und hielt ihn fest. Die Splitter waren messerscharf, sodass sie diese nicht mit der Hand herausziehen konnte. Sie griff nach dem Heilungstrank, den sie in ihrem Umhang trug. Zitternd öffnete sie das Fläschchen und träufelte es Elrias in den Mund. Mit Magie schleuderte sie die Scherben aus seinem Körper, damit die Wunden heilen konnten.

Doch wie ein Magnet zog der Magier die Bruchstücke immer wieder an, sodass sie erneut in seinen Körper eindrangen.

Mit feuchten Augen blickte sie Xaborg an. »Hör auf damit!«, schrie sie.

Der Nojanka lag in einem Scherbenhaufen, wirkte jedoch recht unbeeindruckt. »Lass mich überlegen ...« Er tippte mit einem Finger gegen sein Kinn und schaute nach oben. Dann schüttelte er den Kopf. »NEIN! Du kannst ihm nicht mehr helfen.«

»Ich versuche es trotzdem.« Sie wandte zusätzlich einen Heilungszauber an, der die Wunden um die Glasscherben schließen sollte. Doch ihre Kraft war nicht mehr stark genug und es waren zu viele Verletzungen.

Das Blut floss unaufhörlich und eine Lache hatte sich unter dem

Magier gebildet, die stetig größer wurde. Jegliche Farbe war aus seinem Gesicht gewichen.

Sie drehte sich ruckartig um, als sie ein Scheppern hörte.

Xaborg erhob sich langsam aus den Trümmern des Glaszylinders. Vom Haaransatz über seine Stirn bis zu seiner Nase lief ein Blutstropfen herunter.

Saphira rannen Tränen über die Wangen. Mit zitternden Händen griff sie nach der blutbeschmierten Hand des großen Magiers. »Halte durch.«

»Saphira, ich schaffe es nicht. Er ist zu mächtig.«

»Nein«, sagte sie mit bebender Stimme. »Du bist viel mächtiger als er. Du bist Elrias, der mächtigste Magier.«

Er lächelte gequält. »Seine Angriffe haben sehr an meinen Kräften gezehrt. Wenigstens konnte ich bei etwas Gutem mithelfen und meine Schuld begleichen.«

»Wie hast du sie befreit?«, fragte Xaborg, doch Saphira antwortete nicht.

Elrias' Atem wurde immer flacher und sein Brustkorb hob sich kaum noch. »Pass auf die Seelen auf.« Langsam schloss er die Augen.

Saphira war sich bewusst, dass ihr Freund diese Welt bald verlassen würde. »Ich danke dir. Für alles.« Sie drückte ihre Stirn auf seine und lauschte seinen letzten Atemzügen. Als seine Brust sich nicht mehr hob und senkte, brach sie erneut in Tränen aus.

»Wo hast du meine Seelen hingebracht?«, schrie Xaborg.

Erschrocken schaute Saphira ihn an.

Er runzelte die Stirn, hielt sich den linken Arm und humpelte langsam auf sie zu.

Rasch feuerte sie einen Magieball auf den Nojanka, der an seiner Schulter abprallte.

Er schwankte ein wenig, ging aber weiterhin auf sie zu.

Sie machte einige Schritte zurück und warf Trümmer auf ihn, die überall herumlagen. Auch größere Scherben schleuderte sie gegen ihn.

Doch mit einer einfachen Bewegung seines Fingers wehrte er jedes Mal den Aufprall ab.

Panik stieg in Saphira auf, als sie die Wand in ihrem Rücken spürte. Sie dachte an ihre Eltern, deren Seelen er sich zu nutzen gemacht hatte. Und nun wollte er ihre.

Sie konzentrierte sich auf die Wut.

»MAGIA PILA APPARENT!«, schrie sie.

Aus ihren Händen schoss ein Energieball, der so gewaltig war, dass Xaborg mit enormer Wucht auf eine große Scherbe des zerbrochenen Zylinders fiel. Das Glas durchbohrte seine linke Schulter. Blut strömte hervor, rann über seinen Arm und seine Hand.

Keuchend blickte er mit blutrot unterlaufenen Augen Saphira an. »Du bist stärker, als ich dich eingeschätzt habe, junge Hexe.« Er rang nach Luft.

»Ich hatte den besten Lehrer.« Sie betrachtete Elrias, bis sie Schritte draußen vor der Tür hörte.

Dariel betrat den Raum, schaute sich um und riss die Augen auf.

Saphira brach in Tränen aus, als sie ihn sah. Sie war so erleichtert, dass er noch lebte.

Schnell ging er zu ihr und nahm sie in den Arm.

Ihre Wiedersehensfreude schlug allerdings wieder in Trauer um. »Ich konnte Elrias nicht retten.« Sie schluchzte, woraufhin Dariel sie fester umklammerte.

Schließlich sah sie ihm in die Augen. »Was ist mit Calissia?«

»Ich konnte sie retten. Sie wartet auf uns.«

Saphira lächelte, jedoch fühlte es sich in ihrem Inneren merkwürdig an. Sie spürte Freude und Trauer zugleich.

Dariel beugte sich zu Elrias herunter. »Lass ihn uns nach draußen bringen.« Vorsichtig hob er ihn über seine Schulter und verließ den Raum.

Ein letztes Mal drehte sich Saphira zu Xaborg um, betrachtete den geschundenen Körper. Sie dachte daran, ihm mit einer weiteren Glasscherbe das Leben zu nehmen. Doch ihr war klar, dass sie nie damit würde leben können, wenn sie ein anderes Lebewesen absichtlich mit ihrer Magie getötet hätte. Sie wollte ihre Macht nur für das Gute einsetzen.

Ohne ein Wort zu sagen, folgte sie Dariel.

KAPITEL 22

Draußen standen die verbliebenen Kronka zusammen mit den Minotauren. Doch anstatt sich zu bekämpfen, schauten sie zu den Personen, die die Burg verließen. Kurz darauf fielen ihre Waffen zu Boden.

Einer von ihnen trat hervor und schritt auf sie zu. Er berührte Elrias an der Stirn. Ein markerschütterndes Heulen ertönte aus seiner Kehle.

Die restlichen Kronka stimmten mit ein. Dreimal heulten sie auf. In dem Laut war tiefer Schmerz zu hören.

Um sie herum wurde es still. Nicht einmal Vogelgezwitscher war zu vernehmen.

Saphira drehte sich kurz zur Seite, um ihre Tränen zu verbergen.

Mit zitternden Händen übergab Dariel den leblosen Magier an den Kronka.

Dieser brachte ihn auf die Wiese neben der Burg und legte ihn ins Gras.

Die Kronka bildeten einen Kreis um ihn und senkten die Köpfe.

Jeder von ihnen entfernte das Band, das sie am Arm trugen.

Auch Elrias selbst besaß ein solches Armband.

Saphira waren diese schon früher aufgefallen, jedoch hatte sie sich nie Gedanken darum gemacht, was sie bedeuten könnten.

Das Armband bestand aus dunkelbraunem Stoff mit einem kleinen Anhänger aus Silber, auf dem sich ein Symbol befand.

Sie vermutete, dass es sich um eine Art Verbindungsband zwischen ihm und den Kronka handelte.

Die Kreaturen, die von Elrias erschaffen worden waren, nahmen von ihrem Vater Abschied. Sie legten ihre Bänder auf ihn.

Unmittelbar darauf leuchteten diese in einem orangefarbenen Licht, das sich über Elrias' Körper ausbreitete.

Die Kreaturen hoben ihre Hände in den Himmel und sprachen alle gemeinsam einen Zauberspruch. Sie wiederholten die Formel immer wieder. Das Glühen wurde stärker und der Magier erhob sich vom Boden.

Mit offenem Mund betrachtete Saphira das Schauspiel.

Die Kronka beschworen so lange, bis Elrias hoch über ihnen schwebte.

Einer lautlosen Explosion gleich, erstrahlte ein heller Lichtkegel.

Saphira musste ihre Augen abwenden.

Nach wenigen Augenblicken war das gleißende Licht verschwunden – genau wie Elrias. Nichts war mehr von dem großen Magier zu sehen. Er war einfach weg.

Die Kronka ließen ihre Arme sinken und verstummten. Still und mit gesenkten Köpfen entfernten sie sich von der Burg.

Nur der eine, der Elrias zu ihnen getragen hatte, trat auf Saphira und Dariel zu. »Unsere Arbeit hier und in unserem Leben ist getan. Seine Seele ist auf die andere Seite übergegangen und sein Körper in kleinste Staubkörner zerfallen, die der Wind nun durch das Land tragen wird. Es wird ihm gut gehen.«

»Was werdet ihr nun tun?«, fragte Saphira bedrückt.

»Wir gehen zurück in sein Schloss. Macht euch keine Gedanken. Auch wir werden an einen besseren Ort gehen.« Er drehte sich um und folgte den anderen, ohne einen Blick zurückzuwerfen.

Saphira rannen erneut Tränen über die Wangen. Ihr wurde klar, dass dies ein Abschied für immer war. Es brach ihr das Herz, dass diese Wesen keinen weiteren Sinn in ihrem Leben hatten, als Elrias zu dienen.

Dariel legte ihr behutsam die Hand auf die Schulter.

Sie drehte sich zu ihm um, presste ihr Gesicht an seine Brust und ließ endlich all ihren Gefühlen freien Lauf. In ihrem Inneren mischten sich Verlustschmerz, Trauer, aber auch Freude. Alle Lebewesen waren nun vor dem Nojanka in Sicherheit. Doch Saphira zerbrach fast an dem Gefühlschaos.

Der Krieger hielt sie fest, bot ihr die Stärke, die sie in diesem Moment brauchte.

Elrias tauchte ununterbrochen vor ihrem geistigen Auge auf. So viel hatte er sie gelehrt und doch hatte es nicht ausgereicht, ihn zu retten.

Schwere Schritte holten sie aus ihren Gedanken. Ein Lächeln breitete sich über ihr Gesicht aus, als sie die gewaltige Drachendame vor sich sah. »Calissia.« Sie löste sich aus Dariels Armen und lief auf sie zu.

Das mächtige Wesen senkte den Kopf und ließ sich von Saphira umarmen.

»Ich bin so froh, dass du noch lebst.«

»Und ich erst«, antwortete Calissia.

»Es war nicht leicht, sie zu befreien, aber ich habe nicht aufgegeben«, sagte Dariel. »Ich musste gegen einige Gegner kämpfen.«

»Ich konnte ihm nicht helfen«, äußerte sich die Drachendame. »Sie haben versucht, meine Seele aus mir herauszuziehen. Doch ich habe mich gewehrt, was mich sehr viel Kraft gekostet hat. Ich bin sehr müde.«

»Ich auch«, sagte Dariel.

Saphira lächelte. Obwohl sie sehr traurig über den Tod ihres Freundes war, überwiegte in diesem Augenblick die Freude, dass Dariel und Calissia am Leben waren.

»Konntest du die Seelen retten?«, fragte er, woraufhin Saphira energisch nickte.

»Sie sind in Sicherheit. Lasst uns diesen Ort verlassen. Ich möchte hier nicht länger bleiben. Wir müssen außerdem die Seelen befreien.« Sie schaute die Drachen an. »Schaffst du es, uns ein kleines Stück fortzubringen, damit wir uns ausruhen können?«

»Aber sicher. Ein kleiner Flug ist noch drin.« Sie beugte sich nach unten und ließ die beiden aufsteigen. Langsam erhob sie sich in die Luft und flog über das Tal bis zur Lorana.

Am Ufer des Flusses ruhten sie sich aus und tranken von dem klaren Wasser.

»Hier ist es wirklich schön«, sagte Saphira. »Ich bin froh, dass wir nicht mehr in Xaborgs Reich sind. Zu viel Unheil lag darüber.«

Dariel nickte.

»Er lebt also noch?«, erkundigte sich Calissia.

»Ja. Ich konnte ihn nicht töten, obwohl ich allen Grund dazu gehabt hätte.«

»Was meinst du damit?«, fragte Dariel.

Die Wut stieg wieder in ihr auf. »Ich weiß es nicht ganz sicher, aber er ist wohl der Mörder meiner Eltern.«

Calissia und Dariel rissen die Augen weit auf.

»Hat er dir das erzählt?«, fragte Dariel.

Sie nickte und berichtete ihnen, was Xaborg ihr gesagt hatte.

»Ich hätte ihn verbrannt, ohne mit der Wimper zu zucken«, sagte Calissia wütend und schoss einen Feuerstrahl in den Himmel. Danach fiel ihr Kopf kraftlos ins Gras.

»Wo befanden sich die Seelen denn?«, fragte Dariel.

»In einem riesigen Glaszylinder.«

»Daher die ganzen Scherben«, sagte er.

»Ja. Xaborg nutzte den Glaszylinder wohl zur Unterhaltung. Er konnte die Seelen darin herumschwirren sehen. Und wenn er eine brauchte, hat er sie sich genommen. Eine Seele, deren Existenz einfach ausgelöscht wurde. Der Zylinder war verbunden mit einer kleinen Glaskugel in einem Nebenraum, durch den er die Seelen in sich aufsog. Ich habe ihn zufällig dabei beobachtet. Er war alt und gebrechlich. Sobald die Seele in ihm war, wurde er wieder jünger.«

»Vielleicht erledigt sich das Problem dann von selbst. Ohne Seelen wird er wohl oder übel irgendwann sterben«, sagte Dariel. »Er war ziemlich am Ende. Ich habe gesehen, dass er viel Blut verloren hat. Die Scherbe war doch sehr groß. Er wird sicher nicht überleben.«

»Wo sind die Seelen?«, fragte Calissia.

»Unterwegs in den Mondwald«, antwortete Saphira. »Ich habe ein Amulett mit einem Saphir gefunden, in den die Seelen übergangen sind. Ein Adler hat sie in den Mondwald gebracht. Zumindest hoffe ich, dass er dort angekommen ist.«

Dariel griff in seine Hosentaschen und holte mehrere Saphire heraus. »Ich habe auch welche mitgenommen.«

»Wo hast du die her?«

»Damit haben sie versucht, Calissias Seele auszusaugen. Sie lag in einer Art Käfig, der vorne und hinten offen war. An den Seiten befanden sich die Steine.«

»Diese Steine stammen aus meinem Tal«, sagte Calissia. »Sie sollten wieder dorthin zurückgebracht werden.«

»Bestimmt können wir damit auch die Seelen aus Krimga herausziehen.« Saphira betrachtete dann jedoch den erschöpften Gesichtsausdruck der Drachendame. »Ruh dich noch etwas aus. Es ist ein weiter Weg bis zu deinem Reich.«

Ohne ein Wort zu sagen, schloss Calissia die Augen und atmete ruhig.

»Du solltest dich auch ausruhen«, sagte Saphira zu Dariel.

»Mach dir keine Sorgen. Mir geht's gut.«

»Leg dich wenigstens kurz hin, damit sich deine Muskeln entspannen können.«

Er tat, was sie gesagt hatte, konnte seine Augen auch nicht lange aufhalten.

Saphira war ebenfalls müde, doch die Gedanken hielten sie wach. Sie schaute auf den Fluss und dachte an ihre Eltern.

Ich habe mich mit Hilfe der Magie für die Tiere eingesetzt, wie ihr es so oft getan habt. Vieles habe ich dabei gelernt, sogar gekämpft. Ich hoffe, dass nun das ganze Leid ein Ende hat.

* * *

Calissia öffnete ihre Augen und streckte ihre Gliedmaßen weit aus. Dabei berührte sie versehentlich Dariel mit einer Klaue.

»Au, was machst du denn?«

»Tut mir leid. Ich hab dich nicht gesehen.« Sie riss das Maul zu einem Gähnen auf.

»Wie lange haben wir geschlafen?«, fragte Dariel.

»Nicht sehr lange.« Saphira stand neben ihm. »Wie fühlt ihr euch?«

»Besser«, antwortete der Krieger, dem Calissia mit einem Brummen und Nicken zustimmte.

»Dann lasst uns weiterfliegen«, sagte Saphira.

Dariel und sie stiegen auf Calissias Rücken, woraufhin sich der Drache erhob und dem Flusslauf einige Zeit folgte.

Die Sonne stand schon recht tief, trotzdem zauberte sie ein Glitzern auf die Oberfläche des Wassers. Die saftigen grünen Wiesen verdorrten mehr und mehr, je weiter sie kamen. Schließlich verschwanden die Grashalme und ein ockerfarbener Sandboden kam zum Vorschein.

Sie erreichten die kahle Landschaft der Wüste der Verdammnis.

Bis auf die Boltomas und einige Drachen fanden sie nichts, das auf die Verdammnis hindeutete. Boltomas und Drachen lebten hier und konnten mit Raubtieren verglichen werden. Die Wüste selbst konnte ebenso zur Gefahr werden, das war Saphira durchaus bewusst. Ohne Wasser würde eine Durchquerung im Tod enden.

Calissia legte eine weitere Pause ein, denn der Weg war auch in der Luft sehr weit. Ihre Kraft war noch nicht vollständig zurückgekehrt.

Saphira und Dariel nutzten die Zeit ebenfalls, um sich auszuruhen.

Sie dachte an Krimga. Es musste belastend sein, viele verschiedene Wesen in sich zu haben, die alle nicht dort sein wollten, wo sie waren. Sie hoffte, dass sie ihm und den anderen Seelen helfen konnten.

KAPITEL 23

Als die Sonne fast vollständig hinter dem Horizont versunken war, erreichten sie endlich die Höhle. Calissia landete vor dem Eingang und ließ ihre Mitreisenden absteigen. Gemeinsam traten sie ein.

Der Gang war mit Fackeln beleuchtet.

Die beiden Kronka waren noch da. Mit hängenden Köpfen saßen sie vor dem kleinen Feuer, blickten traurig zu Boden.

Krimga schlief.

Als die drei näherkamen, standen die Kronka auf. Die Armbänder der beiden waren verschwunden.

»Ihr wisst es bereits, oder?«, fragte sie vorsichtig.

Sie nickten. »Wir waren eng mit unserem Herrn verbunden. Seine Lebensenergie wurde schwächer, bis wir nichts mehr davon spüren konnten«, sagte einer von ihnen. Dann zeigte er auf Krimga. »Wir haben unsere Aufgabe erfüllt und auf ihn aufgepasst. Niemand ist gekommen und er hat auch nicht versucht zu fliehen. Nun verlassen wir diesen Ort und gehen nach Hause.«

»Wir danken euch«, sagte Saphira bedrückt.

Die Kronka gingen an ihnen vorbei und verließen stumm die Höhle.

Dariel trat auf Krimga zu und schüttelte ihn an den Schultern. »Wach auf.«

Langsam öffnete er seine Augen und schrie erschrocken auf.

»Bleib ruhig, ich bin es nur.«

Er schaute sich um. »Wie schön, euch alle gesund wieder zu sehen. Aber wo ist ...« Er verstummte, als sich seine und Saphiras Blicke trafen.

»Euer Magier?«

Dariel schüttelte betreten den Kopf.

»Das tut mir leid. Habt ihr das Wesen vernichtet?«

»Der Nojanka wird dir nichts mehr tun«, antwortete Saphira.

Krimga lachte erleichtert. »Ich danke euch. Ich denke nicht, dass diese Kreatur mich am Leben gelassen hätte. Wie wird denn nun der Fluch von mir genommen?«

Dariel holte die Saphire hervor, die hell erstrahlten. Er überreichte Saphira einen Stein, die ihn an Krimgas Stirn hielt.

Die Intensität des Lichts nahm zu. Der Stein leuchtete nicht mehr blau, sondern hellblau, fast weiß.

Krimgas Körper bebte. Seine Augen verdrehten sich nach hinten, sodass nur noch das Weiße zu sehen war.

»Venite anima.«

Sein Gesicht wurde wieder menschlich. Eine Seele floss aus seinem Körper in den Stein. Dann ging alles Schlag auf Schlag. Seine Gestalt wurde zusehends menschlicher und eine Seele nach der anderen wurde aus ihm heraus gerissen.

Ein krachendes Geräusch ertönte, als seine Flügel abfielen. Die letzte Seele – eine Drachenseele – verließ seinen Körper und verschwand in dem Saphir.

Die Leuchtkraft des Steins wurde geringer und Saphira nahm ihn von Krimgas Stirn.

Sein Körper sackte erschöpft zusammen. Die Wunden der abgefallenen Flügel heilten. Er wirkte lebendiger und jünger. »Ich fühle mich so leicht. Und vor allem fühle ich mich wieder wie ich selbst. Ist der Fluch nun vorbei?«

»Ich denke schon. Wenn du die Höhle verlässt, wissen wir es genau«, sagte Saphira.

»Dann lasst mich frei.«

»Tut mir leid, die Fesseln bleiben dran. Solltest du doch noch unter dem Fluch stehen, wirst du versuchen zu entkommen. Du könntest wieder Seelen zu ihm bringen und seine Kraft würde zurückkommen. Das ist zu gefährlich, darum bleibst du solange gefesselt, bis wir sicher sind, dass du keine Gefahr mehr darstellst«, erläuterte Dariel, dem Saphira und Calissia nickend zustimmten.

»Du hast recht, ich möchte nicht mehr der Seelenfresser sein. Ich will wieder Herr über meinen Körper und meinen Geist sein. Lasst uns nach draußen gehen.«

Dariel löste die Fesseln vom Felsen und band die Hände des jungen Magiers mit dem Seil fest zusammen. Die Fesseln an den Beinen nahm er ab, damit dieser laufen konnte. Zudem verknotete er das Ende des Stricks mit seinem Gürtel. »Falls du doch abhauen willst, nimmst du mich mit.«

»Keine Sorge«, sagte Krimga. »Ich werde brav sein.«

Calissia ließ den Dreien den Vortritt und bildete die Nachhut.

Als sie sich dem Eingang der Höhle näherten, packte Dariel das Seil fester und legte die Hand auf den Griff seines Schwertes.

Das Licht des zunehmenden Mondes erhellte den sandigen Boden, sodass Saphira trotz der Dunkelheit die Umrisse der Umgebung gut erkennen konnte.

Dariel und Calissia hatten keine Augen dafür, sondern blickten stets auf Krimga, der mit geschlossenen Lidern und murmelnd nach draußen ging.

»Bitte, bitte, lass mich nicht verwandeln, bitte, lass mich ich bleiben.« Tränen flossen über seine Wangen.

Saphira hatte Mitleid mit Krimga.

Es musste schrecklich sein, mit solch einem Fluch belastet zu werden und nichts dagegen tun zu können. Zusehen zu müssen, wie man selbst anderen Lebewesen die Seele aussaugte, um sich anschließend schmerzvoll zu verändern.

Saphira hoffte für Krimga, dass der Fluch gebrochen war, denn er war ein hilfloses Opfer.

Langsam gingen sie noch einige Schritte weiter. Nichts geschah.

Zitternd öffnete Krimga die Augen. Nach wenigen Atemzügen mit skeptischem Blick verzog sich sein Mund zu einem breiten Grinsen. Dann lachte er laut los und hüpfte vor Freude auf der Stelle. »Der Fluch ist gebrochen! Der Fluch ist gebrochen!«, rief er unentwegt.

Saphira freute sich sehr, Krimga so glücklich zu sehen.

Auch Dariel und Calissia lachten. Dariel befreite ihn und sich von dem Seil, legte es zu einer großen Öse zusammen und schlang es sich diagonal über die Schulter.

Krimga tanzte um sie alle herum und ließ ein Feuerwerk aus bunten Lichtfunken aus seinen Händen in den Himmel aufsteigen. Es war ein bemerkenswertes Schauspiel, das so viel Freude zeigte, wie es Saphira schon lang nicht mehr gesehen hatte.

Schließlich fiel er erschöpft zu Boden, immer noch lachend. Dann blickte er Saphira, Dariel und Calissia an. »Ihr habt mir das Leben gerettet. Dafür kann ich euch gar nicht genug danken.«

»Lass einfach alle Lebewesen leben, dann bin ich glücklich«, entgegnete Saphira freundlich.

»Ich achte jedes Leben. Ihr habt mein Wort.«

Saphira lächelte. Dann blickte sie zu Calissia. »Lass uns zu deinem Sohn gehen.«

Calissia nickte und ihre Augen leuchteten. Sie beugte sich erneut herunter, damit alle auf ihren Rücken steigen konnten.

»Soll ich etwa da drauf klettern?«, fragte Krimga.

»Natürlich. Wir fliegen zu Calissias Höhle«, antwortete Dariel.

»Puh, nein, lieber nicht. Seid mir nicht böse, ich habe ein kleines bisschen Flugangst. Als ich die Drachenflügel hatte und mein unter dem Fluch stehender Körper plötzlich den Boden verließ, wurde mir ziemlich flau im Magen. Also nehmt es mir nicht übel.« Er sprach einen Zauberspruch und aus heiterem Himmel erschien eine Art Sessel mit großen Rädern, die für das felsige Gelände optimal waren.

»Was ist das denn?«, fragte Saphira.

»Mein Sesselrad. Damit fahre ich gerne durch die Gegend, wenn ich keine Lust habe, zu laufen.« Er setzte sich in den mit einem schimmernden Stoff bezogenen Sessel. Die Farbe war in der Dunkelheit nicht zu erkennen, aber Saphira glaubte, einen rötlichen Schimmer zu sehen.

Calissia erhob sich in den Himmel und flog langsam voraus.

Krimga wies mit seiner Hand nach vorne. »Los geht's.«

Sofort startete der Sessel und bewegte sich mit so einer rasanten Geschwindigkeit vorwärts, dass er Calissia innerhalb weniger Augenblicke überholt hatte.

Die Drachendame riss erstaunt die Augen auf und schlug kräftiger mit den Flügeln.

* * *

Trotz zweier Pausen erreichten sie durch die beachtliche Schnelligkeit von Drachendame und Sessel kurz vor Sonnenaufgang ihr Ziel.

Vor Calissias Höhle stiegen Saphira und Dariel von ihrem Rücken herunter.

Krimga erhob sich aus dem rollenden Sessel und ließ ihn dann mit einem Fingerschnippen verschwinden.

»Wollen wir reingehen?«, fragte Saphira Calissia.

»Ja, folgt mir« Sie betrat ihre Höhle und die anderen gingen hinterher.

Der Weg führte sie tief in den Felsen hinein, bis sie hinter einer Abzweigung einen kleinen Raum vorfanden.

Dort lag Calissias Sohn. Gebettet in ein kaltes Steinbett und vor Verfall geschützt.

Saphira brach es fast das Herz, diesen jungen Drachen an jener Stelle liegen zu sehen. Erneut stieg die Wut auf Xaborg auf, die allerdings durch die Erkenntnis geschwächt wurde, dass so etwas nicht mehr passieren würde.

Sie stellten sich kreisförmig um den leblosen Drachenkörper und Saphira nahm den Saphir zur Hand.

Der Stein leuchtete erneut.

Sie hielt ihn vor die Nüstern des Drachenjungen. »Wie heißt er?«, fragte sie.

»Opkani«, antwortete seine Mutter.

»Venite anima«, sprach Saphira mit leiser Stimme zu seiner Seele.

Kurz darauf strömte ein mehlweißer Nebel aus dem Edelstein in die Nasenlöcher des Drachenjungen.

Gespannt betrachteten alle den leblosen Körper.

Dann hob sich seine Flanke und seine Nüstern vergrößerten sich im Rhythmus seines Atems. Schließlich öffnete er langsam seine gelben Augen.

Calissia rannen Tränen des Glücks in Strömen über die Schnauze.

Noch etwas benommen hob Opkani seinen Kopf und stützte seinen Körper auf seinen kräftigen Klauen ab. »Mama, was ist passiert?«

»Mein Sohn.« Calissia schluchzte, beugte ihr Haupt zu ihm hinunter und drückte ihn fest an seinen.

Saphira konnte nicht aufhören zu lächeln, genauso wie Dariel.

»Ein komisches Gefühl«, flüsterte Krimga den beiden zu.

»Was meinst du?«, fragte Saphira mit leiser Stimme.

»Seine Seele war einige Zeit ein Teil von mir. Es ist einfach seltsam, dass die Seele nun in ihrem richtigen Körper ist. Schwer zu erklären. Ich freue mich, dass sie nun endlich wieder dort ist, wo sie hingehört.«

Saphira streichelte ihm über den Arm. »Ich glaube, ich verstehe, was du meinst.« Sie lächelte ihn an.

Einige Zeit standen sie einfach nur da und schauten Mutter und Sohn dabei zu, die das neue Leben begrüßten.

Schließlich sah Saphira Dariel an und flüsterte: »Wir sollten uns langsam auf den Weg machen. Ich möchte sicher gehen, dass die anderen Seelen Melodia erreicht haben.«

Dariel nickte ihr zu. »Calissia, wir werden nun wieder nach Hause gehen.«

Die Drachenmutter riss die Augen auf und drehte ihren Kopf ruckartig um, als hätte Dariel sie aus ihrer eigenen Welt zurückgeholt. »Ich bringe euch zurück. Das ist das Mindeste, was ich tun kann.«

»Du hast bereits viel mehr getan, nämlich uns bei der Suche geholfen.« Saphira lächelte Calissia an.

»Aber ohne euch wäre eine Rettung der Seelen nicht möglich gewesen. Und ohne Elrias. Ich stehe auf ewig in eurer Schuld.« Bevor Saphira etwas entgegnen konnte, fügte Calissia hinzu: »Keine Widerrede!«

Ihr durchdringender Blick schüchterte sie ein wenig ein und sie nickte hastig.

»In dem Saphir befinden sich noch Seelen. Sobald diese wieder in den Körpern der Tiere sind, werde ich ihn schnellstmöglich hierher zurückbringen. Versprochen.« Sie wandte sich an Krimga. »Kommst du mit uns?«.

»Nicht auf dem Rücken des Drachen. Aber gern gehe ich mit euch mit. Wohin überhaupt?«

»Wir stammen aus dem Mondtal. Und du?«

»Ich habe kein echtes Zuhause. Ich bin schon eine lange Zeit auf der Suche nach den Schätzen, von denen man sich so erzählt. Daher wollte ich hier nach den sagenumwobenen Edelsteinen suchen. Und was habe ich gefunden? Einen Fluch. Am Ende hat mich aber genau ein solcher Edelstein von den Seelen befreit.«

»Die Edelsteine sollten diesen Ort nicht verlassen. Es wurden zwar schon sehr viele gestohlen, aber es gibt noch genug. Sie gehören hierher, so wie wir Drachen.«

Krimga hatte blanke Gier in den Augen. »Kann ich nur einen bekommen?«, fragte er flehend.

»Nein. Die Steine bleiben hier. Und nun möchte ich darüber nichts mehr hören.«

»Schon gut, ich habe verstanden.« Er zog ein Stück Papier aus seinem Mantel und betrachtete es eindringlich. »Mondtal, sagtest du? Von dort kommt man nach Garantu. Gut, ich komme mit euch.« Schnell faltete er das Blatt wieder zusammen und steckte es weg.

Saphira wusste, dass es in Pantuma viele Schätze gab, allerdings nicht im Mondtal. Es kümmerte sie jedoch auch nicht.

»Wirst du uns wieder mit deinem Sesselrad folgen?«, fragte sie lächelnd.

»Ja, ich bleibe lieber auf dem Boden und mein Sessel ist wirklich sehr bequem.«

Saphira hatte das Gefühl, dass in ihm eine gewisse Leere herrschte. Sie vermutete, dass er weder Freunde noch Familie hatte. Die Suche nach Schätzen schien sein einziger Lebenssinn zu sein. Er würde vielleicht ein paar davon stehlen, aber keine Sterbensseele dafür verletzen. Selbst mit Magie nicht. Womöglich würde er sogar in Mondtal bleiben. Solange diese Suche ihn glücklich machte und niemandem schadete, sollte er so leben, wie er wollte.

KAPITEL 24

Saphira und Dariel saßen auf Calissias Rücken, während sie durch den Himmel Richtung Mondwald flog. Ihr Sohn glitt nahe neben ihnen. Krimga raste in seinem Sesselrad auf dem sandigen Boden dahin und war aus der Luft nur als Staubwolke zu erkennen.

Je näher sie dem Wald kamen, desto mehr Gräser wuchsen aus der Erde. Erst waren es nur gelbe trockene Halme, dann wurden sie nach und nach saftig grün, bis sie einen dicken Grasteppich bildeten.

Krimga kam hier nicht so schnell vorwärts, sodass Calissia ihre Geschwindigkeit drosselte.

Als sie den Waldrand erreichten, bremste Krimga ab und fuchtelte wild mit seinen Händen gen Himmel. »Hallo, ihr da oben. Mit meinem Sesselrad komme ich hier nicht durch. Der Wald ist zu dicht«, rief er.

»Lass mich runter, Calissia. Ich werde ihn zu Fuß begleiten«, sagte Saphira.

»Ich ebenso«, fügte Dariel hinzu.

Calissia nickte und setzte zur Landung auf der saftigen Wiese an. Ihr Sohn folgte ihr.

Saphira und Dariel verließen den Rücken des Drachen.

»Wir gehen mit dir durch den Wald«, sagte Saphira an Krimga gerichtet. »Du könntest dich sonst verlaufen.«

»Dann werden wir uns wohl hier verabschieden«, teilte Calissia etwas bedrückt mit.

Saphira drehte sich ruckartig zu ihr um. »Ich hatte gehofft, dass ihr mit uns kommt, wenn wir die Seelen der Tiere frei lassen. Ihr könntet den Waldgeist und meinen besten Freund Maxim kennenlernen. Er liebt Drachen.«

»Wir Drachen haben keinen guten Ruf. Die Hexen und Magier könnten uns angreifen.«

»Sie hat recht«, stimmte Dariel zu. »Calissia ist zu groß, um unbemerkt durch den Mondwald zu gehen. Man würde sie auf jeden Fall entdecken. Wenn die Krieger hier am Himmel zwei Drachen sehen, könnten sie das als Angriff deuten. Vielleicht sollten wir das Kennenlernen verschieben und alle erst vorwarnen.«

Saphira senkte traurig den Kopf, aber sie wusste, dass er recht hatte. Sie nickte und lächelte ihn und Calissia an. »Einverstanden. Wir werden uns auf jeden Fall wiedersehen. Ich muss euch schließlich noch den Saphir zurückbringen.«

»Darauf freue ich mich.« Calissia senkte den Kopf zu Saphira, die ihn fest umarmte. »Ich möchte dir noch mal von Herzen danken, dass du meinen Sohn gerettet hast. Du hast immer einen Platz in meinem Drachenherzen.«

Langsam senkte Saphira ihre Arme und schluchzte. Sie war mit verschiedenen Tierwesen befreundet, doch nie hätte sie gedacht, dass sie einen Drachen dazuzählen könnte. Calissia hatte ebenfalls in ihrem Herzen stets einen festen Platz.

Der Blick der Drachendame ging zu Dariel. »Auch dir bin ich dankbar. Ich war Menschen gegenüber immer misstrauisch, du hast mich jedoch eines Besseren belehrt. Du hast ebenso auf ewig einen Platz in meinem Herzen.«

Er umarmte den Drachen ebenfalls, allerdings nicht so lang wie Saphira. Seine Augen glänzten und er musste schwer schlucken.

»Danke, dass ihr mir geholfen habt«, sagte Opkani. Die ersten Worte, die er direkt an sie richtete. Sein Kopf war zur Seite gedreht. Kurz darauf versteckte er ihn hinter dem Bein seiner Mutter.

»Das haben wir sehr gern getan. Wir hoffen, dass wir dich auch bald wiedersehen dürfen.« Saphira lächelte ihn an, doch der kleine Drache war zu scheu, um wieder aus seinem Versteck herauszukommen. Sie wandte den Blick von ihm ab, wie sie es bei zurückhaltenden Tieren immer tat.

»Er ist sehr jung«, flüsterte Calissia ihr zu. »Das war alles etwas viel für ihn und solche Wesen wie euch hat er zuvor noch nie gesehen.«

»Das verstehe ich. Wir müssen sehr seltsam auf ihn wirken. Passt auf euch auf und kommt gut nach Hause.«

»Ich freue mich, euch bald wiederzusehen.« Calissia erhob sich in die Lüfte, gefolgt von ihrem Sohn.

Saphira, Dariel und Krimga schauten ihnen eine Weile nach. Dann drehten sie sich um und betraten den Lieblingsort der Hexe.

Sie ging voraus durch den Mondwald.

Kaum hatte sie den Waldboden betreten, hatten sich schon allerlei Tiere um sie herum getummelt. Vögel, Eichhörnchen und Spitzmäuse tanzten wild umher.

Zwei kleine Elfen, die sich nur selten zeigten, schwirrten um ihren Kopf. »Willkommen zurück, liebste Saphira. Wir haben dich sehr vermisst.«

»Ich freue mich, euch wiederzusehen. Ihr habt mir auch alle sehr gefehlt.« Das Grinsen wollte gar nicht mehr aus ihrem Gesicht weichen.

Die in zartem Rosa leuchtenden Elfen sangen von Saphiras Rückkehr. Geschwind eilten sie weiter singend durch den Wald.

Sie war überglücklich, dass sie endlich zu Hause war.

Dariel legte einen Arm um sie und lächelte sie an.

Einige der Tiere gingen vorsichtig auf Krimga zu und zeigten großes Interesse an ihm.

»Au, ah, was wollt ihr denn? Nein ... geht weg ... nicht! Hast du mich gebissen?« Mit Händen und Füßen versuchte er, die Tierchen loszuwerden. Er schüttelte sich und tanzte fast, doch die neugierigen Wesen ließen nicht locker.

Saphira musste lauthals lachen, als sie den armen Krimga sah. Der hilflose Magier tat ihr ein wenig leid. »Lasst ihn in Ruhe, meine Freunde. Ihr könnt ihn ein anderes Mal näher kennenlernen, wenn er das möchte.«

Kaum hatte sie das gesagt, ließen die Tiere von ihm ab und beobachteten die Rückkehrer aus etwas Entfernung.

* * *

Nach einem langen Fußmarsch erreichten sie eine Lichtung, auf der die größeren Tiere wie Rehe, Dachse, Füchse, Adler und Wildschweine warteten.

»Willkommen zu Hause«, begrüßte sie Melodia, die aus der Mitte der Tiere hervorschwebte und Saphira und Dariel anlächelte.

»Deiner Freude nach zu urteilen, hast du das Amulett erhalten«, sagte Saphira, die Melodia in ihrer speziellen Art umarmte.

»Das habe ich. Die Seelen sind bereits wieder in den Tieren. Es geht allen gut.«

Saphiras Herz machte einen gewaltigen Hüpfer, so sehr freute sie sich. Gemeinsam mit ihren neugewonnenen Freunden hatte sie Leben gerettet und dafür gesorgt, dass nicht Schlimmeres geschah. Sie zeigte auf ihr Armband. »Dein Geschenk konnte mir ein wenig den Weg zeigen. Ich danke dir dafür.«

Melodia lächelte Saphira an. »Ich wusste, dass es dir noch hilfreich sein wird. Die Saphire sind mehr als einfache Edelsteine. Sie können Wege tatsächlich aufzeigen, die sonst nicht gefunden worden wären.«

»Ohne sie hätten wir die Seelen nicht retten können.« Saphira überreichte Melodia den Saphir aus ihrem Umhang, der in den verschiedensten Blautönen leuchtete. »In diesem befinden sich auch einige Seelen. Du wirst wissen, wem sie gehören.«

Melodia schaute sich den Stein genau an. »Woher stammt dieser?«

»Aus dem Drachental.«

Der Waldgeist zog die Augenbrauen nach oben.

»Ich erzähle dir alles, keine Sorge.« Sie lächelte.

»Ich bin sehr gespannt darauf. Doch nun bringe ich die Seelen zu ihren Körpern.« Kaum hatte sie diesen Satz ausgesprochen, war der Waldgeist schon weg.

Saphira begrüßte die anderen Tiere, die auf der Lichtung gewartet hatten.

Sie drückten sich eng an ihre Freundin, sprangen vergnügt in die Luft und genossen sichtlich die Streicheleinheiten.

»Willst du nicht noch eine Weile bleiben? Vielleicht gefällt es dir hier.« Saphira berührte Krimga am Arm.

Er schüttelte den Kopf. »Das ist nett von dir, aber ich möchte gern weiter. Ich kann einfach nicht lang an einem Ort bleiben. Und durch meine Magie habe ich mein Haus immer bei mir.« Er zwinkerte den beiden zu.

Nachdem sein Fortbewegungsmittel schon so kurios war, war sich Saphira sicher, dass auch sein Haus außergewöhnlich sein musste.

»Wie komme ich am schnellsten nach Garantu?«, fragte Krimga zügig.

»Du kannst einfach dem Weg in Richtung Norden folgen. Wir gehen auch in diese Richtung.«

Gemeinsam verließen sie die Lichtung und erreichten den Pfad.

»Dieser Weg führt dich direkt nach Garantu.«

»Ich danke euch nochmals für meine Rettung. Ich wünsche euch alles Gute.«

»Gern geschehen«, sagte Saphira. »Vielleicht sehen wir uns irgendwann einmal wieder. Gute Reise.«

Krimga zauberte sein Sesselrad hervor, schwang sich drauf und raste los. Eine Hand schwenkte er zum Abschied über seinem Kopf, bis er von der aufgewirbelten Staubwolke nicht mehr zu sehen war.

* * *

»Wie siehst du denn aus?«, fragte Kara abfällig, die gerade aus Mondar auf den Pfad trat. Mit einem angewiderten Gesichtsausdruck musterte sie Saphira von oben bis unten. »Schaust du auch mal in den Spiegel? Ah nein, das würde ich an deiner Stelle auch nicht tun.« Sie verdrehte die Augen. »Wie kann man nur so schmutzig und zerzaust rumlaufen?!« Dann richtete sie ihre Aufmerksamkeit auf Dariel.

Er war ebenfalls beschmutzt, doch Karas lüsterner Blick verriet, dass es ihr bei ihm nichts ausmachte.

Sie spielte mit einer ihrer Haarsträhnen. »Warum bist du mit dieser Hexenkugel unterwegs?«

Bevor Dariel etwas sagen konnte, ergriff Saphira seine Hand und ging wortlos mit ihm an Kara vorbei in Richtung Torias. Ihre Beleidigungen trafen sie noch ein wenig, doch lang nicht so heftig wie vor ihrer Reise. Kara war ihr egal geworden. Sie spielte keine Rolle mehr in ihrem Leben.

»Was fällt euch ein, mir nicht zu antworten? Bleibt stehen!«, rief sie ihnen nach, doch Saphira und Dariel zeigten Kara die kalte Schulter.

Mit einem breiten Grinsen im Gesicht durchschritt Saphira den Torbogen.

»Damit hatte sie wohl nicht gerechnet.« Dariel schlang seinen Arm um ihre Schultern.

»Das ist mir egal. Ich lasse mich von so etwas nicht mehr beeindrucken.«

»Das brauchst du auch nicht. Du bist ohne sie besser dran.« Er küsste ihre Schläfe.

Sie spazierten durch die Straßen.

»Ich wohne ja nun wirklich nicht weit weg, aber ich war noch nie hier. Diese Häuser sind ja fantastisch. Ich kann gar nicht glauben, dass man darin wohnen kann. Da drüben das Haus ist ja schräg. Wie sieht das denn von innen aus?«

»Da ist tatsächlich alles gerade.«

Seine Augen waren weit aufgerissen. »Das Haus da ist mehreckig. Und das da wechselt die Farbe.« Er hörte gar nicht mehr auf zu reden.

Niemals hätte Saphira gedacht, dass ein Krieger so interessiert an Häusern sein könnte. Aber ein wenig konnte sie die Faszination von Dariel verstehen. Sie selbst schaute sich die Gebäude ebenfalls gern an. Jedoch überraschte sie nichts mehr so einfach, dafür war sie schon zu oft hier gewesen.

Sie erreichten Maxims Haus.

Von dem fassähnlichen Äußeren war der Krieger erneut begeistert.

Saphira klopfte einen Rhythmus an die große Holztür, die sofort mit Schwung geöffnet wurde.

»Du bist wieder da!«, rief Maxim und umarmte seine Freundin mit solcher Wucht, dass sie fast nach hinten fiel.

Sie drückten sich so fest, als hätten sie sich jahrelang nicht gesehen. Dies war die längste Zeit, die sie je voneinander getrennt gewesen waren. Ihr Herz sprang ihr fast aus der Brust, so sehr freute sie sich, ihren besten Freund wiederzusehen.

Dariel stand etwas verlegen daneben.

»Wie geht es dir?«, fragte Maxim.

»Mir geht es gut. Wir waren erfolgreich. Es war teilweise sehr gefährlich, aber ich hatte gute Freunde, die auf mich aufgepasst haben.« Sie blickte zu Dariel.

»Du hast also gut auf sie aufgepasst. Ich danke dir, dass du sie wohlbehalten zurückgebracht hast.« Er streckte Dariel die Hand entgegen, die der Krieger lächelnd ergriff.

»Wir haben gegenseitig aufeinander aufgepasst.«

Saphira und Dariel lächelten sich an.

»Kommt doch herein«, sagte Maxim. »Dann könnt ihr mir alles über eure Reise berichten.«

Die Tür schloss sich von allein, nachdem sie sein Haus betreten hatten.

Gemeinsam setzten sie sich an den Küchentisch, auf den Maxim Getränke stellte.

Saphira erzählte von ihrer Reise und den neu gewonnenen Freunden.

Als alle Saphire an ihrem Armband gleichzeitig zweimal lang aufleuchteten, wusste sie, dass die Seelen wieder dort waren, wo sie hingehörten.

EPILOG

Xaborg atmete nur noch sehr flach. Sein geschwächter Körper lag schlaff auf dem Boden. Er hatte nicht genug Energie, um aufzustehen. Trotz des verschwommenen Blickes erkannte er etwas, das sich auf dem Fenstersims befand.

Irgendein Tier schaute ihn an, doch er konnte nicht erkennen, was es war.

Da er über keine Kraft mehr verfügte, war es ihm auch egal. Er wusste, dass er hier sterben würde. Es war nur eine Frage der Zeit.

Das Tier hüpfte herunter und rannte auf ihn zu. Vor seinen Füßen blieb es stehen.

Xaborg sah die Umrisse nun besser. Es war immer noch verschwommen, aber er erkannte, dass es ein Eichhörnchen war. »Na, du kleines Ding«, krächzte er. Er versuchte, etwas zu sagen, doch aus seiner Kehle drangen kaum mehr als irgendwelche Laute.

Das Eichhörnchen schien keine Angst vor ihm zu haben. Es kletterte auf seine Beine und krabbelte über die Oberschenkel neben seine Hand.

Mit seinem Zeigefinger streichelte er das weiche rot-braune Fell. Daraufhin packte er das Tier und hielt es fest. Es zappelte und schrie.

»Ich brauche deine Seele«, krächzte er und nahm zitternd die andere Hand hinzu, dessen Finger er um den Kopf des Eichhörnchens legte.

Das Tierchen kreischte und biss ihn, doch es konnte nicht entkommen.

Plötzlich ertönte ein Zischen und Xaborgs Hände öffneten sich ruckartig.

Das Tier rannte schnell zum Fenster und war dann verschwunden.

Xaborgs Unterarme waren von einem Pfeil durchbohrt. Blut tropfte auf seine Beine.

Das Klappern von Hufen erregte seine Aufmerksamkeit.

»Was hast du getan?«, fauchte er den Zentauren wütend an.

»Wir haben deinen treuen Untertanen vor Augen geführt, was für ein grausamer Herrscher du bist.«

»Wir?«

Der Zentaur kam ein Stück näher.

»Ja, wir. Diejenigen, die du gezwungen hast, dir zu dienen.« Die Worte waren abfällig über seine Lippen gekommen. »Als ich die Hexe, den Menschen und den Drachen draußen vor der Burg sah, war mir klar, dass sie dich besiegt haben mussten. Endlich werden wir in Freiheit leben können.«

»Solange ich lebe, werdet ihr nicht frei sein.«

»Da hast du recht.« Der Zentaur spannte seinen Bogen.

»NEIN! NICHT …«

Das Geräusch des Pfeils war nur einen kurzen Augenblick zu hören, dann drang die Spitze genau in Xaborgs drittes Auge ein. Blut floss über sein Gesicht und in die offenen leeren Augen.

Der Zentaur ging zur Tür und drehte sich noch einmal um. »Frei.«

Danksagung

Auf dem Cover steht mein Name, denn ich habe das Buch geschrieben. Doch ohne die Unterstützung von lieben Menschen hätte ich es vielleicht nie veröffentlicht. Darum erwähne ich diese hier einmal. Hoffentlich vergesse ich niemanden.

Ich danke meinem Freund Mathias, dass er mich oft zum Schreiben animiert hat, wenn ich mal wieder abgelenkt war, z.B. von unseren Katzen oder der Hündin. Er hat mir viel Freiraum geschenkt und bei Formulierungen geholfen. Danke dir dafür.

Als Nächstes danke ich meiner Freundin Christina (Instagram: @kiwoart), die noch vor allen anderen die Rohfassung des 1. Kapitel gelesen und mir dazu Feedback gegeben hat. Da sie das Buch nicht vorab komplett lesen wollte, hat sie mir bei einzelnen Ausdrücken und beim Brainstorming geholfen. Ebenso hat sie mich bei einigen Details für das Cover unterstützt. Danke dir.

Des Weiteren geht mein Dank an Monika, die das Buch in der Überarbeitungsphase mehrmals gelesen und mir wertvolles Feedback gegeben hat. Danke auch dir für deine Hilfe bei manchen Formulierungen und Ideenfindungen.

Ein großer Dank geht auch an meine Testleser*innen: Steffi, Monika, Evelyn, Katrin, Ana, Jojo, Jenny, Jette, Sabrina, Matthias und Naike.

Euer Feedback hat mir sehr geholfen. Danke an euch.

Ganz besonders danke ich meiner Lektorin Luise, die so viel aus der Geschichte herausgeholt hat. Sie baute mich stets auf, wenn die Zweifel groß wurden, und beantwortete mir jede Frage. Ohne dich wäre das Buch nicht das, was es heute ist. Danke dir ganz herzlich.

Damit das Buch nicht vor Rechtschreib- und Grammatikfehler strotzt, hat meine Korrektorin Alex die Korrektur des Textes vorgenommen. Vielen Dank.

Ich danke meiner Familie und meinen Freundinnen, dass sie an mich geglaubt haben.

Und ich danke dir, liebe*r Leser*in. Danke, dass du das Buch gekauft und gelesen hast.

DANKE.

Triggerwarnungen

Dieses Buch enthält fiktive Schilderungen von Erlebnissen, die ggfs. Auslösereiz bei Betroffenen sein können.

Folgende Liste wurde gewissenhaft erstellt, dennoch kann keine Garantie für Vollständigkeit übernommen werden:

Mobbing
Tote Tiere
Blut